天蝎幻想三部曲

SCORPI TOME I

天蝎Ⅰ：影子行者

CEUX QUI MARCHENT DANS LES OMBRES

Roxane Dambre

[法] 罗克珊·当布尔 著　徐雅怡 译

西南师范大学出版社
国家一级出版社 全国百佳图书出版单位

万墨轩图书
WIPUB BOOKS

天蝎家族成员行为准则

第一条：没有报酬，我们绝不行刺。

第二条：我们不杀害妇女和儿童。

第三条：在任务完成前，即使猎物支付更高的报酬，我们也不会杀害委托人。

第四条：如果对我们的家族构成威胁，上述准则皆不适用。

1

夏洛特

听见三下敲门声后，我将视线从满是数字的屏幕上移开。苏菲（Sophie）的红棕色脑袋从门缝儿探出，她是会计楼层为数不多的与我同岁的女孩儿。

“该去吃午饭了，夏洛特。”她转动着眼珠，用低沉的声音对我说，“否则，等到这层楼只剩下你一个人时，杀手就会来找你……”

我忍不住笑了。她也笑着走了进来，露出满口的白牙。

“那事儿可信吗？”她问道。

“怎么不可信？”我表示肯定，顺便擦掉了笑出来的眼泪，“但我可不是卖毒品的！”

她故作深沉地点点头。这周以来，所有媒体都在报道有关此事的新闻：一入夜，城市道路上就会出现一个神秘杀手，没有人知道他选择目标的标准。不过，根据我对新闻报道的解读，他要刺杀的都是警察追捕的对象，都是出了名的破坏分子，尤其是毒贩。因此，即使知道有个杀手在我家附近游荡，我也不会感到丝毫不安。因为对杀手而言，我并不具备“马上去死”的条件。

“你还去吃午饭吗？”

“马上去！”我边将工作文件存盘，边回应道，“我快饿死了！你猜今天中午吃什么？”

苏菲望着我身后的窗户，噘起了嘴。

“现在才 6 月中旬，看看这太阳，气温快 30 度了！所以，我猜他们肯定准备了既新鲜又清淡的食物，但也可能是马铃薯饼①或者是红酒烩牛肉②。”

我又笑了。她说得没错。昨天，公司食堂的特别推荐就是蔬菜牛肉浓汤③。我们匪夷所思地盯着那道菜看了很久，之后不得已放弃，还是不出预料地选择了前菜色拉。

我抓起员工卡，锁好办公室的门，去追赶在走廊里等我的苏菲。其实，我并不担心有人来偷我的东西。在这样一个审计公司，随便一张单子就价值千欧，哪个小偷会有兴趣来翻腾一个处理报

---

① 马铃薯饼（tartiflette），这道菜源于法国阿尔萨斯，由土豆、奶酪、法国培根和洋葱一起烹制而成。此处意指该菜肴油腻，带有讽刺意味。——译者注

② 红酒烩牛肉（bourguignon），这是源于法国勃艮第大区的一道传统菜肴。此处同有讽刺意味。——译者注

③ 该菜肴又被称为“火上锅”，用微火慢炖牛肉与蔬菜。——译者注

销单的年轻会计的文件呢？不过，我还是照着《安全须知》的要求来行事。下了两层楼，我们来到早已人头攒动的自助餐厅。我吸了口气："像是腌酸菜的味道，你闻到了吗？"

"看样子是……"苏菲一脸绝望，"还是吃色拉？"

"色拉。"

5分钟后，蔬菜色拉就做好了。我们和同部门的其他会计坐在一起。

"你好，草莓夏洛特！"一人朝我喊道。

其他人一阵哄笑。我的动作慢了下来。没想到他已经度假回来了。这个人早白的头发和凹陷的面颊在我脑海里挥之不去。苏菲凑近我，像是在给我打气。我急促地吸了一口气，脸上恢复了友好的表情。

"你好，托马斯（Thomas）。"我礼貌地回答。

"还是那么漂亮，嗯，真想把你吃掉！"

我咬紧牙关，没有作答。

苏菲侧身靠近我，在我耳边悄悄地说："你或许可以用头发把他勒死。"

我只能苦笑。我确实有一头卷曲浓密的金发，能让他再也开不了口。自入职以来，也就是两个月前，托马斯，这个账单报销部门的一把手，我的直属上级，总是孜孜不倦地在我名字前添加水果名：草莓、梨、杏……在其他同事愉悦的笑声中，我的名字前被加上了所有可能的口味儿，但这些都只是冰山一角。这不过是托马斯做给别人看的幌子。起初，他不过是使用公司的即时聊天软件邀请我去喝咖啡。我以极为礼貌的方式拒绝了他之后，手机又开始时不时地收到他发来的短信，白天、黑夜甚至周末。短信的内容最开始都是些只言片语，我是一个有教养的人，所以一一回复了。接着，他开始发一些笑话，我不堪其扰，决定无视它们。直到一天早晨，他找到我并冲我放话，告诉我如果我不欣赏他的幽默，他不会强迫我去喜欢，并且……他准备在我试用期结束后就辞退我。我通过网络搜索有关规定，想知道他这么做是否合规，却找不到确切的说法。难道雇主想在试用期后辞退一名员工不需要任何明确的理由吗？我花了整整一年的时间才找到这份工作。看来，除了继续敷衍他，我别无选择。

然而，上个月，噩梦降临。托马斯在小咖啡间截住了我，挡在门口不给我任何离开的机会。他对我抱怨，告诉我他和妻子的性生活再也不能让他感到满足。他停留在我衬衫上的目光，毫无疑问地透露出他已找到了可以取代他妻子的人。震惊之余，我僵在原地，尽量和他保持最远的距离。之后，我唯一能做的就是向苏菲求助，而她恰巧也因为没有看到我出席会议而感到担忧。我憔悴的神色令她警觉，还没等她开口，我就两颊发烫，把自己的苦水都倒给了她。我实在搞不懂，这种事情怎么会发生在我身上？

“给我看看你的手机。”苏菲对我要求道。

我顺从地把手机递给她。她读着我和托马斯的聊天记录，皱起了眉头。

“你不该回复他的。”她低声抱怨,“这样一来，他会误以为你欣赏他的笑话。”

“他说如果我不回复，就把我赶走！”

“我知道。但是谁能证明呢？他在骗你。”

我一下子崩溃了，事情怎么会发展到这个地步！

“你应该去找玛丽安娜（Marianne），把所有的事都告诉她。现在就去，夏洛特。”

玛丽安娜是财务部经理，一个高个子女人，身材强壮，双腿健硕。她是托马斯的上司。虽然被归为娇小女人的行列，但我对自己一米五的身高还是挺满意的，然而站在她的身边，我看上去实在是瘦小得可怜。

我惴惴不安地来到玛丽安娜的办公室。她请我进去。摆在她面前的一堆文件使四周的空气变得困倦而忧愁。当我开始向她诉说托马斯对我做出的不得体行为时，她打断了我。

“听着，夏洛特，我知道这些绰号。‘草莓夏洛特’，还有其他那些，都很可笑。不过请你不要夸大。我认识托马斯很多年了，他为人正派，不是坏人。”

“但是……”我试图抗议。

“午餐的时候他是怎么对你说话的，我看得很清楚。他的行为可能有些愚蠢，但是如果这么想能让你安心的话，就请你当他在犯傻。”

“但是……”

"如果你真的很介意，那么你只有去找他说，而不是找我。你已经是个成年人了，不是吗？"

她几乎把我赶出门外。我甚至还没来得及把短信内容给她看。我心乱如麻，胃里在翻腾。我意识到，除了苏菲，公司里几乎没有与我同龄的女孩儿，再没有任何人会相信我。因为我是"草莓夏洛特"，负责账单报销的年轻新手，而托马斯"庇护"我的方式确实把我压得透不过气来，但在他人看来却充满善意。

托马斯休假的两周，我觉得重获新生，再也没有即时信息，没有短信，也没有邮件。我差一点儿就以为一切都会变好。无论如何，我必须重新振作起来。试用期快要结束了。在此之后，他想要辞退我可得找一个像样儿的理由。众所周知，我的工作是无可挑剔的。苦难就快结束了，然而，仅仅是与托马斯重逢的这一刻，我的意志就已经被摧毁了。

幸亏，今天的托马斯似乎找到了比起我更令他感兴趣的对象。

"你们听说今天早上的新闻了吗？"他对同事说道，"那个疯子昨晚又杀人了。"

我嚼着一片黄瓜，竖起耳朵听着。他口中的疯子，就是那个如果我不去吃午饭，就会来袭击我的杀手……

"这次是一个平淡无奇的家伙被打爆了头。"托马斯一边说着，一边拿出了他的手机，"早上，警察在死者家里发现——他躺在自己的脑浆里。等等，让我把这篇文章找出来。"

我对苏菲做了个鬼脸。"杀手杀人的方式就是他留下的签名：

在后脑施以重击，力量大得足以使受害人的半个大脑飞射出去十米。”作为午餐的谈资，没有比这更倒胃口的了。苏菲耸了耸肩表示无奈。

“今晚去游泳吗？”她压低声音问我。此时的托马斯正准备朗读那篇阴暗的文章。

“好啊！”我略带宽慰地回答，“现在的温度正适合游泳。但是，之后我不能陪你聊天了，我还要去购物，而且我想天黑前赶回家。”

“真想不到啊。”她笑了，“我可不想明天在托马斯的手机上看到你的脑浆。”

“午餐是草莓夏洛特的脑浆。太棒了，不是吗？”她做出被胡萝卜丝噎住的表情。

“用脑浆做一道易消化的蔬菜牛肉浓汤？”

“呸……”

好吧，现在这些倒胃口的话题是我们自找的。

*

“你要不试试在午夜的巴黎，找个阴森的角落和他见个面？虽然渺茫，但这个脑浆杀手说不定会把你的问题解决掉。”

泳池的淋浴间传来一阵笑声。我一边笑着，一边冲洗自己浓密的长发。游泳课很难，教练命令我们一直练习，不能休息。但是，我的朋友塞维琳（Séverine）还是成功地提出了一些有趣的建议，以此终结那个刚刚度假归来的骚扰者的不轨意图。

训练过后，我们总会互诉工作中的琐事。我的朋友对托马斯骚扰我的事都很关心，苏菲更是会在我因为羞耻而略过一些细节时毫不犹豫地补刀。

“不要纵容他。”左边的诺艾米(Noémie)揉搓着头发上的泡沫，“要是有家伙叫我草莓夏洛特，那我就叫他梨子馅儿饼，而且我还会设法让整个部门的人都这么叫他。”

大家又笑了，而我的微笑却凝固在脸上。要是真有那么容易就好了！

“别傻了，诺艾米。”已经裹好浴巾等着我们的苏菲若有所思，“要是这么干，托马斯会更得寸进尺，所有人都会认为他们是在互相调侃。已经有那些短信了，不能再雪上加霜。”

我苦涩地表示赞同。如果没有那些短信就好了……

“更别说夏洛特是世界上最善良的女孩儿了。”苏菲接着说，“她可不是那种无端挑衅的人，也不会做任何伤害别人的事，即使对方是个蠢货。”

我的笑容消失殆尽。知我者如苏菲。我为什么连冒犯别人的力气都没有呢？仅仅只是让别人痛苦的想法都会让我感到难过！

“是的。但是你要知道，如果她不反抗的话，同样会让那个蠢货变本加厉！”诺艾米强调，“她……”

“够了，诺艾米。”米利昂（Myriam）生硬地打断对话，声音自淋浴房最深处传来。

我们惊讶地转向她。这个 60 多岁的女人是我们团队里最年长的。她的年纪足够做我们所有人的母亲,可她通常不会大声说话。

“无论如何这都不是夏洛特的错。”她以目光震慑着诺艾米继续道,“这个男人的所作所为是不可饶恕的。不论夏洛特知不知道说‘不’或能不能说‘不’,这都不该成为他骚扰的理由。”

诺艾米耸了耸肩,只能一声不吭地洗着头发。讨论似乎结束了。我极其迅速地穿上衣服,几乎听不进去朋友们谈论的其他轻松的话题。

“抱歉。”我收拾完毕,把包拉上,轻声对所有人说,“我赶时间,还有好多东西要买。”

“别磨蹭了。”塞维琳回应道,“当心脑浆杀手。鉴于你和那些家伙的运气都不错,你今晚有百分之九十九的概率会遇上他。”

其他人哈哈大笑,我也终于露出了一丝微笑。幸好有这些朋友在我身边。

我没有遇上杀手,却遭遇了从早到晚都在预报的暴风雨。这场暴风雨着实大得可怕,闪电在天空划出一道道裂痕。当我提着沉重的购物袋走出超市时,巨大的雷声令超市的橱窗为之震动。密密麻麻的雨水阻挡着我的视线,甚至连前方十米的东西都看不清楚。尚未走到马路尽头,我就已经被淋成了落汤鸡。我叹了一口气。早知如此,游完泳之后我就不用白费力气吹干头发了。还要走 5 分钟才能回到我住的公寓大楼。水滴顺着鬈曲的头发争先恐后地流到我的脖子上。我已经准备把自己整个塞进烘干机里了，只可惜我没有烘干机！我那 35 平方米的公寓里也装不下这个玩意儿。倒也不是没地方放，阳台上或许可以？但是，在阳台上放一台烘干机又有什么意义呢？

大门下方的一个黑影引起了我的注意。我一边在包里找钥匙，一边走过去。一个孩子坐在那里，胳膊环抱住膝盖，深色的头发滴着水，眼中充满了不安。他的 T 恤衫被雨淋湿了，贴在纤细的身体上。可怜的小家伙！他看上去还不到 10 岁！大晚上的，他为什么会在暴风雨中瑟瑟发抖而不回家？

“你忘带钥匙了吗？”我用钥匙卡打开大门，柔声问他。

他没有反应。或许他没有听见？雷声似乎盖过了我的声音。

我把购物袋放在入口处干燥的地面上，探出脑袋：“小朋友？”

没有回答。见鬼。

我只能重新走出去，再次钻入如同子弹般射下的大雨中，在他身边蹲下：“小朋友！”

他吓了一跳。

“不要害怕。”我微笑着宽慰他，“你忘带钥匙了，但是爸爸妈妈还没回来，对吗？要不要进来等他们？”

他无声地凝视着我。在他审视的目光下，我差点儿打了个寒战。我从来没有见过这样的眼眸。那是一种纯净无瑕的蓝，被一层深邃的群青色包围。然而，他很快移开了目光，再次迷茫地望向前方的街道。这个小孩儿太奇怪了。

“你不住在这里吗？”我有些手足无措。

好吧，我本该这样发问的。但是对我而言，答案似乎显而易见。我的话没有获得他一丁点儿的关注。我咬着下唇，有些发愁。即使他不是我某个邻居的儿子，我也无法让小男孩儿独自留在大雨中，更何况他可能还会成为连环杀手的下一个目标。

我站了起来。

“好吧，我回去了。”我宣布道，“要是你想避雨的话，就一起进来。如果不想，就等下一个回来的人吧。”

我又回到了入口处，留意着不让身后沉重的门关死。孩子似乎犹豫了一下，起身跟随我走了进来，小手插在已湿透的短裤里。我偷偷笑了笑。这就对了！不能吓他才是关键。

“你住在几楼？”我边按电梯边问他。

他心不在焉地看着我，仿佛我是透明的。

“你叫什么名字？”我追问道。

没有回答。看来我离胜利还很遥远……

“我的名字叫夏洛特。”

他的脸瞬间亮了起来，似乎燃起了对我的兴趣。显然，他已经到了能对我开“草莓夏洛特”这种玩笑的年龄。这个孩子！

“夏洛特。”他小声嘀咕。

“是的。”

“和这个国家最著名的杀手同名？”

“啊？”

“夏洛特·科黛（Charlotte Corday）。”面对睁大双眼的我，他强调道，“这个人把马拉（Marat）[①] 杀死在了浴缸里。”

这个小屁孩儿到底是从哪儿蹦出来的？

“啊……我想是吧。”我含糊道。

他一脸肯定地点点头。很好。

“你呢，你叫什么？”我再次尝试。

“艾利亚斯（Élias）。”

这个名字并不常见。不过在这个年代，什么都不奇怪。

“你好，艾利亚斯。”我说道，“那么，你去几楼？”

他耸了耸肩，眼神再次变得迷茫。熟悉的电梯开门声传来，我赶紧拎起购物袋。

“来吧。”我按下三楼的按钮，下定决心，“在你父母回来之前，你来我家等他们吧。”

他安静地跟着我，电梯门在我们面前重新关上。我的脑海里充满了疑问。这个小艾利亚斯是过于害羞而不回答呢，还是压根儿不住在这里？究竟是他的父母尚未到家，还是他一个人离家出走了？抑或有人在某个活动后把他送到了楼下，却忘了确保有人会给他开门？他没有背书包，所以一定不是刚从学校回来。我找不到其他的线索了。但不管怎样，我都不会把他一个人留在外面。

① 让-保尔·马拉（Jean-Paul Marat，1743—1793），法国政治家、医生，法国大革命时期民主派革命家。——译者注

要是他脑浆的照片出现在第二天的新闻头条上，那我永远都无法原谅自己。

“到了。”我走进公寓，宣布道,“欢迎来到我的城堡！”

艾利亚斯在我的起居室踱了几步，目光扫过贴满音乐剧海报的墙壁，堆放着昨天晚餐后未洗餐具的烹饪区，摆放着我收藏小香水瓶的置物架。透过卧室门，他看到了我凌乱的双人床和摆满书的书架，摇了摇头。

“我的比较大。”这是他观察后的结果。

“你的什么？”我表示惊讶。

“我的城堡。”

当然。我把购物袋放在迷你烹饪区的工作台上，快速地将里面的东西整理到位。我可不能把汉堡排放在冰箱外面任由它变质，更别提现在家里还有个客人！无论如何，从现在的情况来看，如果我问的问题太过直接，艾利亚斯不会作答。还是给他点儿时间习惯一下比较好。毕竟我 10 岁的时候，也没有对陌生人信任到能够倾诉自己生活的程度。也就是说，如今 23 岁的我其实也没有比 10 岁的我进步多少……

之后，艾利亚斯便一直凝视着窗外的暴雨。我暂时留他一个人在客厅。我来到浴室，迅速地脱下被雨淋湿的衬衫、裙子，还有凉鞋，换上睡裤和配套的背心，然后从毛巾加热器上取下两条大毛巾。这个毛巾加热器是我搬家的时候允许自己“挥霍”一次而购买的。贵得离谱的巴黎房租让我丧失了居住在首都市区的信心，我不得不选择租住在位于近郊的一幢公寓楼里。尽管如此，这间位于楠泰尔区（Nanterre）的仅有35平方米、小得可怜的公寓，仍会令我这个在蒙彼利埃市附近度过了人生前20年的人时时感到苦不堪言。我只能节衣缩食，但无论如何，我还是给自己买了这个毛巾加热器。它足够放下两条正常规格的大浴巾，而且能够自动开启，在每日我洗完澡的那个固定时刻把毛巾烘干。这是我一天中最幸福的时刻。而在今天这种情况下，它简直派上了大用场。我把头发中的水挤干，用其中一条毛巾擦拭。然后，我回到客厅，把第二条毛巾递给仿佛石化了一般的艾利亚斯。

“给，把自己擦擦干，小心感冒。”

他顺从地接过去。当感受到质地柔软而温热的毛巾后，他的眼中闪过了一丝惊讶，很快用毛巾把自己裹住。很好。

“我准备冲一杯热巧克力暖暖身体。”我说道，“你也来一杯吗？”

他一言不发，点了点头，将脸埋在毛巾里。很显然，他还未习惯这种舒适的感觉。看来我心爱的毛巾加热器又有了一个新的粉丝！

我开始专注地准备热饮。

“我叫夏洛特·拉罗什（Charlotte Laroche）。”我从冰箱中取出牛奶，略显正式地自我介绍道，“你呢？”

他的鼻子从浴巾中钻了出来。

“艾利亚斯·莱萨特（Élias Lesath）[1]。”他回答。

我想了想。这幢楼共有八层，每层有四个住户。虽然我并不认识所有人，但几乎可以肯定的是，信箱上没有这个姓。

“你的父母不住在这儿，对吗？”我把黑巧克力搅碎放进牛奶中。

“对。”

“你迷路了吗？”

他耸了耸肩。不该这么问。我把平底锅放到电热炉上。

“那你住哪儿呢？”我追问道。

他眼神里一片迷茫。

“很远的地方。”他低声道。

他并不健谈，不是吗？但是没有人能抵挡超级夏洛特的魅力。

“如果你知道家的地址，”我坚定地说，“我可以送你回去。你的父母应该急坏了。”

“不知道。”

“怎么会不知道呢？你不知道自己家的路名吗？”

他终于有了反应，走到了我跟前。

“我不能回去。”他的语气格外认真，湛蓝的双眸中流露出的悲伤令我心碎。

① 尾宿九（Lesath）是天蝎座里的一颗恒星，此处为音译。——译者注

“为什么？”我惊讶道。

“我的母亲不允许。”

“你的母亲……”

我需要花一分钟来消化一下这些信息。

“你离家出走了吗？”我更为镇定地继续问道。

“不，我 10 岁了，应该离开家自己生存一年，不能被人发现。之后我就有资格回去了，这是规矩。”

震惊之余，我继续机械地搅动着巧克力牛奶，心中一团乱麻。

“但是……”我喃喃道，“你……我……但是……已经很久了吗？”

“什么很久了？”

“你一个人在外面？”

他再次耸了耸肩。我又问错了。奶锅中，巧克力安静地融化着。我摇摇脑袋让自己回过神。男孩儿所说的话实在难以置信。难道他是在用这个离奇的故事来掩饰自己离家出走的事实？是的，这种可能性比较大。等他不注意的时候，我就去居民电话簿里寻找“莱萨特”这个姓，然后给他家人打电话报平安。他们一定早就心急如焚了。有谁会让一个 10 岁的孩子独自在外生活呢？

恢复平静后，我把热巧克力倒进两个杯子，端到桌上。艾利亚斯仍旧隐藏在毛巾下，小步跟着我来到桌前。

我们安静地喝着。

“味道很好。”几秒后，他把杯子放回桌面，小声说道。

我困惑地望向杯子，完全空了，又带着疑惑看了看自己还剩一半的杯子。喝那么快，他是怎么不被烫到的？即使将表面吹冷，醇厚的液体也麻痹了我一半的味蕾！他有那么饿吗？可怜的小家伙。今晚，我要做两倍量的意大利面……

艾利亚斯重新将自己包裹在浴巾里，凝视着击打在窗户上的雨。我趁机更仔细地观察他精致的脸庞。他脸颊消瘦，对于一个10岁的孩子而言是否过于消瘦。这很难判断，我也不是这方面的专家。棕色的头发服服帖帖地顺着脖子垂下，头发的颜色在干燥的时候肯定更浅。见鬼了！干燥的时候？

“好了。”我放下杯子说道，“既然现在我们都暖和了，你把湿衣服给我，去洗个热水澡吧。”

出人意料，他一言不发地起身往浴室的方向走去。我简单地向他说明了龙头的操作，重新取了一条毛巾放置在加热器上。他饶有兴趣地注视着毛巾。不错。至少，他已经明白了。我在洗衣机上放了一件印有爱心图案的旧T恤和一条对我而言太小的短裤，并不抱多大希望这些衣服能适合，但这总比湿透的衣服强。

“你一个人能搞定吗？”我向他确认。

“可以。”

“如果你需要什么，就叫我。我就在边上。”

他点点头。

我走出浴室，径直冲向电脑，耳边传来浴室里的声音——淋浴的水声。很好。我在网上搜索居民电话簿，输入“莱萨特”，并把搜索结果锁定在楠泰尔区。

没有任何结果。嗯……

一个消息提示我有两个相似结果。我点击进入。“莱萨”以及“莱萨尔”。不是这两个。难道是我拼写错了？不管怎么样，他的的确确有发“特”这个音。

我又试了试“拉萨特”，依然没有结果，而且在巴黎附近的地区也同样一无所获。

我沉思着，任由自己的身体陷入扶手椅中。如果这个孩子是离家出走，我应该能在网上找到一丝线索。只要他的父母已经登了寻人启事，或者他们发布了告示……

我打开搜索引擎输入“艾利亚斯·莱萨特”。一串链接跳了出来。有关“艾利亚斯”的各种信息与“莱萨特”毫无关联。我恼火地重新输入“艾利亚斯·拉萨特”，仍然毫无进展。如果我只搜索姓氏呢？

我重新输入“莱萨特”。搜索引擎立刻向我提出一条更改建议——“莱沙特”。以防万一，我接受了这条建议。好几个页面的搜索结果立即呈现在我面前。我兴冲冲地打开其中几条，可瞬间就泄气了。没有任何一条和家族姓氏有关。相反，我倒是了解到莱萨特即尾宿九，它是位于天蝎座的一颗恒星，这个单词起源于阿拉伯语“las'a”（有毒动物的咬痕）。了解这点之后，我似乎距离真相更近了一步。

水声依然从浴室里传来。我尝试去搜索其他内容，但并没抱什么希望。出于经验，我知道如果一开始无法在网上找到某个信息，那么永远也别想找到。我需要想其他办法。我一丝不苟地记下离我家最近的警察局地址。等艾利亚斯从浴室出来，我们就去警察局，必须尽快通知家长。如果他的父母需要我提供社会服务[①]，那么可以告诉我他们的联系方式，并且明确这是我的职责。

“夏洛特？”小男孩儿叫我。

“我来了。”我马上回答。

我走向浴室：“我可以进来吗？”

“嗯。”

我打开房门，瞬间凝固在原地。艾利亚斯只穿了一条我的短裤，裤带被小心翼翼地打上了结。他站在绿色的浴室地毯上，T 恤衫挂在手臂上，眉头拧作一团。

“这些爱心，该穿在前面还是后面？”他问道。

我眨了眨眼，但眼前的景象并没有消失——巨大的伤疤布满了孩子的整个上臂以及胸膛，有些白得发亮，有些泛出深红色，另一些则呈现出深褐色。

“是……是谁把你弄成这样的？”我指着他的胸膛逐字问道。

他垂下眼帘，露出惊讶的神情。

① 此处指照看孩童。——译者注

“这个？我的母亲。”

面对我的沉默，他向我投来惊愕的目光。

“怎么了？你的母亲不对你这样吗？”

震惊之余，我将后背靠在门上。计划有变。我不会向这个男孩儿的父母透露丝毫他的行踪，在了解这个家庭究竟发生了什么之前，绝对不会。

2

艾利亚斯·莱萨特

艾利亚斯添了三次奶酪意大利面。即使是饿晕了也解释不了这旺盛的食欲！我坐在他对面，心不在焉地吃完了盘中的食物，不停地观察着他。我决定放慢节奏。我不知道警察遇到离家出走的孩子时按照规定会怎么处理，通知家长可能是最好的选择。而这,绝对不可能。我也试图拨打网上找到的电话联系社会服务中心，但是电话那边回应我的只有答录机的声音，要求我明天再打电话，或者提醒我遇到紧急事件联系警察。差不多快八点了。即便雨已经停了，天气似乎也并未转好。况且，仍在外流窜的连环杀手让我没有太大的欲望再次出门。我只能在今晚收留这个沉默寡言的小男孩儿。如果可能的话，再了解关于他的更多信息。为此，我需要悉心选择提问的角度。

“艾利亚斯？”我用轻快的语调呼唤这个正埋首狼吞虎咽半根法棍的孩子。

他抬起脑袋看向我，口中仍不停地咀嚼着。

“你父母的职业是什么？”

认真思考过后，我已经做好准备去接受所有的答案。从尖酸刻薄的失业人员到腰缠万贯的金融投机者，不论这对儿虐待孩子的父母是什么样的人都不会令我感到惊讶。

艾利亚斯甚至没有眨眼。

“杀手。”他平静地回答。

时间静默了一秒。好吧，我承认我惊讶了，或许还有一丝惊慌。杀手？

艾利亚斯观察着我。我恢复镇定。杀手，就好像在法国真的存在这个职业一般！

“杀手……”我带着惊讶的口吻重复道，“他们会不会和最近的谋杀案有一丝关联？”

小男孩儿在椅子上坐直了身体，面露愠色：“不会！”

真是个狡猾的小鬼。无论如何，我总算有些宽心，也明白得更透彻了。艾利亚斯是离家出走的，或者说是被赶出门的。我还没说完，是被虐待他的父母赶出家门的。而现在，他想方设法不让自己被送回去。指责父母是杀手确实严重了些，却也够机灵的。

直到晚餐结束，我也无法让艾利亚斯开口说出一句超过三个单词的句子。是，他想要一盒酸奶；不，不要菠萝味儿；是，要巧克力味儿。当我提出要求，他会帮助我一起收拾餐桌，把我洗好的盘子擦干，还会帮我把客厅里红色的折叠沙发床展开。这孩子不够健谈，却很好相处。

幸运的是，对我而言互联网比我的小客人健谈多了。睡觉的时间、早餐的搭配、每天看电视的时间、手机的不良影响以及校园诈骗的最初迹象，20 分钟以后，我对如何照顾一个 10 岁孩子有了大致的了解。我不认为这些都能派上用场，但我已经准备好了！

我回到浴室，将洗干净的衣服展开。等它们被烘干后艾利亚斯就能重新换上自己的衣服了。无论我们明天干什么，这身男孩儿的衣服都比我的爱心 T 恤更合适。

我回到起居室。小男孩儿从我的书架上选了一本连环画，带着异常严肃的神情阅读着。而我从未将《高卢英雄历险记》视为一种能令人皱眉的哲学读物。

“夏洛特？”片刻后他问道。

“嗯？”

“高卢人……”

“嗯？”

他向我展示了整个村庄都去抢夺蛮族营地的书页。

“这是影子生物吗？”

“什么？”我惊呼道。

“影子生物。”

我惊愕地挠挠头。

“啊……不是……影子生物，是什么？”

他眯起眼睛审视我。真令人焦虑……

“不，没什么。”

他决定再次埋头阅读。

我扶额。

“是时候睡觉了。”我转移话题。

他甚至没有争论一句就把书放置在身旁，然后钻进了沙发床上柔软的毯子里。为什么我以前照顾过的孩子就没那么听话？

我关掉电脑，坐在他的床沿。

“晚安，艾利亚斯。”我边说边在他的额头落下一个吻，“做个好梦。”

他看着我，睁大了双眼。

“怎么了？”我问道。

“你为什么这么做？”他结结巴巴地说。

“我做了什么？”

“就是……那个！”他指着额头。

我蹙起了眉：“是这样的，我吻了你一下，为了祝你晚安。”

小男孩儿依旧凝视着我，满脸困惑，他的小拳头在毯子上握得紧紧的。一个悲哀的事实将我的心击碎了。

“你的爸爸妈妈从不这样做？”我喃喃道。

“我的母亲不会。”他轻声说，“我的爸爸会这样，有时候会，在我的头发上。”

我震惊不已。他的“爸爸”和他的“母亲”？为什么不是他的“妈妈”？匪夷所思……

“还有亚当。”他补充道，丝毫没有察觉到我的困惑，“但……但是……”

“亚当？”我站了起来。

“我的哥哥。”

啊。有所进展。

他又一次摸了摸额头。

“我……我可以再要一个吗？”他问道，“拜托了？”

“当然！”

我再次亲吻了他一下，有些触动。当我起身时，艾利亚斯凝视着我，眼神中夹杂着怀疑与希望。嗯……如果有一天我遇到他的父母，我会对他们好好说说我是怎么想的！

与此同时，我起身，从书桌上取回电脑，关了灯。

“睡个好觉，艾利亚斯。”

没有回答。好吧。我会睡个好觉的。

进入卧室关上门，我盘腿坐在双人床上，决心继续我的网络研究。不幸的是，任何关于“亚当·莱萨特”或与之相关的拼写衍生词都没有值得关注的结果。相反，我把如何告发家长对孩子施暴的流程发到了工作邮箱。我会在明天第一时间打印出来，然后一鼓作气做完所有必要的预约。

我躺在床上，大脑里不停地闪过我谴责艾利亚斯父母的场景。像他们这样的人不配拥有子女！

一种怪异而不适的感觉将我从困意中拉了出来，这是一种迫在眉睫的危机感，一种冷若冰霜的存在感，一种死亡的先兆。我痛苦地睁开双眼，心跳漏了一个节拍。在闹钟绿色光芒的衬托下，站在我床边的艾利亚斯白如冰雪。他看着我，眼神里传递出紧张的情绪。我目瞪口呆地打了一个嗝。艾利亚斯消失了。我眨了眨眼睛，震惊不已。他刚刚就在那里，我敢肯定！我迅速摸到床头灯的开关，用尽全力按下它。温暖的黄色光线在房间里散开。什么都没有。除了我以及我剧烈跳动的心脏，这里没有第二个会动的物体。然而，我切切实实看到了！

我依旧颤抖着，起身绕着床转了一圈，甚至跪下来检查床底。只有我的杂物以一种混乱的方式堆积在这狭小的空间。我下意识地瞥了一眼房门。门关着，而且不曾被打开过，否则我肯定会听到吱嘎作响的声音。

必须证实这一点。我把手放在门把上，一毫米一毫米缓慢地开启。合页发出猫一般的惨叫声。总有一天我会给它上点润滑剂。无论如何，这证实了我的第一印象：在我睡觉时没有人开过门！

我踮起脚尖走进了客厅。艾利亚斯身体平躺，双臂交叉，一绺棕色头发散落在眼睛上，睡得像一个天使。安静的呼吸让他的背部轻微地起伏着。我松了一口气。真是太傻了！我不过是做了一个噩梦！

我安心地回去睡觉。显然，是他的故事令我在梦中感到不安……

*

"夏洛特？"

艾利亚斯从枕边探出棕色的脑袋打量我，而我本试着不要把他吵醒……

"你可以再睡一会儿，亲爱的。"我边回答边把水壶放在水龙头下面。

他坐在沙发床上。他完全按照心情来行事，不是吗？在他沉默的目光下，我准备泡茶。

"既然你醒了，想吃什么呢？"我问道，"我有面包干、蜂蜜麦片、牛奶、橙汁……"

"麦片。"他说道。

我从柜子里取出一个碗，然后快速回到沸腾起来的水壶前。

“为什么要这样做？” 当我往印有斯波克[①]先生脸孔的马克杯里倒水时，他问道。

我已经决定不再对任何事情感到惊讶。毕竟，10 岁的孩子不必知道如何泡茶。

“我把热水浇在茶叶上使茶叶散发香气。”我解释道,“然后，我加入糖和……”

“不。你为什么要照顾我？”

啊，好问题。如果我耸耸肩不作答，逗逗他会怎样？

“因为在力所能及的范围内照顾需要照顾的人，这是最正常不过的事情。”无论如何我还是回答了他。

他咬咬嘴唇。我并没有说服他。

“你让我睡在你的……你的城堡里。”他坚持不懈。

“当然！” 我惊呼,“外面有一个连环杀手！”

他诧异地抬起眉毛。

“是吗？”

“是的。而且不管怎样，让一个小男孩儿晚上独自外出是很危险的。”

他又想了想。我取出面包干、黄油和果酱。

“来，吃饭了。”我喊道。

① 斯波克（Spock），是《星际旅行》电视剧的主角之一。——译者注

“我不认为这个杀手会伤害我。”他边说边坐到饭桌旁。

“也许不会，”我表示赞同，“人们说他只选择坏人当作目标，毒贩子或黑帮。但是你永远无法预料一个杀手的行为。”

“哦！这个杀手！”他喊道。

“你听说过他？”

他只是不知所措地看着我。我把勺子递到他面前。他接过，一言不发地将勺子插入麦片里。

“你要知道，待在外面是不安全的。”我总结道。

他默默地把勺子塞进嘴里。好吧，我又失败了。我给面包干涂上黄油。

“你害怕他走进你的公寓吗？”他突然用极小的声音问道。

“当然！”我转动眼睛大声回答。

“但他只杀坏人呢？”

“也许吧。但是杀人总是不好的。”

“即使是……”他的声音越来越弱。

“即使是为了保护自己的生命？”他嘟哝道。

我的心融化了。我是多么愚蠢！有多少次这个小男生梦想着会有超级英雄出现帮助他摆脱折磨？我站起来把他抱在怀里。他的情绪似乎有些不稳定，但几秒过后，他用纤细的手臂抱住了我的腰。

“别担心，亲爱的，” 我在他耳边说道，“一切都会好起来的。我会尽力保护你。”

他的手紧紧地抓住了我的连衣裙。

“我也会保护你的。” 他说道。

我忍不住笑了：“你不需要保护我，艾利亚斯。我没有任何危险。保护孩子是成年人的事，而这正是我应该做的。”

艾利亚斯抬起头，用清澈的目光看着我：“那我可以留在这里吗？”

我犹豫了。

“今天，是的，” 我下定决心说道，“而我，会准备好所有的手续，这样你就再也不需要离家出走了。”

他的笑容消失了。

“什么？” 他结结巴巴地问，“都是什么跟什么呀？”

“我们要去见社工。” 我解释道，“他们可以……”

他从我的怀抱中挣脱出来。

“我想留在这里。” 他宣布道。

我噘起嘴，今天早上的他倒是非常健谈！

“你知道这不简单，亲爱的。” 我柔声说。

“为什么？”

“首先，因为你还未成年。如果我不在第一时间将他们对你的所作所为报告上去，那么你的父母很有可能会告我绑架。”

“哦……”

他重新舀起一勺麦片，显然在思考什么。我继续给面包干涂黄油。在艾利亚斯下定决心重新开口之前，我已经吞下了三片面包干并把马克杯里的茶喝掉了一半。

“他们不会告你的。”他极为笃定。

什么？他刚才一直在思考这个问题？

“我无法确定。”我反驳道。

“不，我很肯定。当我的父母不喜欢某个人时，他们从不告他，他们会杀了他。”

好极了。这可让我安心极了，是吧？

“因为他们是杀手？”

“没错。”

无懈可击。

“我可不太想被杀。”我表示。

“我会保护你的。”

“太好了。”

“那我可以留下来了吗？”

我抬头望天。

“你的父母只是问题的一部分。”

“其余的是什么？”

我耸耸肩说：“简而言之，我不能让你独自待在家里。我对你一无所知。我甚至都不知道你从哪儿来。”

他湛蓝的眼眸中流露出惊讶的神情，好似要燃烧起来。

“我的名字是艾利亚斯·莱萨特，”他说道，“我出生于2月8日……”

“好的，好的，”我打断他，“但即使我知道关于你的一切，问题依旧十分严重。”

“什么问题？”

我摊开双手表示无奈。

“孩子必须上学，接种疫苗，被人照料……这一切都需要大量的时间和金钱。而看看我的公寓，它那么小，我们甚至无法拥有各自的房间！”

他的眼睛亮了起来。

“啊！是的！”他松了一口气，大声说道，“好的，我明白了。”

“你明白了？”

“是的，不是因为你不想收留我，而是因为你很穷。”

好吧，是个精简的理由。这是一个看待事物的好角度。

“就是这样。”我接下他的话茬儿。

他把注意力转向盛着麦片的碗。讨论似乎结束了。我边继续吃早餐边不停地观察艾利亚斯，此刻的他正悠闲地在椅子下晃动着双腿，看上去比昨晚更加从容。太好了。

“我今天早上要去上班，”我边起身清理餐桌边告诉他，“你乖乖地待在这里。你可以阅读阿斯特里克斯的所有漫画或其他书刊，你自己选。我把手机号码留给你，万一有事就找我……”

我在一张纸上写了十个数字，然后贴在了冰箱上。

“你会打电话吗？”我边问他边指了指电视机旁的固定电话。

“会。”

“如果有问题，就给我打电话好吗？”

“好。”

“我中午回家准备午餐。不要调皮，知道吗？”

“好。”

“除了我，你不要给任何人开门，明白吗？”

“好。”

所以我们又回到了最简洁的交流方式。说实话，我对留下他独自一人感到内疚，但我的邻居和朋友都像我一样需要工作，而我的父母则住在法国的另一端。没有人能照顾他。相比留他独自一人在大街上，倒不如让他一个人待在家里。

我在他的额头上留下了一个吻，他仍然做出一个惊喜的表情。在心开始融化之前，我逃走了。这个孩子可以用他的眼神从我这里得到他想要的一切！

3

黑帮

“你好，草莓夏洛特！”

我吓了一跳，试图用身体遮挡刚从打印机里吐出来的纸张。

“你好，托马斯。”我边说边转向了这个不速之客。

“你不是忘了要开会吧？”

我迟疑了一下。开会？

“看来你忘了，”他大笑道，“幸亏有我提醒你。”

“今天有会议？”我笨拙地握紧背后的纸，努力地回想着。

“部门的年度会议，参加会议的有部门主管、主管的主管、主管的主管的主管以及所有高层。”

糟糕！我忘得一干二净！早上到公司的时候，由于对需要打印的文件过于紧张，我甚至忘了查阅日程安排。

“啊……我必须参加吗？”我结结巴巴地问。

“所有人都必须参加会议，”他装出一副绝望的神情，“不过不必担心，草莓夏洛特。我会坐在你旁边，这样时间就能过得飞快。”

他用意味深长的眼神瞥了一眼我的裙子。我忍不住感到反胃。就算不惜一切代价，我也必须找到一个远离他的座位。

“好的，过会儿见。”我板着脸说道。

“我可以等你。”

“没必要。”

“不不，我坚持。”

是的，我注意到了。

“我得去趟洗手间。”我向他声明。

无论如何，他不会跟着我上厕所！

他笑得更欢了，将一只手放在打印机上，把我挡在了机器和他之间。我的心跳停了一拍。

“可惜我们已经迟到了，和你一起迟到是我的荣幸。”他在我耳畔悄悄地说，“但是，今天下午，我们可以在这儿再见一面……”

我感到口干舌燥，手足无措，无法做出回应。

“今天下午。”他用承诺的口吻重复了一遍。

他离开了房间。处在恐慌中的我眨了眨眼睛。今天下午？我的天啊！但是我怎么才能摆脱他？我灵光一闪。我情愿用下午的时间来照顾艾利亚斯。我迫使自己平静下来。一切尚且顺利。从打印机上取回纸张后我飞快地将它们放到我的桌子上，抓起笔和笔记本就向会议室奔去。进入会议室时，多数人都把我当作空气，只有托马斯向我投来逼迫的眼神，并示意了一下他身边的空位。我无视他，偷偷溜到苏菲为我预留的座位上，默默地对她表示感谢。她顶着一头红发，向我眨了眨眼睛。我回以一笑，这才松了口气。

会议刚开始没多久。我假装一副备受启发的神情，注视着在房间尽头的屏幕上滚动的电子文稿。各种数字、表格、饼图，我们认真地听着主管们一个接一个阐述着他们满意或不满的理由。从结果上来看，会计部门的表现不错。这部分一结束，一种“这个会议根本与我毫无关系”的轻微麻痹感很快将我侵蚀。我的目光瞟到室内唯一一扇打开的玻璃窗上，这是用来给这间令人窒息的房间换气用的。临近的建筑物在早晨的阳光下熠熠生辉。演讲者的声音温柔地传入我的耳朵。我的眼皮变重了。再过 5 分钟我就将重回梦乡……

我的双眼猛地睁大，一声尖叫哽在我的喉咙口。只见艾利亚斯站在窗台上，仍旧穿着我的爱心 T 恤和短裤。他心不在焉地扫了眼会议室。但他在那里做什么？他是怎么爬上去的？这怎么可能？

“夏洛特？”苏菲担忧地轻声唤我。

我眨了眨眼睛。艾利亚斯消失了。

“你看到了吗？”我压低声音对我的同事说道。

“什么？”

“一个……一个孩子！在窗户上！”

她瞪大双眼，顺着我指的方向望去，然而什么都没有。她重新看向我。

“我们在八楼，夏洛特，”她撇了撇嘴嘲笑我，“你睡着了，对吗？”

人们开始向我们投来目光，相比冗长枯燥的报告，他们对这里的骚乱更感兴趣。我窘迫地点点头：“当然。抱歉。”

可恶！我在哪儿都能看到艾利亚斯！但是，我可以发誓他刚才的确站在那里。我把面前的一大杯水一饮而尽，让自己保持清醒。在我对面，托马斯做了一个心照不宣的手势。棒极了……

会议终于结束了。临近中午。我必须去为下午请假，但我绝不会去找托马斯。我打算直接找上级请示。我小步跟随会计主管玛丽安娜·仲马来到她的办公室，她的体型使她无法快速前进。我知道对她而言，我曾向她告发托马斯早已成为遥远的历史，甚至可能早已被她遗忘。

“对不起，玛丽安娜，”我跟在她身后进门，“托马斯很忙，而事情又太紧急……我可以打扰您一分钟吗？”

“当然，夏洛特，”她边说边做了个手势示意我坐下，“你看起来不太舒服。”

我坐在她面前的座位上，深吸了一口气。这无止境的会议报告正好给了我时间准备谎言。

“我下午需要请个假，”我机械地说道，“我知道现在告知您有些晚了，但是我姐姐昨晚遇到了些麻烦，我必须照顾她的儿子……"

玛丽安娜张开厚厚的嘴唇。唉……我不打算向她解释自己在街上捡了个孩子，而如果她知道我要请一下午的假去联系社工，肯定会觉得奇怪。因为她知道我没有孩子，所以在我看来外甥是一个不错的借口。

"我希望不是什么大麻烦？"我的上司用一种担忧的口吻询问道。

"但愿如此，"我谨慎地回答，"应该能在几天内解决。"

"下午不用上班了，夏洛特。家庭比什么都重要。离开前填一张表格就行。我会处理其他手续并通知托马斯的。"

真是意料之外！我本以为她会反对我请假，然而她却在为我担心。我几乎感到羞愧。

"谢谢您，玛丽安娜。"我感到脸颊泛红。

"去吧，跑起来。"

没等她再催我，我旋即离开了办公室，而她没有再问其他什么。我从办公室取出文件，绕开在走廊里聊天的托马斯，故作镇定地等待电梯。一气呵成，我出来了！呼！

艾利亚斯平躺在沙发床红色的床单上读着书。一堆阿斯特里克斯漫画堆在他的身侧，而此刻的他正沉浸在一套平铺在床单上的女性杂志中。嗯……

"我回来了。"我将包挂在衣帽架上宣布道。

他几乎没抬头。我把文件放在桌子上，困惑地努努嘴。他是否在研究怎样显得精神点？或者怎样把他棕色的头发弄卷？再或者怎么才能穿着旧 T 恤也显得时髦？

“一切顺利吗？”我问。

“是的。”

我满意地点点头。

“你喜欢土豆泥和汉堡排吗？”我边说边取出一个煎锅。

“是的。”

完美。我开始准备午餐。

“夏洛特？”

奇迹！他居然主动开口了！

“怎么了，亲爱的？”

“你几岁了？”

“23。怎么了？”

“你知道吗，你要早点生孩子，否则就会错过你的最佳生育期！”

这个问题简直让人惊掉下巴。不是吧！但是，也可能是这本愚蠢的杂志告诉他的。“要生孩子，得先遇到一个男人。”我的声音略显干涩。

艾利亚斯从沙发床上起身，饶有趣味地打量着我。

“你没有未婚夫吗？”他感到惊讶。

“没有。”

“不过你很漂亮，人也很好。这很奇怪。”

这个孩子为什么表现得如此稀奇古怪？

“我有过男朋友，”我边煎牛排边解释，“但我们没有走到最后。”

“为什么？”

好问题。如果我知道原因，那么我现在可能就不是单身了。

“因为我们没能走到最后。”我重复了一遍。

他似乎对这样的回答感到满意。

“我有一个办法。”他宣布。

“有办法给我找一个未婚夫？”我问道。

“不，有即使你很穷我也能留下的办法。”

他绕过床，取出我的游泳包，将它放在地板上拖到我面前。他的眼睛闪闪发亮：“你看！”

我好奇地看着他。他在里面塞了什么让这个包看起来鼓鼓的？当然不会是我的毛巾和洗发水！

他拉开了拉链。成捆成捆的 50 欧元钞票滑落到地面上。我差点儿窒息。

“我的天啊！艾利亚斯！这是谁的钱？”

“我的。”小男孩儿平静地回答，“好吧，现在是你的了。这样你就有钱了，而我就可以留下来。”

我无法做出回应，只是盯着包里和地板上的纸币。艾利亚斯皱起眉头，用鼻子嗅了嗅：“好像有烧焦的味道？”

“哦，我的……”

我将锅子从炉子上取下来。牛排冒着烟，嘶嘶作响。我的牛排……真是悲剧……

我感到心烦意乱，傻傻地站着望向烧焦的肉。艾利亚斯在一旁等待，双手插在口袋里，脸上充满自信。他的处境看起来可比我好多了。我身边的这个孩子究竟是谁？

“这些够吗？”他突然有些担心，“如果不够，我可以找到更多。”

“不，不。”我结结巴巴地说，“我……这……我……”

突然，我的脑子又开始运转了。

“但你怎么会有这么多钱呢？你什么时候拿来的？我告诉过你要留在这里！不可能！你不是去偷来的吧？”

艾利亚斯耸了耸肩。当然，我提了太多问题。我强迫自己深呼吸。

“好吧。”我嘀咕着冷静下来，“我们重新开始。”

我把装着烧焦牛排的锅放进水槽，关闭电炉，跪在地上平视他：“你说这是你的钱吗？”

“是的。”

“你的，还是你父母的？”

“我的！”他大声喊道，“我没有权利动父母的钱！”

我几乎没眨眼，也不再感到惊讶。

“一个10岁的孩子怎么会有这么多钱？”

“我赚的。”他赌气地说道，那宽大短裤的口袋里紧握的拳头比以往任何时候都要插得深。

“什么工作赚的？”

“嗯……杀手！”

我扶额：“我以为杀手是你父母的职业。”

“是的。”

我一言不发地盯着他。他肯定知道我对他简洁的回答感到恼怒，因为他移开了视线。

“有时亚当会带我去执行任务。”他嘀咕道，“我的母亲认为亚当把我保护得太好了，但是父亲还是同意了。之后，亚当总是将酬劳分成两份。他说这是我的零花钱。”

零花钱？我这辈子都没见过这么多纸币！

“那么？”他的声音越来越轻，“我可以留下来吗？”

我的脑海中闪过无数个想法。这堆积成山的纸币让目前的情况变得复杂了。艾利亚斯的家族可能属于某个有组织的犯罪集团。我回想起他告诉过我的微乎其微的信息：杀手，城堡，不会对他下手的连环杀手……所有一切都联系了起来。如果我去见社工，黑帮可能会雇佣最有能力的律师，所以不仅所有的上诉都可能会失败，而且社工和我极有可能会被人从塞纳河打捞上来，发现我们要么头上顶着弹孔，要么双脚被固定在一块水泥板上，或者两者都有。救命。

“夏洛特？”

艾利亚斯的声音将我从可怕的想象中拉回现实。我看着他。他的牙齿把下唇咬得发白，蓝色的大眼睛无言地恳求着我。

“是的，你可以留下来。”我喃喃道，“至少今天可以。”

他的眼睛亮了起来，将自己的小胳膊绕在我的脖子上。

“谢谢你，夏洛特！”

嗯……

“好好告诉我，”我反手抱住他嘀咕道，“你确定你的父母没有在找你吗？”

“是的。”

“我睡觉的时候不会被人扔下楼吧？”

他抬起头，一脸愤然：“不会！”

我松了口气。虽然情况总是出乎我的意料，但我的肚子已经开始叫了。

“来吧，”我起身说，“我们吃饭吧。”

他点点头，乖巧地打开碗柜摆好餐具。我完全不明白黑帮的孩子怎么会表现得像一个普通的小孩儿！

我决定先在脑海中勉强理出一个头绪，稍后再提出我内心的疑惑。在我的指挥下，艾利亚斯饶有兴趣地将热牛奶倒入土豆泥搅拌，而我则试图分割出牛排中没被烧焦的部分。

一顿极为简单的午餐。

“这是你第一次做饭，对吗？”看到他热情地吃着盘中的食物，我猜道。

他点点头，脸颊上沾着土豆泥。

“在你家一般是谁做饭？”

“厨师。”他回答道，嘴巴鼓鼓的。

是啊，我早该料到这个答案。

“这里所有的钱，”我指着重新整理好拉上拉链的运动包，继续问，“你去银行，要求别人把包装满，然后银行照做了？”

“是的。”

我撇撇嘴。

“不要编故事给我听，艾利亚斯，”我厉声说道，“在法国，未经父母同意，一个孩子无权取钱。”

他咽了口口水。

“在普通的银行，是这样的。但我的银行很希望我去取钱。银行家们知道不能得罪我的家族。”

哦，是的。他的家族。我决定不再深究。但如果我们不去找社工，下午该干些什么？我瞥了一眼艾利亚斯，心中有了答案。毕竟，他有那么多钱！

“你有没有藏在别处的行李？”

“没有。”

“很好。等我们吃完饭，你就换上昨天的衣服，我们出去给你买衣服。只有一件 T 恤是不够的，你也不能穿着我的衣服出门。”

他点点头，眼中闪烁着光芒。

“和朋友一起购物。”他嘀咕道。

“嗯？”

“我在你的杂志里看到的。如果我们一起去买衣服，这说明我们互相爱着对方。”

我真该把那些该死的杂志拿走……

“人们一般认为男孩子不喜欢购物，”我告诉他，“但如果你发牢骚，我就让你穿我的衣服。”

他重新挖起一勺土豆泥，面带喜色地吃着。我的心又融化了。多么有趣的小男孩儿呀！很难相信他来自那样一个可怕的家庭！

*

当我递去一张50欧元的纸币付款时，收银员瞥了我一眼。然而，在用假币探测笔试了三次后，她向我们投来了一个虚伪的微笑并祝我们度过愉快的一天。至少，“银行”没有塞给他假钞！

购物结束时，我俩的双臂挂满了袋子，小男孩儿兴奋的笑容温暖着我的心。他在每一个橱窗前逗留，欣赏他的白衬衫、牛仔短裤和凉鞋，虽然都是些简单的款式。显然，他从来没有购过物！我们停在一家冰激凌店门口，买了两个巧克力香草冰激凌。我不建议提着购物袋吃冰激凌——这样一点儿都不容易。艾利亚斯的喜悦达到了巅峰，他在人行道上欢呼雀跃。我们回到公寓放下袋子，然后出发前往巴黎驯化园[①]。

“我猜你从没坐过旋转木马？”我在入口处边买门票边问道。

他皱起了眉。

“旋转木马？是在马上吗？我知道怎么骑马！”

“不，旋转木马上可以乘汽车、消防车，还有木头做的马。”

他睁大了双眼。他的父母教他如何骑马，却从未带他玩过嘉年华？真是不可思议……

旋转木马、飞椅、毛毛虫飞车……起初我还得鼓励他跟上我的节奏，但他很快就习惯了这些玩法，甚至在需要顺着小梯子攀爬到驼峰上时，赶在了我前头。他的热情令我感到快乐。最后，我们停在了射击游戏前。

“我爸爸说过一个好的杀手不需要武器。”艾利亚斯在我付款时举着步枪说道。

“没有武器的杀手？”我不屑地笑了起来。

在我看来，这样的杀手很令人安心。

“为了避免伤害目标以外的人，”艾利亚斯严肃地点点头解释道，“使用武器的话，总有风险会伤及无辜。”

① 巴黎驯化园创建于1860年，面积20公顷，是法国最早的游乐园。——译者注

伤及无辜。这个孩子倒是有些词汇量!

他把步枪抬到肩膀上，漫不经心地射出 5 发子弹。展台深处，5 个气球全爆炸了。我惊讶地张大嘴巴。他甚至都没有瞄准!

“我想要绑着红色蝴蝶结的蓝色兔子。”他对着和我一样震惊的摊主说道。

摊主很快便恢复了镇定，解开男孩儿想要的毛绒玩具。我转向艾利亚斯。

“我以为你的父亲……”我含糊道。

“他还是教会了我怎么使用武器，”他平静地回答，“以防万一。给，这是送给你的礼物。”

他把毛绒玩具递给我。

“啊……谢谢。”

返回公寓时，夜幕已经降临。我告诉自己连环杀手只在深夜出现，以寻求一丝安慰。夜深前我们早就到家了。艾利亚斯或许认为杀手不会把他当作目标，但这个疯子并不一定有所有巴黎黑帮家族孩子的名单，而且随着光线渐弱，他甚至无法将他们辨认出来!

我还是不知道该拿这个小男孩儿怎么办。我研究过所有可行的选项,但没有一个令我满意。去找警察？我可能成为黑帮的目标。留下来自己照顾？我会成为他们敌人的头号猎物。把他扔在大街上？办不到。委托给别人？但能是谁呢？而且这样只是把问题交给了别人!

直到两个男人在人行道上拦住我们时，我仍旧在思考。

“嘿！小姐！”其中一个人向我打招呼，“我们认识，对吗？像你这么漂亮的女孩儿，我可忘不了！”

我惊讶地停下脚步。这两人很高，不是太胖，胡须似乎有两天没剃，都穿着运动装，戴着鸭舌帽。此时的太阳已经隐入建筑物背后。我不认为自己认识他们。在一般情况下，我会避开这样的人。我移开了目光，想绕开他们。最重要的是，不能被这种人抓住。

他们冷笑着挡住了我们的去路。我的心跳越来越快。好的，事情没那么容易。我将艾利亚斯推到我身后。

“不要烦我，”我喃喃道，“我不认识你们。”

“没关系，”那两人神色古怪地说道，“我们可以慢慢认识。”

我感到自己就要被恐惧压得喘不过气来，但是不能让他们看出我害怕。

“你们想要什么？”我喊道。

“没什么。如果你好好表现，我们不会伤害你，不会让你受重伤的。”

我的血液瞬间凝固了。强盗，强奸犯，还是更糟糕的情况？现在不是犹豫的时候，我必须立刻逃离！他们越来越靠近我们了。我感到口干舌燥，眼神在街上搜索。空无一人。他们的阴影逐渐笼罩过来。如果我能够带着艾利亚斯跑得足够快，就可以跑到马路的另一端，在他们追上前争取抵达一个人多的地方。

艾利亚斯安静地绕过我，在我面前站定，双手插在口袋里："谁派你们来的？"

两个男人面带怀疑地看着他。

"滚开，小鬼。"年轻的那个叫道，"我们只想要这个女孩儿。"

"谁派你们来的？"艾利亚斯复述了一遍，甚至没有提高声调。

"滚开，我警告你！否则我就把你痛打一顿！"

艾利亚斯转向我，面无表情地问："你要我把他们杀掉吗？"

"什么？"我战战兢兢地问道。

"你要我……"

"艾利亚斯！"我惊慌失措地低声道，"你必须逃走！"

"好的。但在此之前，我要不要杀了他们？"

什么？他到底在说什么？现在可不是说这些话的时候！

"艾利亚斯！不！"

他点点头，重新把注意力集中到那两个向我们逼近的男人身上。在他消失的那一刻，我正试图去抓住他的衬衫领子。我的心跳漏了一个节拍。他确确实实消失了！

"艾利亚斯！"我大喊道。

那两个人停了下来，好像被谁阻止了一般。我浑身颤抖。感觉周围的温度骤然下降了至少10度。但该死的，究竟发生了什么？

两人中较高的一人发出了一声急促的呻吟，随即跪倒在沥青路面上。艾利亚斯重新出现在他的面前，一只手锁住他的喉咙，头转向另一边。

“只要看到雇佣兵，我就能认出他们。”他说道，“谁派你来的？”

他的声音听起来十分奇怪，就好像从洞穴的底部传来。我僵在原地，无法动弹。男孩儿说话的方式，跪在他面前无法挣脱的男人……这一切怎么可能？

“放开我！”那男人就要窒息了，“立刻放开我！”

“放开他，小子！”另一个男人终于有了反应，他冲向艾利亚斯。而艾利亚斯几乎没有抬手，他就仰天倒在地上，喘不过气来。

“夏洛特说不杀你，”他用奇怪的声音喊道，“你就不要再挑衅我了。”

他把注意力重新放到第一个男人身上，那男人的脸上显出一种可怕的紫色。

“说吧，委托人的名字？”

那个男人挤出一句脏话。艾利亚斯耸了耸肩，他的手在暴徒的喉咙上略微收紧。当暴徒失去意识时，男孩儿松开了手。男人滑倒在地面上。艾利亚斯慢悠悠地走向第二个人。后者发出一声惊恐的叫声，以最快的速度站了起来。

“你是谁？”他吐了口口水，快速往后退去，“你是恶魔吗？”

艾利亚斯再次耸耸肩。当他远离我时，寒冷也逐渐远去。

“谁派你来的？”艾利亚斯再次问道。

我艰难地咽了口口水。这一切如同噩梦。那个男人肯定也这么认为，因为他像兔子一样飞快地逃跑了。艾利亚斯转向我。

“我要去抓他吗？”他问道，声音恢复了正常。

“啊……也许不，不用了。”我颤颤巍巍地说道。人行道上传来男人远去的脚步声。

“好的。他呢？我要让他开口吗？”他指了指躺在地上的男人。

“我觉得我们离开比较好。”

他点点头表示赞同，傍晚的热气重新回到了空气中。他在那男人身边弯下腰，搜查他的口袋。

“艾利亚斯！”我感到惊恐。

他起身蹦蹦跳跳地回到我身边，把自己的小手放进我的手里，明亮的蓝眼睛与我对视。

“对了，夏洛特，我们回家后可以吃奶酪意大利面吗？”

4

追捕天蝎的男人

“你刚才消失了！”我惊呼。

艾利亚斯惊讶地看着我。我砰地关上了身后的公寓大门，仍旧魂不守舍。

“你是怎么做到的？”我追问道，无法让自己冷静下来，“你在那里消失了！又再次出现……”

他将手插入口袋深处，紧盯着地面的瓷砖。

“艾利亚斯！”

“我父亲教我的。”他不情愿地低声道。

“教你什么？教你怎么消失不见？”

“不。教我如何在阴影中移动，让人类看不到我。”

我噎住了。

“人类？”我如鲠在喉。

“是的。”

“你不是人类？”

“不是。”

“那你是……你是……”

“我是影子生物。”

信息量太大。没有任何理性的解释可以填补这个故事中的所有漏洞。

“但是……”我断断续续道,“黑社会……”

他抬起头，担忧地问道 :“有黑社会骚扰你？”

“啊……这个……”

“你要我杀掉他们吗？”

“不！”

他挠了挠头，不知所措。

“你的父母不是黑社会成员吗？”我逐字逐句问。

“完全不是！”他大声回答,“从来就不是！”

“但是……他们是……”

“他们是杀手。”

对。说得好像这两者完全没有关系一样。

“作为影子生物，成为杀手实在太方便了。”他强调。

我靠在走廊的白墙上，一时难以消化那么多难以置信的事，我感到头晕目眩。艾利亚斯用那蓝色的眼眸笼罩住我。他的瞳孔很奇特，中间是浅蓝色，边缘几乎呈现出黑色。

“你还爱我吗？”他用一种悲伤的声音轻声问道。

我盯着他，精疲力竭。

“你不爱我了。”他低声说。

他任由自己滑倒在地面上，目中空空如也。他咬紧牙关，下巴开始颤抖。我的脑海中有个开关被触动了。我在做什么？艾利亚斯似乎并没有在他的生活中得到许多关爱。出生在一个杀手家庭，这真的是他的错吗？一颗泪珠顺着他的脸颊滚落了下来。我的心猛地一抽。可怜的小宝贝！没有一个孩子应该被这样对待！

我赶紧跪在他身边，将他抱在怀里。

“不，我爱你，”我安抚他，“我只是需要一点时间来理解。我……我还不习惯……所有这一切。”

他把脸埋在我的肩膀上。我让他喘了口气，尽管我的胃因焦虑而翻腾着。

“那么你也是一个杀手吗？”感到他放松了下来，我终于开口问道。

“是的。”

“那……啊……你会杀了我吗？”

他抬起头来，大喊道：“当然不会！”

我松了口气。

“没有人付钱让我杀你。”他补充道。

哎哟！

“如果某天有人想要付钱让我杀你，”他用几近凶狠的声音说道，“我就杀了他。”

嗯……我不知道自己是否应该为此感到开心。

“啊……谢谢……”

他把头靠在我身上。有那么片刻，我们保持不动。男孩儿的呼吸再次变得规律。我很难将这一段段故事联系起来，但一切都是真的。我不是在做梦。昨晚艾利亚斯确实出现在我的房间里，今天早上他也真的爬上了窗台。我的天哪，我该怎么办？

一阵咕噜声将我的思绪拉回现实。艾利亚斯抬头看着我，局促不安。

“我们准备做饭吧？”我建议。

“好。”

“我不知道你会待多久，但我先提醒你，我们可不能每晚都吃奶酪意大利面。”

他抬了抬下巴，表示赞同。说实话，他给我一种不论我投喂什么食物都会接受的错觉。不如我给他做一个西葫芦馅儿饼来验证一下我的猜测？不过这可能太危险了……

“你可以帮我准备番茄色拉吗？”

艾利亚斯站了起来。

“你要我把水加热吗？”他问道。

我睁大了眼睛。

“为什么？”我惊呼。

“为了把它们煮熟。”

“你想把西红柿煮熟来做色拉？”

“不该这样吗？”

我们望着彼此，相对无言。

“我的母亲说，孩子们必须吃煮熟的蔬菜。”他用脚尖在瓷砖上画着圈圈，坦言道。

“你喜欢这样吗？”我感到奇怪。

“我想，是吧，”他皱着眉头回答，“我从来没有吃过用别的方式制作的蔬菜，除非亚当带我去执行任务的时候。”

他的眼睛亮了起来。

“我们去人类的餐馆，疯狂地吃东西！”他激动地向我吐露，“烤肉、薯条。有一次，我们甚至吃了奶酪火锅！那是一道奶酪菜品，可以搭配超级长的面包吃！你知道吗？”

不知如何回应，我肯定地点了点头。这个亚当听起来是个好人，他费尽力气取悦自己的弟弟，即使他带着艾利亚斯去杀人。

“你在家只吃煮熟的蔬菜吗？”我叹了口气，直起身。

“哦，不是！”

“还有什么？”

“还有煮熟的肉、土豆、意大利面，但是没有奶酪。”

可怜的孩子！没想到我昨晚给他做了意大利面，中午又做了土豆泥！看来我终究还是要给他做个西葫芦馅儿饼的。

“你的母亲肯定不知道怎么烹饪别的东西。”

他似乎在沉思。

“我的母亲，或许吧，”他承认道，“但她不用做饭。”

“哦？”

“她不用，是厨师做饭。”

正是如此。我已经忘了。

“等我长大后，我就能像大人一样吃饭了！”他乐开了怀，“我爸爸和母亲的饭菜，闻起来真香！”

仍旧是他的“爸爸”和“母亲”？我真该深究一下，但不是现在，现在还有更重要的事。

“你吃的食物和他们不同吗？”

“不同。我母亲说我还不到年纪。”

我沉默地深吸一口气。多么可怕的女人啊！

“那么在我家，”我宣布，“孩子能吃生的、熟的、烤的、有馅儿的、炸的或煎的。如果你敢煮我的西红柿，那你就在浴缸里睡觉。”

他睁大蓝眼睛。我朝他笑了笑，向他表示我是在开玩笑。

他赶紧点头：“我不会煮任何东西！”

回答得正是时候！

当他看到我把色拉盆从壁橱里取出来时，他咬了咬嘴唇：“对了，夏洛特？”

“嗯？”

“以防万一，我可以在浴缸里放一个枕头吗？”

什么？他真的打算把西红柿煮熟？

10 分钟后，吞下一口色拉的艾利亚斯惊讶地睁大了双眼。我没有加入太多的香醋，以防刺激到他长期习惯无味食物的味蕾，然而罗勒叶的香气仍旧为这道菜增色不少。当我宣布我已经吃饱时，男孩儿已经添加了两次色拉并正尽责地将色拉碗里剩下的色拉倒入盘子里。当我建议他把烤箱中烘烤过的面包干加到剩下的香醋中混合时，他看我的表情接近崇拜。

“亲爱的，我们还是得决定一下该拿你怎么办。”我宣布。与此同时，他正陷在椅子里，舒服地叹了口气。

“啊……”他换上一副严肃的表情，双手交叉放在桌子上。

“我知道如何成为一名杀手。”他郑重地强调。

我撇撇嘴。即使他的兄弟会时不时带上他一起行动，即使他可以消失在一阵冰冷的风中，我仍旧怀疑这个小男人是否杀过人。

“你已经杀了很多人了吗？”我柔声打趣道。

他皱起眉。

“职业秘密。”他咕哝道。

他的眉头在小鼻子上皱起，那模样是如此有趣，我忍俊不禁。

“怎么了？”他吃了一惊。

“我的意思是你必须找到一件事来做，”我平静下来，“比如去上学……”

“哦……那我可以去你的办公室！”

“你喜欢那里吗？你已经去过了，不是吗？”

他点点头。我的肩膀不由自主地收紧。

“你不应该那样爬楼。”我故作严肃，“实在太高了。”

“通过阴影就不高。”他平静地回答。

当然。

我扶额，无法应付现在的局面。

“但我喜欢那里，”他仔细地舔着叉子，“除了那个大个子。他笑起来很奇怪，长得也很丑。”

“托马斯？我也不太喜欢他。”

他抬起头望向我，嘴上沾满了面包屑。

“你要我杀了他吗？”

我努努嘴：“不，艾利亚斯，我不想让你杀了他。我不希望你为我杀任何人。”

男孩儿观察着我，若有所思地眯着眼睛。突然，一缕光芒从他的眼中闪过。

“啊，是的！”他叫道，“你真的是穷人！这就是你刚才不让我干掉那两个雇佣兵的原因！”

什么？

“但是我能给你开个价，你知道的！”

“艾利亚斯！”我不满道。

“不，最理想的，”他继续说，无视我的愤慨，“就是告诉别人你是我的家人。”

“嗯？”

“这样，甚至都不用你要求，我就能免费杀了他们！”

“但……”

“准则四。”

“什么准则？该死的，艾利亚斯！我不明白你在说什么！”

他摆摆手安抚我。

“很好。”他说道，“我把问题解决了。下一次，我不会让那些可怕的雇佣兵逃脱。”

我叹了口气。

“他们不是雇佣兵，艾利亚斯。”我试图说服他，“他们只是……”

“他们是雇佣兵，”孩子斩钉截铁道，“为完成任务而收费的类型。这就是所谓的雇佣兵。”

“你真的认为需要付钱才能让这些家伙在街上骚扰一个女孩儿吗？”我低声抗议。

“当然不，但是你就需要。”

“为什么？”

“我在那个蠢蛋的口袋里发现了这个。”

他从自己的口袋里掏出一个钱包。

“你偷了这个？”我惊呼。

“是的。”

他说这话时理所应当的语气令我不安。我很肯定，我们不属于同一个世界。

“打开它。”艾利亚斯坚持将黑色皮包从桌面上递给我。

“因为你自己没有兴趣知道里面是什么？”我嘟哝着接过。

“我已经看过了。”

显而易见。

我打开钱包，发现了一捆钞票。当然，不仅如此，还有一张照片。把照片翻过来的瞬间，我的胃突然抽搐了起来。我见过这张照片，甚至可以说十分了解。每次我登录脸书时，它都会映入我的眼帘。这是我钟爱的一张照片，是在最近的一次度假结束时拍摄的。在阳光的照射下，我那被卷发衬托着的脸颊闪烁着健康的光芒。

“但是……但是……”我战栗地说，“这是我吗？”

“是的。”

“但是……他们……”

“他们在找你。”

“可为什么？”

艾利亚斯只是在椅子下晃动着双腿，茫然地望着前方。我艰难地咽了咽口水。愚蠢的问题。为什么他们要费尽心思找我，因为我收留了一个……一个影子生物？

“对了，夏洛特，我可以吃一盒巧克力冰激凌吗？”

哦，对了。餐后甜点。

我像机器人一般站起来将甜点从冰箱里取了出来。

“艾利亚斯。”重新坐下时我用不确定的声音问道，“还有其他人在找我吗？”

“我不知道，”他坦言，“我甚至不知道他们为什么要找你。”

“也许……可能……你……你的家族有仇人？”

他点点头。

“有一些，”他换上一副前所未有的严肃神情回答道，“但是没有一个人会愚蠢到去攻击我们中任何一个。”

“所以他们想要抓住我来报复？”我惊慌失措地问道。

“我不知道。这很奇怪。应该没有人会如此愚蠢。但别担心，我不会让他们动你的。”

我的手指紧紧握住自己的酸奶盒。艾利亚斯所流露出的显而易见的平静只能带给我些许安慰。他注意到了这一点。

“你想要我捉住他们让你放心吗？”

“不，就这样吧。”我用苍白的声音喃喃道，“我……我……”

“免费！”

我摇摇头。我必须在让这个孩子一个人待着之前做决定。

“艾利亚斯，我们定个协议。只要你住在我家，就不能杀死任何人。好吗？”

“即使我们受到攻击？”他皱起眉头，疑惑地问道。

我犹豫了一下，从餐具抽屉中取出勺子。我不想让他身陷险境，但我又想起了那两个男人可怕的眼神。

“如果我们受到攻击，我们试着使他们丧失作恶的能力，而不杀死他们，然后我们将他们交给警察。”

他同意了，但明显感到怀疑。

“所以我们只有在不能交给警察的情况下才能杀了他们？”他小声问道。

我叹了口气。他不会罢休的，不是吗？

“就当作如此吧。”

“明白了。”

他开始充满热情地吃他的巧克力冰激凌。还有最后一个细节。

“艾利亚斯？”

“嗯？”他的嘴巴鼓鼓的。

“不要在半夜来到我的房间。”

他向我投来充满质疑的目光，而我立马就猜到了。

“除非我受到攻击。”我叹了口气。

他咽下了一口冰激凌。

“如果我做噩梦怎么办？”他用很小的声音问道。

我的脸颊因为愧疚而泛红。

“当然，除非你做噩梦。”

几个小时后，吃撑了的我准备上床睡觉。艾利亚斯已经在客厅的沙发床上睡着了。不管怎样，就算他没有睡着，那他也装得很像，正如昨晚一样。他真的能够像自己所说的那样保护我吗？只有在想到这次袭击时，我才会觉得答案是肯定的。但如果这些人掏出武器呢？子弹可能不会对影子生物产生影响，但对我呢？就算如此，有必要通知警察吗？我毫无头绪。如果我能睡得着，相信夜晚会给我带来启发。我故作轻松地关了灯。我究竟给自己找了个什么样的苦差事啊?

*

我厌烦地扫了眼摆在我面前的一堆文件。我已经处理了两个小时的报销单，但我感觉这堆玩意儿分毫未减。在我请假的时候，这些讨厌的文件发生了什么?难道趁我不在的时候，有人把自己的工作塞给了我?除此之外我找不到其他理由!无论如何，专注于工作令我暂时忘记了烦恼。我离开时艾利亚斯还在睡觉。我给他留了一张纸条，告诉他在我中午回去前自己看书。我不认为自己会在去办公室的途中遭到袭击。想要在高峰时段的公共交通工具上逮住我，可是需要魔法的!小男孩儿说，作为雇佣兵的影子生物喜欢安静的地方。可以说安静是巴黎大区快铁 A 线唯一不具备的特质。

我伸长手臂去取书架上的计算器，脚在办公桌下触碰到一个柔软的障碍物。我诧异地瞥了一眼。只见艾利亚斯盘腿坐在地毯上，揉着胳膊，看起来无聊至极。

“艾利亚斯!”我惊呼道，“你在这里做什么?”

“我不想打扰你，”他忧心忡忡地回答，“我会去其他地方坐的。”

“但是……你没看到我的留言？”

“看到了，看到了。”

他从衬衫下面取出一本书——《成功婚姻的关键》。

“我带着它以防自己无聊。”他向我解释道，“但现在还行。你的办公室很小。”

“因为理论上是我一个人工作。”我咕哝道，“你在这里蹲了多久了？”

他耸了耸肩。该死的！他几乎每次都和我同时到公司！

门突然被打开了。

“早上好，美味的杏子夏洛特！”

再来一个人也不嫌多。办公桌下，艾利亚斯纹丝不动。

“你好，托马斯。”我的笑容有些僵硬。

“你在自言自语吗？”

“什么？”

“你刚才一个人在说话，不是吗？”

过分，他居然在我门口偷听！

他“砰”的一声关上门，露出愈发丑陋的笑容，这使他的脸显得更为消瘦。我绷紧面孔。

“你知道吗，这是一种深度孤独的迹象。”他强调，“我太久没来看你了。我告诉自己，必须对此进行补救……”

我咬紧牙关看着他向我靠近。办公桌下，艾利亚斯聚精会神地聆听着。

“那么，我们要聊些什么，我的小夏洛特？”

我保持沉默。我不知道该如何回答，尤其不想鼓励他继续下去。我交叉双臂，希望能够传递清晰的信息。如果我什么都不说，他会离开吗？

托马斯挑起眉毛，显然对我的无动于衷感到恼火。

“至少陪我去咖啡机旁休息一下吧！”他很无奈地说。

“我必须做完昨天落下的工作。”我指着面前堆积如山的文件说。

“啊？”

他的态度有所缓和，并对我露出一个谄媚的微笑。

“没问题，我明白了。我留在你身边，我可爱的小夏洛特。我和你一样，更爱私密的空间。”

他将一半的身体坐在我的办公桌上，俯身佯装检查我的工作，而目光却在我敞开的领口处徘徊。恐惧将我笼罩。我究竟何时提过私密空间？他实在靠得太近了！我应该离开吗？保持不动让他以为这对我而言无关紧要？

一只小手突然落在我的脚踝上。办公桌下，艾利亚斯用他那双蓝色的大眼睛注视着我。手指的触碰给予了我新的勇气。决不能让这种肮脏的行尸走肉再次恐吓到我！我快速站起身，绕过办公桌。

“你在干什么？”托马斯恼火地问道。

“既然你强迫我休息一下，那么我就去找其他人喝杯咖啡。”

我冷静地回答道。

我几乎跑着出了门。如果出现问题，艾利亚斯会消失的。

10 分钟过去了，在苏菲的办公室短暂停留并确保没有被跟踪后，我回到了办公室。男孩儿没有移动。他半蜷着身体，在桌下读着书，看到我回来他抬起了脑袋。

“我真不喜欢这种家伙。”他满腔愤怒地表示。

“我注意到了，亲爱的。”我开着玩笑使他平静下来，“我也不喜欢他，但就目前而言，他可以让我一夜间失业。”

我的思绪游走到试用期结束时的神圣时刻。当我的职位不再受到威胁时，我能够表现得更加坚定吗？

“你要我杀了他吗？”

我抬头望天。门再次被打开。我吓了一跳。还不够吗？他回来了？一股冷风掠过我的双腿，艾利亚斯突然消失了。一个体型庞大、留着平头的男人如同龙卷风一般冲进了办公室，紧随其后的是托马斯。他不得不大步前进，才不会被拉开太大的距离。

“是她？”那个男人用洪亮的声音问道。

“是的，这是夏洛特·拉罗什。”托马斯回答，看上去和我一样惊讶，“怎么了？”

在转向我之前，男人目光凌厉地扫了他一眼。

“拉罗什小姐，我是特警队重案组的警探巴拉尔（Balard），有几个问题要问你。”

我有一种小腹被人击打的错觉。警察？可我什么都没做！难道说艾利亚斯今天早上在路上闯祸了？

“什么特警队？”我声音嘶哑地问道。

“不必担心，我来这里是为了保护你。”

什么？保护我，又来一个？

“保护她？”托马斯面带疑虑地重复道，“保护她不被谁伤害？这个小骗子对你说了什么？”

警探快速地扫了他一眼。

“什么都不知道对你来说更好。”他恶狠狠地说道，“你现在可以离开了。谢谢。”

“我是他的上司。”托马斯反驳道，“我有权……”

“请你出去，否则我会控告你在谋杀案中妨碍司法。”

托马斯张开嘴想要抗议，但看到警探的表情时他闭上了嘴，愤怒地转过身离开了办公室。尽管如此，我还是忍不住感到一丝嫉妒。我多么希望自己能做到这一点！尤其是……托马斯曾担心我会起诉他？这个想法令我感到宽慰，但同时也令我害怕。如果他慌了怎么办？不，警探提到谋杀，而托马斯并不傻。他会明白这与他无关。

这位不速之客用怀疑的目光观察着我的办公室。马口铁材质的书柜，装得满满的文件柜，甚至笔筒，没有任何东西能够逃过他如利刃般尖锐的灰眼睛。我抓住机会仔细地观察他，内心满是忧虑。他体型宽阔，抓住暴徒的他一定不会给他们留下过多抱怨的机会。外套下，他的身型有三个我那么宽，但看起来没有一丝赘肉！寸头下那粗糙的脸庞与突出的下巴，令我有种夺门而逃的冲动，而不是向他报告自己的垃圾桶被盗。另外，他怎么能够忍受在如此高温之下穿西装打领带？

“你在寻找什么吗？”我胆怯地问道。

他把注意力转向了我。可怕……

“他们能听见我们说话吗？”他抱怨道,“你被监视了吗？”

我睁大双眼。

“谁？”我有些语塞,“发生了什么？”

他早有预料地摇了摇头，似乎平静了下来。他抓起办公室里的第二把椅子，坐在我面前。一阵冷冽的气流轻抚过我的脸颊。我的喉咙收紧了。这个家伙也是影子生物吗？而我几乎立刻松懈了下来。只见艾利亚斯出现在了我的铁柜顶部，他充满好奇地盯着这个新来者的后背。气流是从他身上传来的。

“我就不拐弯抹角了，拉罗什小姐。”警探低声说道,“关于天蝎，你知道些什么？”

我咽了咽口水。同样的姓，在两天内出现两次，没有人会将其当作巧合。

“啊……什么？”我重复了一遍，声音有些颤抖。

他摇了摇头。

“不必怕我。”他用暴躁的口吻命令道,“我不是他们的成员。我在追捕他们。”

当然。知道这点我就可以完全放心了，但我们究竟在谈论什么？

“那么？”他接着说，“天蝎？”

我强迫自己露出自然的表情。

“这是……这是星座，对吗？”我结结巴巴道。

男人讽刺地笑了笑。为了表现自然，我得重来一遍。

“天蝎座是星座，”他在说话时尤其强调了“座”这个字，“但天蝎是一个犯罪组织，被一个杀手家族所统治——莱萨特家族。”

我感到身体有一吨那么沉重。我的天啊。也就是说，这一切都是真的？

艾利亚斯依旧坐在我的柜子上，满怀热情地点了点头。我强迫自己说些什么作为回应。

“啊……”

“我知道这些人所构成的威胁，拉罗什小姐，”警探继续道，“我理解你的不信任，你也有保持警惕的理由。为了帮助你，我将把我所知道的告诉你，由你来对我的故事进行补充。”

他在座位上调整了一个更舒适的坐姿，身体越出了座椅两侧，而艾利亚斯则双手托腮，激动不已。

“两天前，你上网搜索了亚当·莱萨特。”警探正色道，“不是吗？”

我有一瞬间无法动弹，震惊之余，残存的思维替我做出了回应。

“你监视我！”我结结巴巴地说道，“你搜查了我的电脑？”

他大手轻轻一挥，如同赶苍蝇一般将我的问题扫去。

“我们正在谈论本世纪最大的杀手之一，拉罗什小姐。任何包含他姓氏和名字的搜索都会使我的服务器发出警报。”

该死的！居然是谷歌背叛了我！

“我……我不知道会有这种可能……”

“接着只需要登录你的 IP 地址进行定位。鉴于找到你是如此容易，我很清楚你不是罪犯。而当我看到你第二次搜索的主题时，我犹豫了。”

我的第二次搜索？很明显，我完全不懂这个家伙在说些什么！

他靠向我。

“你知道他的下一个目标，不是吗？”

我眨了眨眼睛。我开始明白他想知道什么了。

“你下载了保护未成年人的手续。拉罗什女士，你想要从亚当·莱萨特那里保护的孩子是谁？”

哦，真是悲剧……

“如果你认为你的回答会把自己置于危险的境地，”面对我的沉默，他补充道，“只要告诉我孩子在哪里。”

面对这种尴尬的处境，我努力不使自己慌乱。“孩子”就在他身后，用善良而又困惑的目光看着他。

“拉罗什小姐？”

我的心脏跳得更快。我能回答什么？不能说实话！但如果这个人在追捕艾利亚斯的家人，是否说明他也拥有同样的能力？或者，他还有其他能力？他能读取别人的思想吗？区分谎言和真话？艾利亚斯从来没有说过这些，但如果有的话……

我选择说出真相，以防万一！

“他在我家过夜了，”我用微弱的声音喃喃道，“我给他留了一张便条，告诉他今天早上留在我的公寓里，但我不认为他会听话。”

艾利亚斯在橱柜上向我投来一个灿烂的笑容。我永远不会明白这个小家伙的脑子在想些什么。

警探巴拉尔点了点头。

“他的家人呢？”他问道。

“我不知道他们在哪里。”我无比诚实地回答，“他不愿意告诉我他的住所。亚当·莱萨特是他给我的唯一名字。为了告诉我他是个杀手。”

我蒙混过去了吗？

警探点点头，若有所思地抚摸着下巴。他的眼神在我们附近的窗户边游荡。我咬着嘴唇。我透露太多了吗？

“你怎么认为？”我问道，感到胃部仿佛被挤压过一般。

“跟踪一个孩子，看起来不像亚当的作风。”他从思绪中抽离，“尽管在他短暂的生命中所犯下的谋杀案可能比所有著名的杀手一起犯下的要更多，但他有自己的原则。我无法将他与谋杀孩子联系起来。”

在他的背后，艾利亚斯用力地点了点头。

“但或许这个孩子看到了他不该看到的东西，比如亚当杀死了他的父母。”警探巴拉尔接着说。

我不知道该说些什么。我应该向他保证艾利亚斯没有任何危险吗？他绝不会相信我。或者直接告诉他孩子已经消失了？如果他监视我，很快就会知道我撒了谎。如果我试图误导他呢？

“我不知道这是否对你有所帮助，”我用一种更为坚定的语气说道，“但是昨天有两个家伙在街上袭击我。他们的钱包里有一千多欧元和一张我的照片。”

还是让这个有些特别的警察做点其他事情吧！

他撇撇嘴。

“是的，对不起，拉罗什小姐。我派了那两个白痴来找你，因为我按门铃时你不在家。”

“他们是警察？”我感到恐惧。

“都不是。只是街上晃悠的小流氓。我招他们干一天的活儿。一般来说，这些人非常擅于找人。拉罗什小姐，我没有料到他们会吓到你。我很抱歉。因为我没有告诉他们我的身份，他们肯定觉得我来自一个犯罪组织……”

我张嘴注视着他，感到自己的大脑停止了运转。

“你参加过自卫课程，不是吗？”

自卫课程？我这个只喜欢游泳和瑜伽的人吗？我赶紧承认。

“我学了 5 年的马伽术，”我一边回忆电视剧一边编谎道，“很抱歉，对你的伙计……”

他再次漫不经心地挥了挥手。

“这不重要，如果他们让你害怕，你就该这么做。”

多么有趣的警察！

他靠在椅背上，叹了口气。

“我们又回到了原点。拉罗什小姐，你确定你不知道在哪里可以找到莱萨特家族？”

我知道，就在他身后。

“我很抱歉。”我摊开双手表示无能为力，重申道，“我毫无头绪。”

“孩子没说别的什么吗？”

“没有。”

他又问了我一些关于我自己家庭的问题，可能只是为了走个流程，因为他似乎已经知道了所有答案。

“你不必担心，”最后他站了起来，总结道，“除非有人付钱，否则亚当·莱萨特不会碰你一根头发。如果你还是遇到了他，无论他想要什么，无论是什么，都不要反抗。你甚至没有时间察觉死亡的到来。”

可怕……若不是确定这个亚当并没有在角落里徘徊，我会躲在床下度过接下来的三年时光！

“他和连环谋杀案有关吗？”我突然问道。

虽然机会渺茫，这个警察或许可以帮我们摆脱他！但他摇了摇头。

“我不这么认为，拉罗什小姐。我听说过这些案件，我可以向你保证，若是亚当·莱萨特击中某人的后脑勺，当然，那人的大脑也会爆炸，不过是从里面爆炸，不会流出一滴血。他喜欢干干净净地做事。天蝎杀手的骄傲就是穿着白衬衫作案，完事后仍能保持衣服一尘不染。”

艾利亚斯点头赞同。除我以外，这个房间里还有一个正常人吗？

5

亚当

体形魁梧的警探离开时，艾利亚斯已经从柜子上消失了。无论如何，我开始了解他了，我的小家伙。待脚步声消失在走廊尽头，我叹了口气。

“你准备问我要不要杀了他？”我面对着空无一人的房间问道。

变得熟悉的寒流拂过我的脸颊，艾利亚斯出现在我的椅子旁。

“如果你真的想，也行。”他略显烦恼地回答，“但这有些伤脑筋。亚当很喜欢这位先生。”

“亚当很喜欢他？”我难以置信地重复道。

“是的。他说拥有一个追捕他并欣赏他的人类朋友令他充满干劲儿。”

我不知所措地注视着他。他不像在开玩笑。这个家族的思考方式完全超出了我的想象。

“如果警探找到你，我们就会有大麻烦，不是吗？”我接着说。

艾利亚斯极其严肃地点点头：“是的。”

“既然如此，你为什么出现在他附近？”我惊呼，“你想找麻烦吗？我警告你，如果你继续做蠢事，我也会有大麻烦的！”

小男孩儿看起来很生气。

“首先，我在他身后，”他抗议道，“他看不到我。”

“如果他转过身怎么办？”

“我会消失。其次，如果他让你觉得烦恼，我就杀了他。亚当会明白的。”

我幻想着自己秃头的样子，我多想拔光自己的头发！

“杀死一个人是远远无法令烦恼消失的，艾利亚斯！”我恼怒道。

“哦，是吗？”

“是的。”

“哦，好吧。”他将双手插入口袋，不以为然地噘起嘴咕哝道，“我想真真切切地看到他。”

“当你……当你在那里做自己的事情时，不能看到他吗？”

“当我走在阴影中？”

原来是这么个说法……

“对。当你走在阴影中。”

“不能。看不太清。”

他又露出了将我拒之千里的神情。此刻，我无法从这个孩子那里得到任何其他信息。我揉了揉眼睛。当手移开时，艾利亚斯分毫未动，正忧虑地凝视着我。

“你还好吗，夏洛特？”

“我们该怎么办呢？”我沮丧地喃喃自语。

“我，我有这个，这能让我忙到中午。”他从衬衫里取出了那本有关完美婚礼的书。

我突然觉得疲惫不堪。

“我的意思是我们之后该做什么。”我强调道。

他的双眼闪烁出诧异的光芒：“西红柿色拉？”

警探那边没有其他消息了，我们顺利回到家。或者更确切地说，我双腿间带着一阵风回家了。当我到达三楼的楼梯间时，艾利亚斯打开了门。他狼吞虎咽地吃下撒了孜然的茄子和烤鸡，就好像已经足足饿了 8 天。

“今天下午你还想陪我吗？”当他吃下最后一块我拿给他配苹果派的饼干后，我开口问道。

“不。”

“不？”我感到焦虑，“那你打算做什么？你不会一个人出去吧？你不会杀人吧？”

“不。”

“不？”

他终于从盘子中抬起了脑袋表示肯定。

“今天下午电视上要播放一部关于工业捕鱼的纪录片，”他解释道，“我想看。”

“你对钓鱼感兴趣吗？”我有些惊讶。

“是的。有一次，亚当带我去执行任务。我们坐了船，有趣极了！”

“好吧。”我用一种比自己想象中更为直白的声音说道，“不要一个人出去，好吗？”

“为什么？”

“连环杀手还在外面。我不希望你……”

“夏洛特……”

“不！让我说完。我不希望你们中的任何一个人杀死另一个。如果他伤害了你，我一辈子都会因此怨恨我自己。”

“夏洛特……”

“而且我说过在这里居住期间，我不希望你惹麻烦。”

“夏洛特……”

“什么？”

他那悲伤的小眼睛乞求似的凝视着我。他犹豫了。

“不，没什么。”他下定决心。

“很好。你知道这个家伙的野蛮行为吗？你的兄弟亚当或许能够不留痕迹地做完一切，但这个杀手在人行道上炸开受害者的大脑。不能接近他……”

“有一天，我会和亚当一样厉害！”他大声说道，“我只需要再多一点儿的训练！”

自从我发现这个男孩儿的真实身份后，一个想法始终在我脑海中萦绕。

“艾利亚斯，别说胡话。”我斥责他。

“但是……”

“没有但是！”

“他们很恶毒！”

我咬紧牙关，我再也不能忽视这个可怕的真相了。

“可怜的小家伙，”我喃喃道，“告诉我报纸上说的那个人不是你。”

他睁大双眼保持沉默，双手重叠在盘子前。我用双手扶住头。我让艾利亚斯进了大楼来保护他免受杀手的伤害，而那个杀手居然是他自己……

“你杀了他们来训练自己？”我用颤抖的声音低声问道。

“不。他们威胁我。一开始，就像亚当说过的，我不该让自己变得显眼，所以我随便别人怎么说。有一天，一个戴着帽子的男人偷了我的行李箱。之后另一个人，偷了我的钱。甚至有一次，连我的三明治都被抢走了。然后，当我告诉其他人我什么都没有了时，有些人开始打我。我流血了，我不喜欢这样。当我看到眼前有星星在跳舞时，我想明白了，我不能让他们为所欲为。这些人太恶毒了。”

我感到如鲠在喉。这个孩子为了避免引起注意而任由别人殴打却不反抗？他们怎么能对一个孩子如此残忍？甚至将他打晕？

我把正在整理的餐具放了回去，将小男孩儿紧紧地抱在怀里。

“别担心，”我低声道，“可怜的小东西。没有人会在这儿伤害你。”

他把头靠在我的肩膀上。

“我知道，”他平静地回答，“我爱你，夏洛特。我会永远保护你。”

我抚摸着他棕色的头发，心乱如麻。

“我也是，我爱你，亲爱的。”

他突然抬起头靠近我，脸上闪烁着光芒。

“你看着，”他大喊，“总有一天，我会在不打破他们头颅的情况下让他们的大脑爆炸！亚当跟我解释过该怎么做，我觉得我太用力了，但很快你就会为我感到骄傲！”

好吧。我们还是不了解彼此。

“艾利亚斯……”

“好，好。如果不攻击我，我就不杀人。”

“而且你也不能故意让别人攻击你。”

“好。”

他咧嘴对我笑。我突然有些困惑。

“但是你告诉我，”我问道，“如果我没记错，在连环杀手的受害者中不仅有肮脏的类型……”

他眯起眼睛。

“就在我找到你之前，”我接着说，“记者报道过一个没有犯罪前科的人，被发现在他家里……”

小男孩儿面色暗沉：“他看起来很友善。他说他想帮助我。他把我带到了他家……然后他想要……他试着……给我……”

恐惧使他闭上了双眼。

“可以了。”我打断他。

“然后我杀了他。”他松了一口气总结道。

很好。这次他或许做得完全正确，法律不会允许这种事情发生。如果影子生物能够时不时清除一下这种人渣，也是不错的……

我真是很幸运，因为艾利亚斯并没有在我接近他的瞬间把我干掉！我越来越理解，呆坐在倾盆大雨中的他为何对我充满了怀疑。

“我很高兴你相信我。”我柔声说。

“你看起来很善良，”他平静地回答，“和你在一起我不害怕。”

我疑惑地噘起嘴。但是这个孩子的脑袋里究竟在想什么？

“而且，你的名字是夏洛特。”他总结道，“夏洛特这个名字让我信任你。”

是的。和夏洛特·科黛同名。

好吧。

周末万岁。

接下来的周二，我把艾利亚斯带到了游泳馆。他用欢快的小脸蛋认识了我所有的同伴。戴着我给他买的潜水眼镜，他看起来像一只青蛙。当然，当他将背部面向大家时，伤疤引来了许多人的疑问，而我很快便向她们解释我的“外甥”几年前发生了严重的车祸。她们不再多问，脸上充满了同情。随后，在我的朋友和游泳教练慈爱的目光下，艾利亚斯花了一个小时扑水，玩滑梯。

两个星期顺利地过去。艾利亚斯不是陪我上班就是待在家里看电视节目。我不再坚持让他去上学。首先，在与他聊天的过程中，我发现他具备了远远超过我的常识，他不仅掌握了和我一样多的数学概念，而且词汇量也和政治学教授不相上下。其次，我不知道如何让街区学校招收这么一个在世人眼中那么特殊的孩子。如果发生什么越界的事，即使只是越过正常界限一个脚趾头的距离，我恐怕会立马与巴拉尔警探重逢。

说到正常，我很快意识到艾利亚斯对生活中所有平凡的事情充满了热情。烹饪、餐具、家务、购物、洗衣服或单纯的散步，他想要学会一切。好几次在使用吸尘器前他都没有按下开关，但拥有这样一个小室友实在美妙极了！

我不再和同事共进午餐，但除了在喝咖啡的休息间隙遇到的苏菲，没有人会真的抱怨我的缺席。托马斯再也无法在用餐时令我感到沉重不堪！而他似乎也放下了这件事——警探与“谋杀”的故事一定浇灭了他的热情。我真该为自己庆祝！

我们正在逐渐习惯两个人的生活。孩子时不时做出的简短回答不再令我感到惊讶，他也不再建议去煮熟他不知道的食物。从那以后有了“我”的卧室和“他”的沙发床，“我”的茶和“他”的麦片，“我们”的游泳馆和“他”的滑滑梯。生活中只有一件事没有发生改变。每每我对愚蠢的记者、腐败的政客或过于富裕而忘记现实世界的人们表示不满时，艾利亚斯都会满怀期待地问我：“你想要我杀了他吗？”

无可救药。

但我始终没有让他那么做。

之后的那个周一，当我起床时，发现艾利亚斯躺在浴室的地毯上，身体埋在一堆五颜六色的毛巾里。

“艾利亚斯？”仍旧半睡半醒的我担忧地问道。

一阵咕噜声传来。我立马清醒了过来，小心翼翼地往后退。

“艾利亚斯？”我重复一遍，时刻准备着逃跑。

小男孩儿的脸从毛巾堆中钻了出来。苍白的脸上挂着一只红鼻子，就好像点缀在奶油上的罐装樱桃。

“你怎么了？”我在门口驻足。

“夏洛特？”

“嗯？”

“我生病了……”

“啊。你生病的时候会杀人吗？”

“不会。”

我感觉自己就要被融化了。这个可怜的得了感冒的小宝贝！

我重新靠近他，取下盖在他棕色头发上的毛巾。

“怎么会搞成这样？”我柔声问道。

“我很冷，所以我钻进热毛巾里，而且我在流鼻涕。”

什么，他整晚都在用我的毛巾擦鼻涕。我可以把这堆毛巾都塞进洗衣机里，顺便把艾利亚斯也塞进去吗？

“我给你准备药。作为交换，你让我单独在卫生间待10分钟。”我提议道。

“好的。”

我跑到迷你厨房将一片泡腾片放入半杯水中，而艾利亚斯则回到了客厅，宛如一个披着毛巾的幽灵。他躺在折叠沙发床上，也就是他的床上，不再动弹。很好。睡觉不会加重他的病情。

我很快准备就绪。当我准备离开时，艾利亚斯依旧没有动静。我把玻璃杯和一管维生素放在桌子上。他肯定会奇怪为什么要吃这些。我离开了公寓，祈祷什么都不要发生。因为无论如何，他都不会出事的。不，不会的。

当然，这个可怜的小幽灵在公寓里徘徊，痛苦地擤鼻涕的场景整个早上都萦绕在我的脑袋里。中午，我提前离开了办公室赶往药房。随后提着满满一袋子药小跑着回了家。公寓的门半开着。我惴惴不安地缓下步伐。通常情况下，艾利亚斯不会忘记关门。感冒让他迟钝到了这种地步吗？我用脚尖推开门。没有任何声音。我静悄悄地溜了进去。

“艾利亚斯？”我轻声叫道。

继续往前走。一个身影站在桌子前。一个比我高出整整一个头的身影。我的天啊！艾利亚斯在哪里？身影转向了我。我目瞪口呆。但是……这是艾利亚斯！他长高了至少一米，脸部线条也变得更加粗犷，我的眼睛不可能看错！瞳孔中心的天蓝色被深蓝色所包围，这双眼睛不会自己凭空长出来！他心不在焉地看着我的模样，散落在肩膀上的棕色卷发……哦，该死的！他的肩膀！他变得如此性感！我的小孩儿，他是在哪里找到这件紧身T恤的？

我只注意到他手里拿着一管维生素。维生素对影子生物有这种效果？我应该早点给他服用的！如此一来当他开始对我说“我爱你，夏洛特”时就会有完全不同的效果了！

“艾利亚斯？”我惊讶地结结巴巴道。

“我们认识？”他用充满磁性的声音回答。

“当然！是我！夏洛特！”

蓝色的眼眸中闪过一丝兴趣。

“夏洛特？就像夏洛特·科黛？这个国家最著名的杀手？”

毫无疑问，这是艾利亚斯。只是他现在和我差不多同龄，而我目前的身高只能够到他的肩膀。

“是的！”我惊呼，“你什么都不记得了吗？你吃了多少？”

他皱起眉头：“我吃了多少什么？”

浴室门突然在我身后打开了。艾利亚斯，10岁版的艾利亚斯，裹着毛巾如同盒子里的魔鬼一般弹了出来，他的脸色看上去好了不少。

“亚当！”他大叫道。

“艾利亚斯！”大人版本的艾利亚斯惊呼道。

小幽灵兴奋不已地向我们冲来。年轻人单膝跪地，笑着抱住他。我的思路卡在孩子提到的名字上。他是说了“亚当”吗？我的天啊！

“你在这儿做什么？”艾利亚斯将手臂环绕在入侵者的脖子上，忧心忡忡地问，“所以说我失败了？”

“不，完全没有。”一人宽慰着另一人，“我刚看到报纸就认出了杀手。已经有两周没有报道类似的新闻了，我猜你或许遇到了麻烦，所以来确认一下。”

小男孩儿的眼中充满了爱。

“之前，我遇到了麻烦。”他坦言，“但现在，我有夏洛特。”

他向我点头示意。当亚当再次望向我的时候，我的手握紧了装药的袋子。

“她是个优秀的杀手吗？”他彬彬有礼地问道。

“哦不！”艾利亚斯笑了，“完全不是！她不想让我杀人。真可惜，因为她办公室里有一个人，我真想把他脑袋敲碎。但她不同意。她太善良了。”

亚当不以为然地耸耸肩。

“准则一。”他说道。

“是的。”艾利亚斯赞同,“但我有个主意，我想用准则四。”

“准则四是保留给家人的。”

他们的准则上到底写了什么？我应该离开吗？这样可能更为谨慎。可这是在我家！

艾利亚斯的眼睛亮了起来:“是的，我知道。这正是我所想的。”

他的哥哥低下头,看上去很困惑。小男孩儿兴奋地颤抖着:“亚当，你应该和夏洛特结婚。”

停住。慢着。谁应该做什么？

亚当同样睁大了他的蓝眼睛，那双与艾利亚斯如此相似的眼睛。

“她23岁，只比你年轻两岁，没有未婚夫。”艾利亚斯极为认真地继续说道,“她必须在变得太老之前赶快生孩子。”

“啊？”我表示抗议。

“然后她会成为一个超级好妈妈。她知道怎么做好吃的，不需要用水煮，而且她会亲吻额头。”

亚当起身更仔细地打量我。不，但无论如何他都不会认真去考虑这个疯狂的主意！

他再次转过身面对被毛巾包裹住的弟弟:“你确定吗？”

“是的。”

怎么回事？是的？还有我呢！他们怎么没有问我的意见！

亚当点点头。

“很好，”他宣布道，“我必须在五点左右离开……”

太好了！但愿他不要回来！我有两句话要对艾利亚斯说！

“……准备明天的工作……”

哦，真是悲剧……我一点儿都不想了解这份工作。

“……但我们现在能做这个吗？”亚当问。

我感到窒息。

“我们能做什么？”我痛苦地一字一顿道。

他露出一个不以为意的笑容：“结婚，你刚才没在听吗？”

我透不过气来。这家伙究竟是从哪儿来的？这绝不可能！

“但是……不，不！”我抗议道，对此感到难以置信。

亚当皱起眉头，房间内的空气瞬间变得冰冷无比。

“不？”他不悦地重复道。

恐怖直击我的心灵深处。我回忆起警探巴拉尔的话。“如果你还是遇到了他，无论他想要什么，无论是什么，都不要反抗。你甚至没有时间察觉死亡的到来。”哦，不！

“不，我是想说一切发生得太快了。”我结结巴巴地说，双手在颤抖。

“太快了？”

“是的，因为……因为……”

借口！我需要借口！

“因为我没有把你介绍给我的父母！”

真是个烂借口，亚当摸摸头，一脸困惑。

“他们住得很远吗？你认为我们没时间在五点之前走个来回吗？”

艾利亚斯笑了。

“你什么都不懂，亚当！”他兴奋地大喊，“不是这样做的。”

“哦？”他哥哥无聊地嘟哝道，“我不知道，我从来没有结过婚。”

真是万幸！

尽管亚当显然有些恼怒，但气温还是回升到了 6 月中旬应有的 25 度。

“首先，你必须以浪漫的方式求婚。”小男孩儿解释道。

“这是什么意思？”

“你必须跪下给她一枚戒指。”

“哦……很好。这很容易。之后呢？就这样？”

“不。在那之后，你们就订婚了。”艾利亚斯无比认真地说道，“你们必须在结婚前保持一年的订婚状态。”

“一年！”

“是。这是书上所写的理想婚礼。一年，是最好的。”

完美。我收回过去两周对这个孩子阅读女性书刊所做出的所有批评。

“在那段时间内，你们好好发展感情，向双方父母介绍彼此，然后共同生活来验证是否真爱对方。还得看看你们是否喜欢同样的东西，比如西葫芦馅儿饼。还要确保你们性生活和谐。”

啊？

亚当点点头，看上去和他弟弟一样严肃。

“我不记得对爸爸而言有那么复杂。”

“也许对影子生物而言更容易，”艾利亚斯表示赞同，“但对于人类，我们必须这样做。”

“明白。我在哪里能买到戒指？”

“不远处有一家珠宝店。”

简直一团糟。我听着小室友向亚当解释如何前往街区内最受欢迎的奢侈品商店。年轻男子消失在一阵风中。艾利亚斯转向我，眼中满是喜悦。

“对了，夏洛特，我们吃什么？”

趁着刨胡萝卜的时间，我在大脑中重新整理了一下思路。这可能只是个玩笑。亚当并不打算真的和我结婚。他假装这么做是为了让艾利亚斯开心。即使他真的有意如此，我还有一年的时间让他厌恶我，而不让自己被杀。救命……

吃饭时我们没有再见到亚当。艾利亚斯似乎已经痊愈了，尽管他仍时不时地吸吸鼻子。哥哥的出现让他化身为一缕阳光。

“如果我给他做他不喜欢吃的东西，你不怕他杀了我吗？”我在开始用餐时咕哝道。

我本想问“如果他不爱我，你不会怕他杀了我吗”或者“如果我们性生活不和谐，你不怕他杀了我吗”，但我担心这对于一个孩子而言实在太过。

“不会。”他回答。

这就是全部回答。我咬咬牙。

“艾利亚斯……”我嘟哝道。

“嗯？”

“为什么不会？”

他抬头用惊讶的目光看我。

“这不符合准则一和准则二。”他向我解释道。

“但那些准则究竟是什么？你刚才就提到过！”

“哦，是的，你说得没错。既然你要和亚当结婚，我应该告诉你。”

我撇撇嘴，但男孩儿站了起来，表情无比庄重。

“以下是我们家族的行为准则。”他宣布道，“第一条：没有报酬，我们绝不行刺。你看，你没有任何危险！”

哦，是的。这么看来，显而易见……

“第二条，”他接着说，“我们不杀害妇女或儿童。你受到双重保护。”

我皱眉。

“巴拉尔警探似乎认为亚当不杀孩子，”我回忆道，“但女人呢？”

“他可能没有注意到。无论如何，很少有人会为女人的脑袋付钱。一般来说，男人会自己去杀她们。他们不认为这有多复杂。”

真是令人不快。

“第三条，”艾利亚斯接着说，“在任务完成之前，即便猎物支付更高的报酬，我们也不会杀害委托人。”

“哦，好吧……”我嘀咕道，“我看到了你们的风度。”

“第四条：如果对我们的家族构成威胁，上述准则皆不适用。”

他向我投来一个灿烂的笑容。

“所以，如果你嫁给亚当，你就不需要付钱让我杀雇佣兵了！你高兴吗？”

“高兴吗？”我透不过气来，“你让我嫁给他就是因为这个？还用如此怪异的方式？”

“是的。但有什么怪异呢？”

我伸手盖住眼睛。有什么怪异？好问题。但首先，回到之前的问题上。

“所以亚当不会杀了我？”我再次核实。

“不会的。”

“即使我告诉他我不想嫁给他？”

艾利亚斯瘫倒在椅子上。

“但是为什么你要告诉他这样的事情呢？”他伤心地喊道。

“这只是一个问题。”

“啊？嗯……不，我不这么认为。”

嗯……总之，我还是最好不要尝试为妙。反正，我也并不打算让他的生活变得更加轻松!

*

我合上文件夹，满意地吐了口气。处理完紧急报销单，我还消灭了一大摞待分类的文件。这正说明，没有什么比清空大脑更有助于有效工作了。正当我打算将文件夹放到橱柜底部时，一阵冷冽的空气掠过我的小腿肚。艾利亚斯?

“好吧！艾利亚斯说得没错，这里很小！”

我猛地跳了起来。亚当站在办公室中央，双手插在口袋里打量着房间。

“但是……你在这儿做什么？”我结结巴巴地说。

“我来看你。”

“啊？但是……你……”

他走到我的办公桌前，在桌子上扔下了一把戒指。

“拿着。我不知道你喜欢什么，所以我都拿来了。”

我一脸茫然地凝视着在午后阳光照射下闪闪发光的十几枚珠宝戒指。我每天都会经过珠宝店的橱窗。这里每枚戒指的价值都超过 5 千欧元。

“但是……”我试探道。

“是的，我知道。等等。”

他从牛仔裤口袋里掏出一个笔记本，跪了下来——双膝跪地。看来艾利亚斯的讲解缺乏准确性。

“那么，”他翻着笔记本说道，“结婚仪式定在哪一天？你来选。对我而言，一年后的所有日期都行。”

什么？就这样，这就是他的求婚？

我扶额。

“亚当。”我用一种自以为坚定的口吻说道，“你不能这样闯入我的办公室。”

“为什么？”

而他看上去确实惊讶无比！

我深吸了一口气让自己鼓起勇气。

“因为情侣间需要空间。每个人都必须维护自己的秘密花园。”

他皱着眉头，半信半疑。

“夏洛特，你没有花园。几乎没有阳台，你无法在那里种草……”

“这是一个比喻。你可以去问艾利亚斯。保持一部分隐私非常重要。”

他抓了抓棕色的头发，还是同意了。

“很好。告诉我一个在没有你的同意前我不能进入的范围。这个办公室，从门到窗户？”

“整座建筑。”我回答道。

“整座建筑？”他抗议道，“你的花园太大了！你打算在里面种什么？”

我决定放弃。

“整座建筑。”我重复道。

走廊中传来一阵跑步声，我的门突然被打开了。亚当如同一阵风般消失了。

“你好，我的樱桃夏洛特！”

我变得更加紧张。他来这里做什么？

“你好，托马斯。”

托马斯甩了甩他灰色的头发：“你知道你不来食堂用餐就多了一个空位吗？”

“对不起，”我嘀咕道，“我得回家照顾我的外甥。”

外甥的故事很实用，在部门内部得到了广泛传播，对此我并无怨言。

“到我的办公室来告诉我这件事，”他轻声提议，“我们可以慢慢说。”

“谢谢你的好意。”我笑容僵硬地回答，“但我仍然有很多工作要处理，而且之后还要去学校接孩子。”

他“砰”的一声关上了身后的门。

“非常好。那我们留在这儿吧。我们很久没聊天了，我相信你一定很怀念……”

他向我走来，露出狡黠的笑容。我的心脏漏跳一拍。我不得不克制住自己才没有从椅子上跳起来有多远跑多远。他的视线锁定在我办公桌的戒指上。

“咦？这是什么？你抢了一家珠宝店？”

我舔了舔干燥的嘴唇。

“这是假货。”我结结巴巴地说，“是给……给我外甥的朋友准备的。”

“这些假货现在看起来真是耀眼。”他一边评论一边伸手去拿。

当他准备去取离他最近的戒指时，一阵剧烈的寒风掠过办公桌，灯光似乎变暗了。托马斯停了下来，打了个踉跄。

“嘿，”他用一种不太确定的声音说道，“看起来办公室里的空调坏了……”

我极其肯定地点了点头，如鲠在喉。温度继续下降，而他的不适似乎也在增加。

“好吧……啊……好吧。”他说话的语气愈发迟疑，“我们一会儿见？”

“好的，好的。”

“一会儿见！”

他没有多问就出去了。门“砰”的一声在他身后关上。温度很快恢复正常，而亚当则重新出现在办公桌旁，面无表情。我宽慰地叹了口气。尽管我对亚当的了解有限，但相比之下，我喜欢亚当超过托马斯那令人不适且无孔不入的存在。

“所以是他……”他嘀咕道，“艾利亚斯对我说过，但我认为他夸大了……”

“你对他做了什么？”我语无伦次地问。

“没什么。只是在阴影中行走时抓住了他的手腕。一般来说，人类不喜欢这样。”

如果这可以摆脱托马斯，那么我喜欢。但我没有告诉他。

“我猜你想知道你是否应该杀了他？”

亚当露出并不愉悦的笑容：“如果你要求我这么做的话，夏洛特，我有义务献上他的头颅，或者他的心，或是任何你想要的部分。”

“没必要。”我感到反胃。

他的笑容变深了。

“那我可以杀了他，很谨慎地，在一个角落里。”

“我不想这样。”

他脸上的表情变得柔和。他拨开一绺棕色的头发。

“你真的和艾利亚斯说的一样！”他感叹道，“我喜欢这样。你还没有告诉我对你来说合适的日期。”

他还没忘记。没关系。我还有 364 天来找到摆脱这个奇怪未婚夫的办法。

离五点还差一些。我再三确定托马斯没在走廊里，我踮起脚尖离开了办公室。一阵微风围绕着我，说明亚当还在我周围游荡。

奇怪的是，这令我感到安心。他留下是为了保护我免受托马斯的伤害，这样的想法令我感到快乐。我迅速下楼，顺利抵达人行道。气流消失了。当然。亚当有他的“工作”要去准备。我的身体一阵战栗。他的工作。最重要的是，不要去想这些。有那么片刻，我真的认为这个杀手是善良的。

6

拘捕

数日时光平静地过去。我时常会在醒来时看到亚当睡在艾利亚斯身旁，但当我将水壶装满准备泡茶时，他又会一言不发地消失。这种订婚生活对我而言非常合适。

“这是因为他想要专注于他的工作，”某日早晨艾利亚斯向我解释道，“他不希望与我们在一起让自己分心，导致任务失败。”

“失败？你们有可能失败吗？”

“当然不可能。但亚当需要维持良好的声誉。永远没有目击者，也没有无辜受害者。而这，需要时间，因为他的猎物被保镖包围着。他会静待他们走神时伺机动手。你知道吗？亚当超有天赋。守卫在窗边看一只小鸟，只要一秒钟，然后，噗！目标死亡！”

“你告诉我太多了。”我抱怨道。

“如果猎物不知道有人会袭击他，那他死得会更快。”

“什么？”我惊恐道，“你是说那些目标知道有人出价要他们的脑袋？”

“是的。”

“但是……谁会提醒他们呢？”

“我们不知道。一般来说，我们更倾向于悄悄工作。”

我吓坏了，任由自己瘫软在椅子里。这些日子我触及了一个完全陌生的世界……

之后的那个周六夜晚，当我们坐在桌边准备进餐时，亚当终于回来了，带着一束红玫瑰。

“献给最美丽的未婚妻。”他一边将花递给我，一边用表演话剧的口吻说道。

“啊……谢谢你。”我不知道是该先给自己的色拉加一勺冷汤，还是先给艾利亚斯加点色拉。

“我何时能够见你的父母？”

该死的！这家伙真是毫不松懈！

他把花放在水槽里，直接走到壁橱旁取出餐具，就好像他在这里生活了一辈子一样。

“啊……你在这儿吃晚饭，对吗？”我结结巴巴地说。

“是的。”

“那……这意味着……你……啊……你已经……解决了你的猎物？”

“是的。”

我艰难地咽了口食物。在我的饭桌旁有一个杀手。

“但是你……为什么……好吧，我是想说……只是……你就没有……没有……一丝迟疑？悔恨？什么都没有？”

“没有。”

我感到口干舌燥。

亚当困惑地注视着我。伊利亚斯将手放在他的胳膊上。

“她对所有事物都会感到有些恐慌。”他温柔地解释道，“她喜欢我们对她说很多话，因为‘是’和‘不是’令她焦虑不安。”

“她很奇怪。”亚当回答道。

“是的，但她也很善良。”

我，很奇怪？这两个家伙！

亚当再次把注意力转向我。我小心翼翼地抓住装满汤汁的色拉碗。如果他胆敢有一丝不轨的动机，他将会品尝到我的特制黄瓜虾——将淋得他满头都是。

“是的，我在这里用餐，我很高兴能与我的未婚妻分享第一个亲密时刻。”他平静地说道。

好的，走着瞧。

“下次，在进门前通知我。”我抱怨道，“如果你在最后一分钟才赶到，我们可能没有足够的食物。”

亚当皱起眉头。

“她过惯了穷日子。”艾利亚斯说，“我给了她一些零花钱，但她仍旧是穷人的思维。”

他的哥哥点点头。

“等我们结婚的时候，”他向我保证，“你再也不会缺任何东西。”

我皱着眉头。再一次，他说这些只是为了表示善意！

“是的，我成功地干掉了我的猎物。”他继续平静地说道，“他知道我在找他，要分散保镖的注意力并不容易，更别提还有摄像头。但最后，我还是设法瞬间在他身后现身把他推下了楼梯。这并非我最优雅的战术，但效果显著。因此，正如客户所要求的，这看起来像是一起事故。”

“就意外而言，我更喜欢豌豆战术！”艾利亚斯兴奋地喊道。

亚当点点头表示赞同。

“豌豆战术？”我迟疑地重复道。

“我们在目标的每根支气管里都放上一粒豌豆。”男孩儿解释道，“然后那个人就死了。”

“但这也太可怕了！”我惊呼道，“窒息死亡是……”

“我们会事先将被害者击晕。”亚当精确地说道，“无论如何，我们都不是怪物。”

别开玩笑了！

“而且如果我们没有把他们打晕，他们不会任由我们摆布的。”艾利亚斯把食指举向天花板补充道，“我想吃面包，夏洛特，拜托了？”

“最后。”亚当总结道，蓝色的眼中闪过一种诡异的火花，“不，我在受害者面前既不迟疑也不后悔。相信我，善良的夏洛特，当有人愿意花 5 万欧元要一个人的命时，他和目标的经历都不会有多光彩。”

“但偶尔，总会有无辜的人！”我抗议道，“那些刚刚走上歪路的人！”

亚当耸了耸肩。

“我们偶尔会拒收文件，但这并不常见。而且，我们知道这些家伙会直接去找我们的竞争对手，他们遵循的原则要比我们少得多。”

“原则！你们有原则吗，你们？”

“不免费，没有目击者，没有无辜受害者。这意味着：没有爆炸，没有武器，没有毒药。如果所有的杀手都遵循这些原则，那么人类将少流很多眼泪。”

我摇了摇头，不想陷入这样的恐惧中。

“嗯……”满嘴是虾的艾利亚斯说道，“夏洛特，你做得真好吃。”

他喜欢就行。而我，已经不感到饥饿了。我只希望亚当不要留下。明天下午，我要做煮熟的西红柿色拉。

几个小时后我上床睡觉，即使我知道这不会阻止他们进入，我仍旧小心翼翼地关上了门，我的脑海中充斥着疑问。亚当刚才说

5万欧元。我会为谁的命付这样的价钱？显然没有，而我也没有那么多钱！但是，如果我有呢？还是没有！他必须真的做了很多坏事，而且不仅仅是对我。如果有人杀了我的家人，也许我会想要他的命。是的，这会让我抓狂，我会付更高的价钱将豌豆塞进坏人的肺部！但若是之前的那个我，在认识艾利亚斯和亚当之前的我，我甚至不知道如何联系到一个杀手，更别提如何找到他们！

我叹了口气关掉了灯。所有这些问题都不会在今晚得到解决。令我感到宽慰的是，亚当决定和他弟弟一起睡在沙发床上。我不知道他是否想让我不要感到害怕，或许肉体关系对他来说毫无意义，又或许仅仅只是因为我长得太丑所以他不愿意和我睡一张床，但无论如何我还是很欣赏他的做法。如果他决定同床共枕，那么我一整夜都不会合眼。说到底，我不确定自己能否入眠……莱萨特兄弟真的决定把我的公寓变成度假屋吗？

一阵尖锐的声音把我惊醒。我坐在床上，处于恐慌的边缘。发生了什么？噪声又响起了。我放松下来，觉得自己是个白痴。不过是门铃而已！我看了看闹钟。有谁会在周六早上八点拜访我？

当门铃第三次响起时，我艰难地起床。快速经过客厅时，我看到艾利亚斯棕色的小脑袋凑了过来。

“你要我解决他吗？”他半醒着问道。

“把我也算上。”亚当一动不动地低吼道。

“睡觉吧，我来处理。”

我举头望天，拿起了对讲机。

“你好？”我用生硬的语气说道。

“是夏洛特·拉罗什小姐吗？”

“你是？”

“我是德拉艾（Delahaye）警官。我想要打扰你几分钟。”

我愣在对讲机前。警察？那么快？还来？但这次是为什么呢？

“拉罗什小姐？”

“啊……是的？”我结结巴巴地说，“发生了什么事？”

“我只想问你几个问题。”

亚当出现在我旁边，按下了打开大门的按钮。我愤愤地张大嘴巴，一语不发。

“谢谢你。”警察的声音传来。

我挂断了对讲机。

“你在干什么？”我惊慌失措地惊呼道，“如果他是来找你的该怎么办？万一更糟，如果他不是警察呢？”

“冷静，善良的夏洛特。”他低声说道，“如果他是为我而来，我会处理好的。如果他不是警察……”他露出一个阴暗的笑容，“……我也会处理好。”

“不要在我的公寓里！”我抗议道。

“明白。”

“还有……不要再叫我善良的夏洛特了！这毫无用处！”

亚当睁大了双眼：“那我该怎么叫你？你的名字是夏洛特，而且你很善良。”

“就叫夏洛特。”

他撇了撇嘴，似乎并未被说服，随后消失在一阵风中。我急忙打开门上的锁。两个人爬楼梯的脚步声一前一后传来。我双手交叉在睡衣前，用这身打扮来迎接警察实在不太庄重，但我没有时间换衣服。我忧心忡忡地等待着。两名男子很快出现在楼梯口。一个高个子和一个瘦子，其中一人是栗色头发，另一人的发色更深，他们穿得和普通人没有区别。尽管身着短袖衬衫，但他们看起来好像已经热得不行。

“拉罗什小姐？”栗色头发问道。

“是的？”

“我是德拉艾上尉，这是我的同事杰拉德（Gérard）上尉。”

他们向我展示了一下塑封的名牌。我点点头，我不安到没有心思看他们的名牌。

“我们可以进来吗？”

“啊……可以，但里面不是很整洁。”我有些不自在地提醒他们，“甚至有些……啊……”

“没关系。”

我将他们领进屋，客厅如同被施了魔法一般，沙发床被折叠了起来，变回了红色沙发。我的余光扫过装满艾利亚斯积蓄的旅行包，将它推到了电视机后面。

“并不是那么糟糕。是想让我们自在一些吧？”

“啊……”我结结巴巴地说，“是的……”

我犹豫了。我应该像电影里那样给他们准备喝的吗？但我家没有咖啡！我只喝茶和巧克力。我还为艾利亚斯买了橙汁。我的心中尚存一丝疑虑：如果他们不是真的警察该怎么办？

我请他们在桌子旁坐下。他们一言不发地照做。

“拉罗什小姐，”栗色头发男人先开口，“我们认为你拥有能够让我们找到一个极其危险的杀手的信息。”

我握紧拳头。又来一遍！

“杀手？”我的声音有些颤抖。

“关于亚当·莱萨特，你有什么能够告诉我们的吗？”

那个正专心致志听着他们说话，并伺机想要将他们推出窗户的人吗？

“嗯……没有什么……”

“你见过他了吗？”

“我已经把所有我知道的告诉巴拉尔警探了。”

看吧，我表现得还不错。

他们点点头。

“我们有充分的理由相信亚当·莱萨特在昨日犯下了新的罪行。”

我皱了皱眉。索性这看起来像是一场意外！

“是吗？”

“是的。我们没有证据，因为受害者看起来只是简单地摔了下去，但他多次要求警方保护，还声称成为杀手的目标。如今他死了。

要知道这样的巧合令人生疑。”

“我理解。”我结结巴巴地说,“但这和我有什么关系？”

“上述受害者声称将遭到亚当·莱萨特的袭击。而根据巴拉尔警探提供的文件，你是最后一个与这个不祥者有联系的人。”

我面露不悦。说他可怕，是的。说他无情，毫无疑问。但亚当并不是不祥者！

“啊？”我避开问题，实在不知道该说什么。

“你见过他吗，拉罗什小姐？”一个人起身绕过餐桌靠近我，“他有威胁你吗？”

“他是什么样的人？”另一个也逼近我追问道,“你能告诉我们他的藏身之处吗？他最喜欢的地方？他的下一个目标？”

“嗯……”

“请尽你所能，拉罗什小姐。他的手上有多条人命。”

他们同时向我逼近。我的心跳得越来越快。对于我这个不算太高的人而言，我感觉上方的天空就好像要闭合了。他们已经卸下了几秒前伪装的仁慈外表。

“请回答，拉罗什小姐！”栗色头发命令道。

“你不希望我们以妨碍司法公正为名将你带走，不是吗？”

我喘不过气来。

“没关系，夏洛特。”一个声音突然从警察身后传来,“先生们，我在这里，不要再纠缠她了。”

他们猛地转过身。亚当穿着 T 恤和牛仔裤站在那里，头发依旧散乱着，身体靠在走廊的白墙上，双手插在口袋里。我平静了些许，好似所有危险都随之消失了。他真是个不折不扣的傻瓜。

“用你们的小卡片来威胁女孩子，这很有趣吗？”他露出明显的鄙夷，“有人把你们称作操场上的两个敲诈者。”

“亚当·莱萨特？”栗发上尉惊呼道。

“正是本人。即使你们根本不配让我出现。”

他们取出工作配枪，对准亚当的胸膛，而亚当则举头望天。

“举起手来！亚当·莱萨特，我以谋杀罗歇·舍米纳尔（Roger Cheminal）和诸多其他人的罪名逮捕你！”

“看，这就对了。”亚当表示赞许，不紧不慢地服从。

栗发上尉转向我，他洋洋得意道：“所以你不认识他，嗯？”

“好吧……不是特别熟。”我结结巴巴地说。

“她是我的未婚妻。”亚当补充道。

啊？他就不能闭嘴吗，这个家伙！

不出意料，警察做出了相应的反应。

“举起手来！”他喊道，“我以谋杀罪和妨碍司法公正将你也逮捕！”

“嘿！你！”亚当向前迈进一大步，大吼道，“不要拿你的玩具对着她！”

显然，相比我，警官更害怕亚当，因为他们立即将武器对准了我这个古怪的保护者。亚当缓和了下来，将手放在头上。

“现在，你们打算干什么？”亚当平静地问。

“你会跟我们去警察局。转身。”

亚当从容不迫地照做。上尉赶紧粗暴地给他戴上手铐。另一人则回到我身边。

“你的手腕。”他命令道。

“什么？”我睁大眼睛问，“你要这样带我走？穿着睡衣？”

男人犹豫了。

“卫生间没有窗户。”亚当的声音从墙边传来，“你可以让她穿好衣服，她不会逃跑。”

有谁问他意见了吗，有吗？

警察抬起下巴表示赞同。

“去吧。不许使诈！”

他紧跟着我走到卧室，我在那里取了干净的内衣，随后那人守在浴室门口。

“我警告你，拉罗什小姐，”他威胁道，“一旦你……”

“够了。”亚当生硬地打断他，“除了修女没有人会比她更善良。不要再吓唬她，这让我感到不开心。”

我赶紧关上了门。修女？加入修女会能救我吗？哦，悲剧……我甚至无法逃跑！更何况，逃去哪儿呢？

警车横跨了大半个巴黎，警笛声轰鸣。我戴着手铐坐在后座亚当的身旁，望着清晨寥寥无几的车辆零星地向我们驶来，无法预料将要发生的事。亚当评论着沐浴在清晨阳光下的建筑，好似我们坐在旅行大巴上。

“看，这家餐厅非常有名，必须提前三个月预订。再看那儿，那是一个相当豪华的酒店。如果你想的话，我以后带你去。我上次住在那里时，他们不得不清理皇室套房。血迹肯定已经消失了。再看那个……”

我焦虑地瞥了警察一眼，但是警笛使他们无法听到我同伴的胡言乱语。我们来到一个庭院，里面停满了警车。庭院的大门在我们身后关闭。两个上尉中偏矮的那人抓住我的一只胳膊把我拉了出来，我差点儿绊倒在人行道上，而另一人则模仿他去抓亚当。汽油味儿钻入鼻中。建筑物的高度使阳光无法抵达此处。上尉推着我前进，我和他一起进入了大楼。

他们带我们进入的审讯室看起来和电影中的有所不同。有一瞬间我甚至以为身处会计小窝，只是没有计算器。他们让我们并排坐在一张杂乱的办公桌前，桌子两侧是两个被文件压得摇摇欲坠的书架。另外三个同样凌乱的办公桌占据了房间的其余部分。所以，这是真的，警察系统极度缺钱。要不是现在戴着手铐，我肯定会同情他们!

“不要动。”其中一人命令道。

随后，他们离开了房间。嗯……所以他们并不知道亚当的真实身份，否则他们肯定一秒都不敢放松警惕。亚当饶有兴致地看着周围的一切。

“你经常被捕吗？”

“这是第一次，”他坦言，“我没预料到目前的情况。所有人类都如此不谨慎吗？我可以阅读他们正在处理的任何文件！”

我叹了口气。奇怪的是，我的心中没有一丝焦虑。而正常情况下，我的五脏六腑肯定已经炸开了！亚当的存在对我产生了奇怪的影响……

“手铐真能阻止你？”我询问道，以防万一。

他的脸上露出一个狡黠的笑容。如我所料！

两名警察带着一个比他们更年长、更健壮也更秃的男人回来了，他的眼睛闪闪发光，好似赢了彩票一般。不用猜就知道这也是个警察。他坐在办公桌另一侧。上尉留在我们身后。他们的存在使我的颈部汗毛直立。

被我假定为警察的人注视着亚当，带着难以形容的喜悦。

“我知道你是谁，亚当·莱萨特。”他狂喜道。

“没错。”亚当充满热情地赞同道，“既然你知道我是谁就不要浪费时间。把我们放了，这样我们还能回去继续睡懒觉。”

那人瞪圆了眼睛。显然，他没有料到有这样的回应。而且说实话，这也出乎我的预料。

“亚当。”我低声道，把戴着手铐的手放在他的胳膊上。

“嗯？”

“不要这样。”

“什么？”

“惹恼警察。”

“这位先生是警察吗？”

“你很有胆量，小伙子。”警察吼道，“我会把你送进监狱，看看你是否能逃出去消失得无影无踪。”

这次，轮到亚当瞪大双眼了。

“哦，就这样？你只想签个合同？”

“什么？”

“没问题。你不必给我戴上手铐。”他坐直身体，突然显得非常专业，“在3天内，我可以解决任何监狱的人口过剩问题。”

我的下巴都快惊掉了。

“在一个星期内，”在惊人的沉默中，他继续说道，“我会亲手将钥匙交还到你的手中。你的监狱将被清空并被清理干净。鉴于夏洛特似乎特别喜欢你，我可以接受议价。”

“亚当……”我低声说道，声音有些苍白无力。

“只要再加上象征性的1欧元，我就会解决掉监狱守卫。”

“亚当！”

“好吧，可以。”亚当让步道，“不解决守卫。”

“你在开玩笑吧？”警察咽了口口水。

亚当斜眼看他。

“这算得上是一个很好的提议。”亚当强调，“你应该认真考虑一下，不是吗？”

我崩溃得将脸埋在双手中。亚当拍了拍我的膝盖以示安慰，手铐发出清脆的响声。

“别担心，”他用一种承诺般的口吻说道，“我不会离开你很久的。”

我找不到任何语言来回答，或者说我的脑海中充斥了太多东西，使我无法给出一个答复。

“亚当·莱萨特。”警察显得有些不确定，“所以你承认自己是职业杀手。”

亚当保持沉默。

“莱萨特先生？”

没有反应。我瞥了他一眼。我那古怪的同伴皱着眉头，侧过脑袋似乎在听远处的声音。突然，他的面孔亮了起来。

“他来了！”他喊道。

警察紧张了起来。

“谁来了？”

门一下子打开了。警探巴拉尔出现在门框边，有些气喘吁吁，仍旧穿着西装，系着领带。他的视线掠过我们，停留在亚当身上。亚当举起被铐住的双手迎接他，就像欢迎一位朋友。

“亚当。”警探低声说。

“嗨，丹尼尔。”亚当绽放出热情的笑容，“你好吗？”

警探在办公室走了几步。我瘫倒在座位上。该死的，这个男人几乎就要碰到天花板了！

“你们是怎么找到他的？”他简短地询问警察，视线始终没有离开亚当。

“啊，这很简单。”警官露出一丝嘲讽，“他只是待在……”

“他们威胁了一位对事件始末完全不知情的年轻女孩儿。”亚当打断道，“实在是卑鄙的伎俩。丹尼尔，我很高兴你没参与其中。”

“一个对事件始末完全不知情的年轻女孩儿？”警察抗议道，“她是你的未婚妻！”

警探锐利的目光落在我身上，我缩得更小了。

“他的未婚妻！”他语气阴沉地重复道。

“不！”我激动地喊道，“完全不是！”

亚当转向我，眉头紧蹙。我赶紧恢复原来的坐姿。

“嗯……”我结结巴巴道，“我是指……是，是的……这是真的……”

警探灰色的眼眸中闪过一丝了然：“我明白了。”

“我一直以为第一个逮捕我的人会是你，丹尼尔。”亚当继续说，“为了那天的到来我甚至为你准备了惊喜。但别担心，不过是略有延迟，下次就轮到你了。”

“什么下次？”警察斥责道，“你认为你能够就这么离开吗？”

亚当的唇边泛着一丝浅笑。我的胃因焦虑而翻腾不已。他真的打算离开吗？如同一阵风般消失，正如他所擅长的那样？把我一个人独自留在这里应付警察？哦不……

“你已经有能够扣下我的理由了吗？”他彬彬有礼地问道。

“因为谋杀罗歇·舍米纳尔！”

“哦，是的。没错。”

警探巴拉尔交叉双臂，脸上闪过一丝嘲讽的微笑，但笑容又即刻消失了。什么？我错过了什么？

“啊……打扰了？”

警察同时转过身。只见一位头发花白的男人如同一根木桩一般笔挺挺地杵在门框里，他面容消瘦，衣着整洁。

“来自巴黎律师公会的雅荷杜丝（Aréthuse）律师。”他抑扬顿挫地自我介绍道，“我是否能够了解一下针对我当事人的指控？”

他指了指亚当。什么？亚当有律师？但他是什么时候打电话给他的？

“但是……是谁放你进来的？”警察起身大喊道。

律师神情肃穆地扬起眉毛：“指控，请您告知。”

警察立刻恢复了镇静。

“亚当·莱萨特被指控谋杀罗歇·舍米纳尔。”

“好的。我想要看看您用来控告我当事人的证据。”

沉默了一秒。

“您没有任何证据，不是吗？”律师继续道，“根据我在新闻媒体上所看到的，这不过是一场意外。请您释放我的当事人。”

“他还犯了其他事儿！”警察大发雷霆，“他杀害了几十个……”

“您的证据呢，局长先生？”

啊——原来他是警察局局长。

局长此刻正咬牙切齿。

警探巴拉尔站在后面，抿紧嘴唇专心致志地观察着这一切。亚当依旧从容不迫地把玩着他的手铐。而我，我不再紧张地用手抓着裙子，内心的焦虑被好奇取代了。显然，莱萨特这个姓氏的出现大量减少了负责我合理担忧的神经元数量！

“在这种情况下，我要求当场释放我的当事人。”长久的沉默过后，律师说道，“如果你们坚持像牛仔一样行事并毫无根据地进行指控，那么我会毫不犹豫地向媒体揭发。”

向媒体揭发？这种手段真的有效吗？

5 分钟后，雅荷杜丝律师、亚当和我，回到了充斥着汽油味儿的庭院里。庭院外，巴黎交通的噪声越来越响。

“谢谢你，菲尔曼（Firmin）。”亚当高兴地说道。

“不客气，先生。”他回答，完全没了刚才浮夸的语气，“我没有让您等太久吧？”

“不，刚才太精彩了。”

“我很乐意这么做，先生。一接到您弟弟的电话我就赶来了，但在警察局的接待处费了太多唇舌来谈判。最后我偷偷溜了进来。”

亚当笑得更欢了。

“艾利亚斯也告诉你我有一个未婚妻了？”

“当然，先生。庄园里的所有人都激动不已。我们迫不及待想见她。就是这个迷人的孩子吗？”

他转向我，黑色的眼眸在布满皱纹的眼睑中发着光。亚当骄傲地搂住我的肩膀。我打了个寒战，不知道是因为担忧还是其他什么。

“是的，她是夏洛特。”

“夏洛特小姐，”老人庄重地弯腰道，“见到您我感到万分荣幸。我代表天蝎庄园的全体家仆，欢迎您加入这个家族。”

我狠狠地咽了口口水。全体家仆？庄园？这家伙是哪个年代的？从他的白发看来，至少是 19 世纪！

“几十年来菲尔曼一直是天蝎的管家。他拥有几乎可以用来从事任何职业的必要文件。”亚当向我介绍道，而这几乎证实了我的怀疑。

“我是为莱萨特家族服务的第七代雅荷杜丝。”老人昂首挺胸地调整着他的西装外套，“您的信任是我们的荣誉。”

“亚当！”警察局的方向传来一个声音。

我们不约而同地转过身，警探巴拉尔正跌跌撞撞地冲下台阶朝我们走来。

“尊敬的先生，我的当事人有什么问题吗？”重新进入律师角色的菲尔曼询问道。

“不要再搅这摊浑水了，你，魔鬼的律师。”

“菲尔曼，我来向你介绍一下丹尼尔。”亚当平静如常。

很明显，这家伙从不怀疑任何事。他的手臂仍停留在我的肩膀上，而我却几乎忘记了这件事，似乎这再自然不过。

“著名的警探丹尼尔 · 巴拉尔？”菲尔曼礼貌地问道。

“是的。”

“警探先生，很高兴认识您。而且，作为已经遇到过魔鬼的我，我可以很肯定地告诉您，年轻的莱萨特先生与之没有任何的共同点。”

新的奉承。

警探满是疑虑的灰色眼眸落在他身上。然而，他用比我更快的速度恢复镇定并转向亚当。

“你，和金龙黑帮一起，不是吗？”他低声抱怨道。

亚当点点头。

“黑帮、墨西哥人联盟以及你的朋友迪米特里（Dimitri）派来的俄罗斯巨人。”他举起三根手指一一数道。

“这改变不了什么。”警探面色苍白地退后一步，咬着牙逐字逐句说道,“我一定会逮捕你。”

“我希望如此！你和我几乎同时到达了合同上的地点，这让我很愉快。”

“亚当，别说了……”我咕哝道。

“先生，我能否建议您限制一下对警探透露的信息？”菲尔曼补充道。

亚当点点头。

“再见，丹尼尔。”亚当的声音充满遗憾,“照顾好自己。”

巴拉尔用手揉了揉头发，看上去过于狼狈不堪而无从作答。我们逐渐走远，来到了街道上。

“亚当。”当确定交通噪声能够覆盖我们的声音后我问道，“那些人，黑帮、墨西哥人还有……啊……迪米特里，那些人？”

“嗯？”

“是你完成的合同吗？”

“不是。”

我等他继续说下去，然而没有后续。我皱起眉头。他一定感觉到了，故而焦急地瞥了我一眼。

“哦，对了。”他回忆起来了，“应该多说话，是吗？”

“拜托，是的。”

“丹尼尔已经在重案组工作12年了。他的工作只针对那些牵连多名受害者的强盗或凶手。当然，这引起了一些组织的愤怒，想要花钱取他的脑袋。而我，正忙着调教跟踪他的杀手们。”

“我以为你只有在收到报酬的情况下才会……”我惊讶道。

“我不会杀了他们。一般来说，打断他们的胳膊和腿就足以阻止他们。”

难以置信，我居然还会提这种问题……

我保持沉默，想要转向菲尔曼以观察他的反应，然而人行道上空无一人。

“他去哪儿了？”

“他回家了。”亚当简短地解释，“管理一座庄园是一项艰巨的工作。”

“所以他……他……最后……他……不是人类吗？”

“不是。”

我说不出话来。又是一个影子生物？他们一共有多少？如果我问他，亚当会回答我吗？

他若有所思地盯着我。他在疑惑为何我看起来这么困惑吗？

“你刚才说我们没有订婚。”他迎上我的目光。

“啊？”我嘟哝着。

“当丹尼尔到达时，你说我们没有订婚。”

我将脑袋缩到胸前。

“那又怎样？”我小声埋怨。

“为什么？别人几乎就要认为是我强迫你了！”

这个人，我真想给他一巴掌，不为任何原因，只因为这是他应得的！

“你当然强迫我了！”

“哦？但是……你对我说好的！”

“因为我害怕你！”

他蓝色的眼眸中闪现出一丝兴趣。

“就是这样！”他喊道，“但是，多说一句，你真的很聪明！”

“什么？”

“艾利亚斯没跟我开玩笑。我很开心。”

“但是……但……”

他大笑起来，再一次搂住我的肩膀。

“别担心，我们走吧。”他对我说，“和我在一起，你不会不幸福的。”

我已经不知道该说什么好了。我的理智令我想要愤怒地尖叫，骂他，打他，把他扔出我的生活，但除了不是真的想要这么做之外，我有预感这也不是一个好主意。他的手臂并没有让我十分困扰，不是吗？

7

第一次接触

回到公寓后，亚当又睡到了沙发床上，很快就进入了梦乡。

我真羡慕他。虽然我尝试过，但无法入眠。在辗转反侧半小时后，我终于放弃睡回笼觉的念头。既然不能在周六上午十一点发出声响，那我不如去购物吧。但愿我家附近的社区市场里没有太多人。

我快速换回上床前脱下的背心和裙子，踮着脚尖离开了房间。亚当纹丝不动，艾利亚斯也消失了。我只担心了一秒。菲尔曼说是小男孩儿通知他的。无论他现在身处何处，都应该是安全的。

我悄无声息地抓起购物袋，离开了公寓。当我在灿烂的阳光下朝市场进发时，有千万个问题在我脑海中盘桓。警察想干什么？从现在起我有犯罪记录了吗？如何才能在不被杀害的情况下回归我的正常生活？巴拉尔警探能够帮助我吗？一种越来越强烈的焦虑感逐渐攥住了我的心。这种焦虑感在亚当的手臂如同保护盾牌一般搭在我肩膀上时爆发了。我真的想要赶走这两兄弟吗？让他们身陷囹圄？艾利亚斯去哪儿了？ 他还会回来吗？他不会不辞而别吧！中午我该为他们做什么菜呢？

我摇摇头，突然为自己的想法大吃一惊。我真的在担心要为他们准备什么午餐吗？该死的，我真是彻底疯了！或者说，其实是因为他们对菜肴的满意度确实很重要，而且我不希望自己英年早逝。正是如此，我找到了解释。

我努了努嘴，无法被自己带着恶意的推理说服。艾利亚斯和亚当连我的一根头发都不会碰的信念在我心头回响。也许我已经变得如他们一样怪异了……可是为什么这个想法会令我如此欢喜？我叹了口气。抵达街区的集市，在这个充满了生命、噪声、色彩以及烤鸡气味儿的地方，其他的事就待会儿再思考吧！

一小时后，我提着满满的购物袋踏上了一条通往我家的安静小路。日光灼人，暴露在阳光下的混凝土墙如同烤炉一般。正午的阳光令阴影无处可藏。我加紧步伐以防购买的食材长时间暴露在炎热的空气中。我打赌我的“客人”会喜欢三文鱼。所有人都爱三文鱼，不是吗？配上奶油酱和柠檬汁？是的，所有人都喜欢。一路上，我双手交替着去提手提袋以减轻手指的负担。

“嘿！我们又见面了！”身后传来一个声音。

我没有反应过来，依旧沉浸在自己的食谱中，根本没有想到有人在与我交谈。肩膀上传来的重重一击将我拉回了现实。

“所以，小婊子，你今天一个人？”

我的胃冷不丁抽搐了起来。三个家伙站在我面前，而我认识其中两个。戴鸭舌帽的人、穿运动裤的人以及笑起来不怀好意的人，我不可能认不出巴拉尔警探在一个多星期前派来的这些家伙。

“怎么样？见到我们你高兴吗？”被艾利亚斯勒得半死的人幸灾乐祸道，他和同伴同时上前围住了我。

“你想要什么？”我结结巴巴地说，“你的……你的老板还想见我吗？”

“没有。这一次，是我们想见你。”

我后退一步，撞到了建筑物粗糙的墙壁上。恐惧麻痹了所有的痛觉。我不顾一切地向周围寻求帮助，然而巷子里仅有的两个人走远了，没有看一眼我所在的方向。如果我尖叫会怎么样？

三个家伙走得更近了。

“我警告你。”我将购物袋放在面前，声音颤抖道，“我男朋友不喜欢……”

“哦，是吗？他在哪儿呢，你的男朋友？”

我的腿开始打战。我感到人行道上的沥青变得松软。那家伙突然用手捂住我的嘴巴，他的脸几乎贴上了我的脸。

“乖乖的。”他在我耳边低语，“我们只会弄疼你一点点儿，这样你就可以告诉你的男朋友谁更厉害。”

惊恐的泪水充斥着我的眼眶。我想把他推开，但是第二个家伙扯掉了我的包，而第三个人则抓住了我的手腕。惊惧之下，我绝望地苦苦挣扎。

“站着别动！”第一个人命令道。

他口腔里传来的气味儿令我作呕。我更用力地挣扎。

“我说了，冷静点，小婊子！”

我透过余光看到他的拳头在阳光下收紧了。他打算揍我！我闭上眼睛，等待着撞击。什么都没有，甚至没有声音，只有一股恶寒。一股恶寒？

我睁开眼睛，心狂跳着。拳头静止在距离我鼻子5厘米的地方。然后那人开始后退。独自一人向后退去。他的表情凝固了，带着一种彻底的惊愕。突然，亚当出现在我们之间。他的后背几乎触碰到了我的鼻子，我只能看到他那和艾利亚斯一样的棕发在后颈摇曳着。相反，我极其清晰地瞥见袭击者的拳头被他握在手中。亚当几乎没有转头。

“待在我后面，夏洛特。”

三个流氓后退一步。

“这个家伙是谁？”第三个人被吓得不行。

“就是他！”第二个家伙处于歇斯底里的边缘，“就是他！”

亚当向前迈了一步。他的三个对手急匆匆地往后退。我瘫软在人行道上，双腿已无法支撑自己身体的重量。

“冷静，兄弟。”第一个人试探道，“我们只是想要……”

“我很清楚你想要什么。”亚当用嘶哑的声音打断他，“而我会为此杀了你。”

他们继续往后退，眼中的恐惧开始蔓延，而这并没有令我的保护者产生任何的迟疑。

“哦不！亚当！”我呻吟着。

“什么？”

“别杀他们！”

他没有看我。

“为什么？”

“因为……因为……”

我感到词穷，太多矛盾的情绪在我脑海中肆虐。

“不杀死他们，就会变成现在的局面。”他咆哮道，“他们是艾利亚斯放走的雇佣兵，不是吗？他没有杀死他们，而现在，你遇到了麻烦。这次我不会让他们这么轻易脱身。”

我的心脏狂跳不止。

“亚当！不！”

他的肌肉在 T 恤下膨胀。我头晕目眩，感到害怕至极。

“我不希望你进监狱。”我含糊不清地说道。

一瞬间，道路变得寂静，这种寂静笼罩着我们。随后，亚当的肩膀松弛了下来，寒冷消散了。这个年轻的男人转向我，湛蓝色的瞳孔中充满了惊讶和温柔。他蹲下身，抚摸着我的脸颊。

“别担心我，美丽的夏洛特。我不会有事的。”

“但是……”

“没有但是。我很厉害。”

第一个家伙恢复了知觉，向亚当横冲过来。我发出一声尖叫。亚当一下子站了起来，用拳头击中了对方的下巴。只听见骨头爆裂的声响和男人痛苦的号叫。另外两个人急忙上来帮忙。我心急如焚。亚当穿梭在这群无赖之中，用拳头与肘击演奏了一场伴随着哭喊与呻吟的交响乐。流血的鼻子、受伤的眉毛、开裂的嘴唇，一人落荒而逃。亚当抓住了另外两人的后颈。两人肿胀的脸孔在我眼前闪过，亚当随即将他们背向我。他强迫两人站起来并在他们耳畔低语了几句。两人连连答应，好似他们的生命取决于此。事实也正是如此！随后，他俩仓皇而逃。待两人消失在街角，亚当在我附近蹲下。莫大的宽慰取代了我心中的焦虑。他安然无恙！

“你还好吗？”他无比担忧地问道。

“啊……我想，是的。”我嘟哝道。

“你看到了吗？我没有杀死他们。这样你就不会害怕了。”

我面带疑虑地望着他，心有余悸。他说这句话时的语气是那么的单纯！

“谢谢……”

“不用谢。这次他们一定明白了，不会再打扰你了。”

他站起来，将散落在不远处人行道上的物品重新装回我的购物袋。我小心翼翼地站起来，在确保自己的双腿恢复力气后和他一起把东西捡起来。

“你……你跟着我？”我羞怯地问道。

“没有。”

啊。我们又回到了简洁的问答。我沮丧地垂下肩膀。亚当抬起眼眸，面露疑色。

“说更多的话，是吗？”他猜道。

“是的，拜托。”

“我听到你喊救命就来了。”

“你听到了？”我惊呼道，“可是我没有喊叫啊！”

“你的心跳太快了。我知道你需要我。”

“我的心跳？”我重复了一遍，大惊失色，“你能听到我的心跳？”

“是的。”

“但是……但是……我离你很远！”

“这无关紧要。我触摸了属于你的物品。无论你在哪里，我都会听到你的心跳。我知道你是否安好。我守护着你。”

我整个背部一阵战栗，但这种感觉丝毫不令人厌恶。余光扫过，我发现他的 T 恤袖子上有一个明显的红点。

“亚当！你受伤了！”

“这？”他漫不经心地瞥了一眼自己的二头肌，“这没什么。为了不打碎太多的骨头，我不敢揍得太猛，但其中一个人手中的刀飞了出来。没什么大不了的。”

“但是你流血了！”

“我已经习惯了。”

“习惯什么？流血？”

他耸了耸肩，把薯片放进包里：“我们回家吧！”

经过艰难的谈判，我终于说服亚当让我帮他的伤口消毒。他满腹牢骚地跟着我走进浴室。我让他坐在浴缸的边缘。

“把你的 T 恤脱掉。”我一边命令，一边取出消毒水和纱布。

“千万不要告诉艾利亚斯我因为这么点小伤就让人照顾。”他抱怨道，“否则，他不会再崇拜我了。”

“我不知道艾利亚斯在哪里，但他不在公寓里，”我轻声回答，“而且，即使……”

我突然顿住。亚当已经脱下了 T 恤。一道疤痕盘踞在他的右肩。这是唯一的一道伤疤，显然年数已久，但看起来和艾利亚斯的伤疤一样，在同一个位置。

“怎么了？”亚当对我的突然静止感到惊讶。

我恢复镇定。我记得，当我看到这可怕的画面而惊恐万分时，艾利亚斯也觉得诧异。我靠近亚当坐在浴缸边缘，指了指他肩膀上的痕迹。

“是你母亲？”我简单地问道。

他瞥了一眼。

“是的。”

为什么他只有一道伤疤？难道比起艾利亚斯他的母亲更喜欢亚当？或者说这是某种考验的一部分，亚当一次成功，而艾利亚斯却失败了好几次？我毫无头绪，但有一点可以绝对肯定。

“好吧，如果你想要娶我，”我语气坚定地说，“你需要知道，想要这样对待我的孩子就得先从我的尸体上跨过去。”

“啊……”

他将手插入自己棕色的头发里，神色迷茫。

“我不确定我是否完全同意这种方式，我也不会这么对待我的孩子。”他坦言，“但我们以后会有时间再次讨论。”

我听天由命地闭上嘴。伤口不深，以防万一我还是给伤口消了毒并贴上了邦迪。他真走运，我为他选择了一种特别的邦迪，既没印着爱心也没印着泰迪熊。我的视线缓慢地从他的胸膛扫过，尤其是那突起的肌肉。该死的，英雄救美真是令人想入非非！这居然令我想要……我的脸颊泛起了一阵红晕。快点，想一想别的。布拉德·皮特。他很帅，布拉德·皮特。我的视线重新落到亚当身上。他至少比布拉德·皮特帅上十倍。我的心跳得更快了。这个年轻男人向我投来了一个困惑的表情。糟了！他听到了我失魂落魄的心跳！我差点儿忘了！

“发生了什么？”他笑着问。

“没事。”我低声一口气说道，“只是……啊……我想对你说声谢谢。谢谢你来救我。”

“这很正常。”他严肃地回答，目光始终笼罩在我身上，“任何一个男人都会为他的未婚妻做同样的事。”

他如此坚定的说法让我忍俊不禁。亚当的神色有些局促不安。

“怎么了？”我立刻担心地问。

“再做一次！”他声音沙哑地回答。

“再做一次？”

“向我微笑。”

“啊？”

“你从未对我微笑过。”

我的身体因震惊而僵在浴缸边缘。我从未对他微笑？或许。可能。大概是吧。

他将手贴在我的脸颊上。

“再对我笑笑，拜托了。”他喃喃道。

一阵战栗穿透我的全身。亚当手指的触感如电流般击中了我。他抚摸着我的下巴，他的手贴着我的脖子向下游走。我任由他摆布，无法做出回应。他蓝色的双眸因失望而黯淡了下去。

“你不愿意。”他察觉到，将手放了下来。

“不！”我惊呼，“不，我……我对你笑呢，你看！”

我试着微笑，可能看起来笑得不太自然，他似乎陷入深深的困惑中。算了，不去想什么微笑了，我一下子扑上前，抓住了他的胳膊。

“很抱歉，”我结结巴巴地说，“我只是……只是有一点儿不安……我……我想……”

哦，悲剧！我究竟是怎么了？居然就这样靠过去！他的脸是那么近，我能感受到他的气息，那气息丝毫不令人厌恶。隔着几厘米的距离，我感受到他皮肤的温度。我的心跳得越来越快……

在我们的双唇碰触之际，我不假思索地将双手抬起，交叉双臂抱住他的后颈并回以热吻。作为回应，他也用双臂紧紧搂住我。我抱得更紧了。我渴望他的来到，渴望感受到他的身体紧贴着我的感觉。我透不过气来，喘息着中断了我们的吻。四目相对中，我的心跳仿佛漏了一拍。他的瞳孔中，浅蓝与深蓝的对比愈发强烈。没有多给我喘息的机会，他再次吻我。我紧紧抓住他，手指下的皮肤是那么炙热。我多么渴望触碰他，触碰他的全身，探索他的身体。但是，不可能，我不敢这么做。满怀羞怯的我，只能知足地抚摸着他的颈项。这时，他突然抱着我，把我的后背抵在柜子上。

肾上腺素涌入我的血液。他的吻更加激烈了。哦，悲剧！我是多么渴望用手指抚摸他的全身！他抓住我的手，将它贴在他的胸前。我的大脑仿佛被一个无形的东西堵住了，既然是他邀请我，那么……我开始轻触他裸露的胸部。他的嘴唇是如此柔软，然而身体为何这般僵硬？

他的双手顺着我的脊背一路向下，探入其中。而嘴唇则慢慢向下，滑落到我的脖子上。我不得不咬紧牙关，防止自己发出愉悦的呻吟。他的爱抚带来的愉悦刺激感愈发猛烈了。我的手指沿着他的脊椎游走，我感觉到他贴着我的身体，颤抖着。

一秒钟后，我的背心落在地板上，裙子也以惊人的速度紧随其后。亚当的指尖顺着我的内衣外沿滑动，一条肩带滑下了我的肩膀。我的身体瞬间僵硬了。哦不！我究竟在做什么？

亚当惊讶地停下动作。

“夏洛特？”他询问。

我的脸颊开始升温。

“我……我……啊……那是……”我支支吾吾。

“什么？”

“嗯……如果你想……我是指……啊……你……是不是……你们有保护自己的东西吗？”

他睁大双眼。

“为什么要保护自己？”

我耳朵发烫：“嗯……嗯……为了不得病，艾滋病，所有这些……”

“啊，那个！”他宽慰地喊道，“不用担心，我没病。”

我咬着嘴唇，呆立着。我该怎么回答？我不能假装害怕怀孕，但是家里也没有避孕套。为什么我要这样做？此刻我还不能下定决心交男朋友！他会试图强迫我吗？我甚至不确定他是否会坚持，而我此刻真的很想要！

亚当紧蹙眉头，对着我的脸观察了几秒。我感到皮肤发麻。他看到了什么？他在找什么？

“这对你很重要吗？”他低吼道。

“是的。”我喘不过气来。

“明白了。”

一股可怕的寒冷袭入浴室，我震惊地打了个嗝。亚当突然松开双臂，甚至没有等我眨眼，他又将我拥入怀中。他手中晃动着一个盒子：避孕套。

“这是哪里来的？”我惊呼。

“你邻居家。”

“但你是怎么……”

“之后再解释。”

“亚当。”

“真是意外极了。”

“什么？”我感到诧异。

他眨了眨眼，仿佛刚从一个漫长的梦中苏醒。他注视着我，带着一种前所未有的专注。

“你知道，”他神情严肃地说道，“当我告诉你，你和我在一起不会不幸福时，我真的思考过这个问题。”

我被逗笑了。原来他还在为此困扰，显然他还不习惯。我想，得帮助他摆脱窘境。

“那么？”我轻声问，“是什么令你觉得意外？”

“我没想到你能够让我如此……”

我的下巴都要掉在地上了。他没想到……什么？

面对我的沉默，他解释道：“你不像我通常在一起的那些女孩儿，一点儿也不像。”

我试图让自己冷静下来，但我的大脑完全不受控制。他究竟发什么疯了？是在购买前测试商品吗？

“因为她们如何？你通常在一起的女孩儿？”

“她们比你高挑。她们无所畏惧。她们肌肉发达。她们不必做饭。她们不穷。”

我的喉咙猛地收紧。这些条件——我恐怕永远都不可能和他在一起！而我还曾以为……为什么他决定娶我？这个混蛋！我用尽全力推开他。他惊讶地退后一步。

“怎么了？”他面露忧色。

“没什么。”我含着眼泪回答，“下一次，在洗衣机上和一个女孩儿做爱前，你仔细想想清楚！”

“什么？”

“我不允许你离开这个房间！明白了吗？”

“好的，但是……”

我从洗衣机上跌落下来，浑身赤裸地离开浴室，尽量不让自己跑着离开。我用尽全力摔上门，回到自己的房间，锁上房门。我的内心千疮百孔。多么肮脏的家伙！

我将自己裹在床单里，浑身颤抖不止。

他刚才说了什么？确切的语句是什么？在一个女孩儿家对她说这些话，难道会让她高兴吗？我把头埋在枕头底下。我已经不记得了。我相信他的感受，无论如何，我的感受也是真实的。何况，他刚才是那么体贴！可是，他说的话却又如同匕首般刺痛了我的灵魂。高挑，肌肉发达，无所畏惧，富有——为什么他要在爱抚我之后又将我击垮？这些条件我一个都不满足！所有男人都是这样吗？面对一个愿意的女孩儿，无论她是谁都要发生关系吗？最重要的是，为什么他决定娶我？

我突然坐起来，将枕头扔了出去。血液撞击着我的太阳穴。他决定娶我，是按照艾利亚斯的命令。他俩是在嘲笑我吗？亚当真的打算娶我？毕竟，他送给了我 15 枚戒指！他是怎么看待这一切的？难道他会娶我，却永远不会爱上我吗？当然，这并不怎么荒谬。我们谈论的是一个拥有庄园和家仆的家族。影子生物的婚姻或许还在遵循 19 世纪的规则。第一个接近他的肌肉发达、富有而高挑的荡妇，我会让菲尔曼把她扔出门去！管家似乎喜欢我。如果我祖母的爱情小说没有骗人，那么在优良的家族中，管家总是极其遵守规则的。

街上轿车的鸣笛声将我拉回现实。我究竟是从何时起接受了“和亚当这个杀手结婚”的想法？从来没有！因为我恨他，我恨他，我恨他！

8

千言万语

正如我命令的那样，亚当并没有离开浴室。我知道他还在那里，有动静传来，但他并没有试图离开。我对此感到惊讶，却无法产生同情。可是，马桶在里面！而且，在换上干净的连衣裙前我要是能在迷你厨房的水槽里洗个澡就好了！不过，这么做可能比进入浴室更加艰难。

我开始准备午餐，一阵冷风从我腿边掠过。我疑惑地皱起眉头。

“艾利亚斯？”我谨慎地问道。

小男孩儿在我身边现身，扑哧一笑。他的眼睛隐藏在一副巨大的太阳镜后面，让他看起来像一只大苍蝇。他带回了至少 20 本杂志。

“你居然能知道我什么时候到家！”他兴奋地叫道。

“这不复杂。”我反驳道，“看来你去购物了？”

他骄傲地点点头：“我的眼镜很酷，对吗？”

我不置可否地努努嘴。

“我给亚当也带了一副。”他没有看我的反应继续道，“他在哪儿？”

“在浴室里。”我简短地回答，“但他挨罚了。”

“挨罚？”

我猜男孩儿的眼睛一定在他的苍蝇眼镜后面睁大了。他随即走到浴室门口。

“我早就对你说不要煮她的蔬菜。”他说教道，“这样不好！”

“我根本没有煮任何东西。”亚当在门后低声抱怨，“我甚至不知道怎么用这些奇怪的黑盘子[①]。”

“是吗？那你做了什么？”

“我真的不知道。我想是我的话太多了。但没关系，我接受了惩罚。当夏洛特决定我可以出去的时候，我就出去。”

我的手指开始颤抖，我愤怒地紧握拳头。这家伙让我气到了极点！

艾利亚斯满意地点点头，回到我身边。

“我们吃什么？”他一边问，一边把椅子推到我身边，以便爬

① 此处指黑色的圆形电炉。——译者注

上去观察准备的食材。

“烤三文鱼。”

“你为什么要惩罚亚当？”

我深吸了一口气。

“因为他是个坏蛋。”我一边回答，一边试图保持冷静。

“是吗？”

“是的！”

艾利亚斯疑惑地挠挠头。

“人类的坏蛋是怎么样的？”他再次开口询问。

我绷紧神经。我不能在小男孩儿面前摧毁亚当的形象，但这并不表示我不想这么做！

“就是一个对周围人的感情漠不关心的人。”我一边解释，一边使劲儿切着葱。

艾利亚斯的眉头在他的苍蝇墨镜后皱了起来。他这么做时看起来和亚当像极了！

艾利亚斯从椅子上跳下来，折回到浴室门口。

“亚当？你真的没有考虑她的感受吗？”他严厉地问道。

“这是恋人间的争吵，艾利亚斯。”亚当反驳道，“你不应该瞎搅和。快去看你的杂志吧。”

艾利亚斯摘下了他的苍蝇墨镜，双眼因惊讶而睁大。

“恋人？”他目瞪口呆地重复道，“但是……这会对你的婚礼造成影响吗？”

我眯起眼睛。他在胡说些什么？

“争吵，总会带来问题。”我坚定地说，“在谈论婚姻之前，你必须确定自己的感情。”

“但感情？”艾利亚斯嘟哝道，“与婚姻无关！不是吗，亚当？”

浴室内没有回答。

“夏洛特？”他投来恳求的目光。

“不，感情与结婚息息相关。”我吼道。

“但是……是吗？人……人类是那样的？”

他用手扶额，看上去很困惑。我心碎了。可怜的小宝贝。

“因为……在影子生物中，”他艰难地继续说，“好吧……我们……我们……”

他抬眸望向我，蓝色的瞳孔中充满了恳求。我移开视线。

“和你们不同，我们不需要感情！”艾利亚斯叫道。

浴室的门突然打开了，亚当走了出来。我火冒三丈，手指握紧菜刀。他来外面做什么？

他在弟弟面前跪下，他们的脸在同一高度。

“你不记得了，艾利亚斯。”他语气沉重，“但爸爸爱着妈妈，超过一切。”

“什么？”小男孩儿支支吾吾。

“在我们家，正如在人类家庭中一样，我们为爱而结婚。”

“但是……但……”

我试图说服自己不要去听，因为无论这个怪物说什么我都不会感兴趣,但无论如何我还是听到了。他说的是“妈妈”,而非“母亲”。

“但是爸爸！”艾利亚斯抗议,“他……他……”

亚当握住弟弟的肩膀将他拉近，让他平静下来。

“在你出生后不久妈妈就去世了。”他接着说,“爸爸成了最不幸的男人。他把自己锁在卧室里好几个星期。我与菲尔曼和娜塔莎（Natacha）一起照顾你，但这很艰难。精灵不习惯照顾婴儿，而我刚满 16 岁，还必须去完成爸爸不再接的任务。”

艾利亚斯艰难地咽了口口水。而我，则把刀停在切了一半的葱上。当艾利亚斯还是个婴儿的时候，亚当和艾利亚斯的妈妈去世了？那么是谁弄的这些伤疤？并且……菲尔曼是一个精灵？可他根本没有精灵的脑袋!

“影子生物的其他大家族都察觉到了我们的衰弱。”亚当继续说,“其中一个家族向我们宣战。”

艾利亚斯的目光变得冷酷。

“天龙[①]？”他唾弃地问道。

① 天龙座（Draconis）是位于北冕座以北的一个星座，因形状弯曲似蛟龙而得名。下文中的姓氏为音译。——译者注

“是的，正是天龙家族。他们操纵一群哥布林[①]袭击了庄园。我身受重伤，当父亲感受到我的心跳变弱时，他从麻木中走了出来。他在一分钟内杀死了一半哥布林，并向天龙家族提出了休战协议。一份不容违背的休战协议。根据协议，他与朱莉娅·德拉古尼斯（Julia Draconis）结婚，两个家族之间恢复和平。朱莉娅成为我们的母亲。”

艾利亚斯的下巴开始颤抖。我完全将三文鱼抛诸脑后。艾利亚斯是在他家族最大敌人的照顾下长大的？这样很多事情都有了解释！

“你从来没告诉过我这些！”艾利亚斯声泪俱下。

“你现在长大了，是时候了解真相了。菲尔曼和我本想反对这场婚姻，但父亲说，这样一来，再失去伴侣的时候他就不会悲痛欲绝了。”

“这很正常！”小男孩儿喊道，“如果母亲被杀，没有人会为她流泪！”

他哥哥的唇角露出了一丝阴暗的笑容。

“看吧。”他喃喃道，“你什么都明白。现在你就知道为什么父亲告诉我们不能因为爱情而结婚了，因为这样会让人痛苦。”

艾利亚斯的小拳头紧紧地抓住亚当的T恤：“那么……和夏洛

① 哥布林是一种源于西方奇幻传说中的生物，身形矮小，长有长长的尖耳朵。——译者注

特？你们……你们作为恋人吵架？因为你爱上她了？”

亚当没有眨眼：“是的。”

我的心脏在胸口猛地一跳。两兄弟同时转向我，面露忧色。

“夏洛特？”艾利亚斯试探道。

“是的，是的，一切都很好。”我一边回答，一边用手捂住眼睛，声音颤抖着，“伙计们，我觉得你们应该出去吃饭。”

“为什么？”

我恶狠狠地瞪了他们一眼。亚当立马将他的兄弟抱在怀里。

“我们走吧。”他宣布。

“但是……烤三文鱼？”小男孩儿抗议道。

“明天。”他哥哥回答，“你现在有想去的地方吗？”

“巴黎驯化园！我们可以玩单峰骆驼和飞行椅！”

走向门口时，亚当挑起眉毛：“飞行椅？人类可以让椅子飞起来？”

门在他们身后关上。我放下手头的工作，任由自己失魂落魄地顺着水槽下的壁橱滑到地板上，我不知该想些什么。我感觉自己的大脑里塞满了果酱。他们的命运令我触动，但我又能做什么呢？他们是杀手！我们不属于同一个世界！他们谈论着精灵和哥布林，而我的世界则充斥着计算器和晚班地铁！而亚当……他怎么能说他爱我？我既不高挑，也不勇敢，也不……我什么都不明白。我感到希望在胸口燃烧，而我讨厌这种感觉。

我坐在地板上，花了10分钟试图在大脑中重新整理所有信息，可仍然对目前的局面束手无策。我心如乱麻地站了起来，把为午饭准备的鱼、葱和蔬菜放进冰箱。我只啃了一个苹果，吃不下更多。或许洗个澡会舒服一些？

我来到了浴室。我的裙子、背心和内衣裤被以一种巧妙的方式摆放在地面上。我感到脸颊发烫。除了玩我的衣服，亚当就找不到其他事做吗？我快速地把它们收起来。这甚至不是一条漂亮的内裤。

淋浴与超甜薄荷茶，加上在露台上看侦探片都不足以改变我的想法，但至少它们驱逐了我的倦意。黄昏，门铃响起时，我感觉已恢复常态。我起身去应答。他们终于决定把我的公寓视为我的个人财产，而非他们的私人住宅了吗？

“喂？”我对着对讲机说道。

“你好，拉罗什小姐。嗯，再一次说声你好。我是巴拉尔警探。”

我闭上了眼睛，现在也不缺他一个来打扰我。我直接打开了大门，懒得费力去交涉。按理说，这个人不会伤害我。

两分钟后，我将两杯薄荷茶放在桌上。这一次，我没有在倒茶前询问喜好，而警探也欣然接受。他抓起冒着热气的茶杯向我致谢。我有点害怕我的廉价座椅无法承受他的体重，但就目前来看，他选的那把椅子还算结实。

“拉罗什小姐，你需要警察保护吗？”他开门见山。

我耸了耸肩嘀咕道：“你知道的，只要亚当在附近，我认为没人能够伤害到我。”

“确实如此。但若是亚当本人伤害你呢？谁来保护你？”

我迟疑了。虽然我的内心仍旧因为争吵而恼怒着，但有一件事是肯定的。

“我不认为他会伤害我。”

大块头点点头。

“如果你这样说，我相信你。”他表示认同，“但是，如果我理解得没错，他想强迫你嫁给他？”

“我不知道。”我叹了口气，“我甚至不确定这个婚约是否依旧奏效。我认为他只是点点头就做了决定，而现在则迟疑了。”

只是说了这番话而已，我的心便抽紧了。这很愚蠢。我无法承受亚当不想娶我这个想法所带来的痛苦！

警探用他灰色的眼睛仔细打量着我。

“我们第一次见面时，你认识他吗？”

“不。”我摇了摇头，“第一次见他是与你见面后。在听过你对他的描述后见到他，我彻底慌了……”

“我猜到了。”他表示同情，“他有威胁你吗？”

“不算是。”我违心道，“有那么一次，他让我感到害怕，但我不认为他是故意的。”

“他现在在哪里？”

我沉默了一秒。是说实话，还是编个谎言？好吧，即便我说实话又如何？亚当知道如何逃脱。

“在巴黎驯化园。”

“驯化园？”巴拉尔面露疑色，“他是去执行任务吗？”

“哦不。”我向他保证，“不是。”

“但是，他去那里做什么？”

“玩单峰骆驼和飞行椅。”

警探目瞪口呆。

“亚当·莱萨特坐单峰骆驼和飞行椅？”他小心翼翼地问道。

我哭笑不得。这确实很难想象。但是……

“是的。”

他眯起了眼睛。

“拉罗什小姐，我承认我很难相信你所说的，但我认为你并没有撒谎。你还有什么需要补充吗？”

我若有所思地咬着嘴唇。即使他曾派小混混来跟踪我，警探也从未想逮捕我。他了解亚当。他很清楚若是直接攻击亚当的家人，会将自己置于何种境地。

“他为什么要去驯化园，拉罗什小姐？”他追问道。

“为了陪他的弟弟。”我松口了，“叫我夏洛特就行，这更简单。”

即使我用棍子把他打一顿，这个男人也不会露出如此刻这般的表情。

“加糖吗？”我递给他一个盒子问道。

“亚当有一个兄弟？”

“是的。一个10岁的小可爱，一个纯洁到无须做任何忏悔的人。

亚当会想尽一切方法让他快乐。”

警探一口气喝下半杯茶，随后把杯子放回桌面。我的杯子是那么大!

“所以，亚当·莱萨特有一个兄弟。”

“是的。”

“这个兄弟，他是否……他是否……”

他斟酌着自己的措辞。

“也是一个精神病患者？”我帮他接上，“现在还不是，但他也正往这方面发展。”

“我明白了。”

他又看了我一眼。

“你非常喜欢他们。”他说道。

嗯……对于艾利亚斯，答案是肯定的。对于亚当，相比拥他入怀，我更想在他鼻子上揍一拳。

“你也一样。”我反驳道。

他努了努嘴，下巴往前突出，好像能装下一份黄瓜汤。

“我不该告诉你的。”他说道，“但当我追踪其他罪犯时，亚当数次救我于险境。我的工作注定了会给我带来难以想象的孤独，而对我而言，亚当是最接近朋友的存在。但如果能把他送进监狱，我依然会感到宽慰。”

“如果你希望保留这份友谊。”我建议道，“不要动他兄弟一根汗毛。”

“哦！我绝无此心。我绝不会将孩子当作诱饵。”

我点头认同。和这个正直的男人在一起，令我很有安全感。我现在了解为何亚当欣赏他了。

“我非常担心你，”他继续道，“担心你的安全。”

“啊……亚当的弟弟似乎认为，只要没有人付钱杀我，亚当就不会伤害我。”

警探表示赞同。

“准则一。”他低声说。

“你知道这些准则？”我小心翼翼地试探他。

“我知道前几条。你也知道？”

“我知道几条。这是一种……规则，不是吗？”

他点头认同：“更准确地说，是一份荣誉法典。它规定天蝎永远不能免费杀人，要在执行任务时对他们的委托人保持忠诚。”

“是的。”我喃喃道。找那么多麻烦给自己创立荣誉法典，这样的杀手，这真是讽刺……

“这部法典使他们收获了名誉和财富。”警探评论道，“长久以来它吸引着许多名声显赫的客户，也正因如此我很难收集到对他们不利的证据。许多位高权重的人消除了杀手留下的痕迹，以免调查到他们头上。”

“那么其他的杀手家族呢？你也追查他们吗？”

“其他家族？”

“是的……例如，天龙家族。”

他的唇角露出一丝嘲讽："我知道天龙家族，但我对微不足道的东西不感兴趣。我只钓大鱼。"

"但是，亚当似乎认为他们很强大。"

"不是强大。"警探纠正道，"无论如何，与亚当·莱萨特不同，天龙是那种在合同完成时会大肆宣扬的小喽啰。他们会伤害许多无辜的人。如果你告诉我这两个家庭之间存在竞争，我也不会感到惊讶。他们做事的方式完全不同。"

我没有回答。如果他知道……

"天蝎的工作谨慎仔细，有时会让人误以为是事故。而天龙则相反，他们不择手段，也不介意留下痕迹，因此他们无法吸引有钱的客户。正如你所料，越是富有，就越是谨慎。"

嗯……天蝎和天龙间的竞争仅仅源于金钱？或许吧。比这更小的事情都能触发战争。

我们闲聊了很久。显然，这名男子对他追踪之人的能力没有丝毫了解。我隐约提了提触摸他人物品一事，但这并没有引起他的共鸣。就我而言，我无法向他提供可以证明亚当犯罪的证据，我不知道他住在哪里，也不了解他的委托人是如何与他联系的。

警探终于决定离开，他将名片递给我以防我改变主意。我小心翼翼地把它塞进钱包。再小心也不为过……

艾利亚斯在晚餐的时刻回来了，他的脸颊被下午的阳光晒成了棕色。

"太棒了，夏洛特！"他的眼中闪着星星般的光芒，"我们玩疯了！我们在哈哈镜前站了超久，我们看起来太丑了！肚子大大的，像这样，脑袋却那么小……”

他模仿起大肚子，又把脸颊上的肉吸进去装作小脑袋。我从未见过他这般喜悦。

“很好，亲爱的。”我的回答听上去比预期的要冷淡一些，“亚当呢？他在哪儿？”

“回家前他要去见个人。他说不用等他一起吃晚饭。”

我咬咬牙。他们还真以为自己是在酒店。

我用核桃和格鲁耶尔干酪制作了一份莴苣色拉，然后我们坐到餐桌旁。

“告诉我。”我试图把亚当从我的思绪中剥离，“菲尔曼，他是个精灵吗？”

“是的。”

艾利亚斯狼吞虎咽。棒极了。和他的哥哥待了一下午，他的坏习惯又回来了。

“但是，他没有精灵的脑袋？”我追问道。

男孩儿惊讶地抬眸望向我。

“是吗？”他嘴里塞满食物，“一个精灵应该有什么样的脑袋呢？”

好问题。

“嗯，小小的、绿色的脑袋，戴着小帽子……”

“哦不。”他打断道，“那是小妖精，而且妖精是不存在的。那只是民间传说。”

只是民间传说。当然。除了他还有谁有资格对我说同样的话？

“啊……”我试图顺着这条线索问下去，“他也能在阴影里行走吗？”

“哦不。”小男孩儿喊道，“精灵不能，只有影子生物可以。”

“但他消失了，就在前不久！”

“他可以产生时间气泡来使时间减速或加速。”他一边解释，一边试着用叉子去叉一颗坚果，“他用气泡来快速移动，所以别人会觉得他消失了。”

时间气泡？不可能。他在跟我开玩笑吗？然而，吃着莴苣的他却是一副若有所思的模样。

“但有时候的确如此。”他补充道，“当菲尔曼生气时，他变得有点绿，还有点棕色。”

“啊。”我嘟囔道，“他经常生气吗？”

“不。只有当我们受到攻击或者园丁路易（Louis）从花园回来不擦脚时。”

当然，这个菲尔曼很是井井有条。如果有朝一日我去拜访天蝎的庄园，我最好遵守所有的规矩。

亚当直到晚上也没有出现。洗完澡后，我穿上了衣橱里最难看、最松垮、最破旧的睡衣。如果他决定回来，我会让他吃到苦头的，这个恶魔！在浴室的柜子找了一圈后，我确信安全套已经消失了。我希望它们回到了我邻居的公寓，并且没有给他们带去可怕的惊喜。

艾利亚斯在我亲吻过他的额头后带着幸福的微笑睡去。我钻入毯子底下，感到痛苦折磨着我的内心。亚当在哪里？该死的，思考其他事情完全是在白费力气，我无时无刻不想着他！我不敢相信自己是如此想念他！

临近午夜，我用毯子遮住脑袋，处于绝望的边缘。无论是咒语还是祈祷都无法助我入眠。温度骤降了几度，我的身体僵住了。床垫在晃动，好像有人出现在我身边。我呼吸急促，没有移动分毫。亚当？愤怒席卷而来。他就一点儿都不烦恼吗？这个家伙！一点儿都不……一点儿都不，我打算装睡！

几秒钟在沉默中流逝。

“我知道你没有睡着，夏洛特。”亚当终于开口喃喃道，“我听到你的心跳很快。”

见鬼。

算了。我背对着他，按兵不动。

“你不想回答我吗？”

让他和他的精灵家仆们一起在地狱的最底层燃烧吧！

他叹了口气。

“我拜访了一位专门研究恋爱关系的医生。”他继续道，“我想我知道你为什么生气了。”

啊？他真的去咨询婚姻顾问了？他可真会争分夺秒！他是威

胁了咨询师才这么快获得了预约，还是拿出了一捆捆的50欧元钞票?

“我不想伤害你，夏洛特。”

无论如何他还是伤害到我了!

“我目睹了妈妈的死是如何摧毁父亲的，而且菲尔曼让我相信我不该反对父亲和一个他永远无法爱上的女人结婚。我的父亲重新振作，变得更强。所以我明白了。为了变得强大，为了保护艾利亚斯，我想追随他的步伐。艾利亚斯还那么小。我告诉自己我也要这样，我会随便找个女孩儿结婚，以继承庄园和一切……”

我咬紧牙关。随便找个女孩儿?为了继承庄园，还有呢?他真以为自己是白马王子。然而，我心中某处平静了下来。如果需要保护艾利亚斯的人是我，我会怎么做呢?

“……当我跟女孩儿们约会时，我进行筛选以确保她们无法取悦我。属于影子生物的女孩儿，她们是优秀的战士，不会轻易受到惊吓……”

他突然停了下来。

“但不多!我的意思是，与人类的男性相比，我所交往的女孩儿并不多。”

我忍不住怀疑地噘起嘴。与人类男性相比。当然。

“无论如何。”察觉到自己已经进入危险地带的亚当停顿道，“我很认同这个观念。一个女孩儿，就只是一个女孩儿而已。然后，你出现了……”

他的手指掠过盖在我身上的毯子。我不禁心软了。

“当艾利亚斯告诉我我们应该结婚时，我很高兴。如果他找到了一个女子来照顾他，一个他喜欢的女子，那么我很乐意直接与她结婚。他没有从朱莉娅那里……得到很多母爱。所以……如果有其他人能够给他关爱，我不在乎她是不是人类，矮不矮、穷不穷或者敏不敏感。对我而言，她就是一个保姆。”

我皱着眉头。人类、矮、穷和敏感？谁来绞死这个肮脏的家伙！还有婚姻顾问，一起去死吧！

“然后我意识到了……”他继续说道，显得更为犹豫，“终于，我理解他为什么如此喜欢你。我不知道如何解释，但是……当你试图保护所有人，甚至是我时，是你将自己推入了险境……我的内心沸腾不已……我觉得自己可以为了保护你而与整个城市为敌。”

我的胸口有什么东西碎了。我刚才为何那么愤怒？

“我想我们还不习惯这些……我很喜欢你为我们做饭。我喜欢当艾利亚斯在场时你假装不害怕的样子，我喜欢他看着你就像看着一个仙女。还有……我喜欢听他谈论你。相反，当有人试图抓走你时，我感到自己要疯了。不只是街上的那些家伙，还有你的同事，我想把他扔到大楼的顶上去。”

他的声音里充满了愤怒。我全神贯注地听着，心怦怦直跳。他深吸了一口气。

“我原以为这一切都是因为你对艾利亚斯很温柔。”他的声音更加低沉，“但是今天早上，你把头靠在我的肩上……而我再也不想松手。有一瞬间，我觉得自己是个彻头彻尾的傻子。”

我眨了眨眼睛。傻子？

他将手伸入毯子放在我身上，手指传来的力量令我浑身发麻。我不敢动弹。

“所有的计划都崩塌了。你在那里，在我的怀里，而且……我不愿意……我意识到，我不可能让其他人取代你。永远都不可能。”

我的呼吸变得急促。所有的情感在我胸口翻腾。我也是，我不愿将你与任何人交换，世间万物都不行。

万籁俱寂。我感到心烦意乱，不知所措。要继续装睡吗？我不想再这样了。但对他说什么呢？我已经精疲力尽，无力再向他袒露什么。

“之后在被关在浴室时，我一直在思考。”他声音嘶哑地说，“我回想起离开警局时你所说的话。我不希望你害怕我。当然，如果你决定分手，我会理解，因为我不希望你是因为不敢说不而和我在一起，但是……”

他突然动了动。

“……相信我，夏洛特，我会好好照顾你的。你什么都不会缺。你只需要向我开口。我……我已经找到了你。我不能说自己的一生都是孤单的，因为我有我的父亲、艾利亚斯、菲尔曼和其他所有人，但……但如果没有你，我……”

我将枕头抓得那么紧，手指感到生疼。

“……我想这很复杂。我无法……”

我松开枕头，猛地转过身。昏暗的灯光下，亚当躺在我的身侧。我眼眶发烫，紧紧抓住他的 T 恤，将他拉到我的身边。他任由我这么做，一脸诧异。

“夏洛特？”

“闭嘴。”我把脸埋在他胸前，喃喃道，“求你了，不要说了。”

“但我……”

“亚当！”

他双臂收拢，我如同树叶般颤抖起来。他轻柔地吻了吻我的头发。他的呼吸、他的皮肤、他身上的一切都如此吸引我，来自他身体的热量如同一层保护外壳般包裹着我。

他保持沉默。渐渐地，我不再发抖。他的心跳声在我的耳畔平稳地回响着。他在那里。他爱我。他紧拥着我。我早已身心俱疲，其他事情都不再重要了。我沉沉地进入了梦乡。

9

斯韦特兰娜的合约

明媚的阳光从百叶窗的缝隙间洒落。我睁开一只眼，又立马闭上。我感到很热。我感觉很好。我不想动。亚当翻了个身。我蜷缩着靠近他，但愿他不准备马上起床。他的手指顺着我的后背滑动。我安逸地叹了口气。他在我的额头上落下一个吻。

“早安，温柔的夏洛特。”他喃喃道。

我笑着，将头埋在他的脖颈处深深地吸了一口气，使自己沉浸在他的气息中。这不是梦。亚当是真实的，触手可及。我的吻落在他温暖的皮肤上。他将我抱得更紧，我的双手滑入他棕色的头发中，将他的脸拉向我的脸。我的吻如同蝴蝶的触碰一般轻柔，而他的吻则燃烧着欲望。我的感官被点燃了。他把我压在身下，不停地吻我。他的手指滑入我的睡衣，又突然停下。我惊讶地睁开眼睛。他凝视着我，一丝迟疑吞噬着四周的空气。

“亚当？”我低声说。

“你害怕我吗？”他的声音令人心碎。

我温柔地抚摸着他的脸颊。

“不，现在不了，但我害怕其他事情。”

他微微皱眉道：“怕什么？”

“我害怕你离开。我害怕问自己你在哪里，你还会回来吗？”

由两个色调组成的蓝色瞳孔闪过一丝奇特的光芒，他将自己的额头贴上我的额头。

“你不用害怕，再也不用。”

我用尽全力抱住他，双腿缠绕住他的臀部。

“空洞的承诺对你可没有好处，亚当·莱萨特。”我在他耳畔说道，“否则，你就会知道一个贫穷、敏感、矮小的人类会干什么。”

他轻轻地笑了，抚摸着我的脖子。我快乐地战栗着。最终，我在这个家伙身上沉沦了。他还要多久才能把我的衣服脱光？好吧，我打算帮他一把！我希望我的邻居不会对再一次的快速拜访感到反感！

*

艾利亚斯安静地坐在餐桌旁，一边专心致志地阅读杂志，一边吃着早餐麦片，双腿在椅子下晃动着。当我们走出卧室时，他抬起了头。

“啊！你们来了！”他愉快地喊道，“夏洛特，我饿了，所以我一个人做了早餐！”

他骄傲地向我们展示了他的碗。

“那很好，亲爱的。”我回答道，思绪仍在千里之外。

“所以，亚当，你找到他了吗？”

我转向亚当，他点点头，看上去和我一样心不在焉。

“找到谁了？”我感到奇怪。

“巴黎最好的婚姻顾问！”男孩儿竖起食指说道，“我在《女性的生活》第 53 期的排名中找到了他的名字。他欢迎你吗？”

“他接待我时有些不满。”亚当打了个哈欠，“但是我答应给他三倍的价格，他就变得十分友善了。”

我噘起嘴，而艾利亚斯则吃着麦片咯咯直笑。

“人类真是太好玩了。”他大喊道，“这管用吗？好了，肯定管用，因为你们睡在同一个房间里。啊，我真高兴！”

我双臂交叉，犹豫着是该对他触犯我的隐私感到生气，还是该为他的幽默而展露笑容。我转向亚当想要探究他的想法，但他脸上的震惊阻止了我的冲动。

“怎么了？”我询问道。

他将我从头到尾打量了一番。

“我刚才没看到你穿这件……这样一件衣服。”他结结巴巴道，“我给你准备更漂亮的。”

我的脸颊发烫。怎么？他在黑暗中没有注意到吗？

“没错，这很丑。”艾利亚斯表示赞同，“你衣柜里没有其他衣服吗？”

“有，我还有很多其他衣服。”我平静下来，小声抱怨道，“但我就想穿这件睡衣，虽然它没起到该起的作用。”

“怎么会呢？”亚当问道。

“我本想用它来阻止你靠近我。”

他大笑起来，搂住我的腰。

“阻止我，可需要更多的东西。这……最终，也只会让我想要把它脱掉。”

“你弟弟在！”我假装受到惊吓地喊道。

“我闭上眼睛！”艾利亚斯用双手遮住脸大声说，“你们可以甜甜蜜蜜！”

我的脸颊更红了。嘿……这个小家伙那么快就习惯了！

这一天过得如此寻常，令我几乎就要以为我是和两个普通男孩儿住在一起。只是几乎。当我提着椅子走到阳台上准备在阳光下继续观看我的侦探片时，艾利亚斯带着一张白纸和我上周给他买的蜡笔出现在我的脚边。

“你画了什么？”

他骄傲地抬起脑袋，在我面前挥舞着他的画。他一定非常喜欢我做的菜，因为这幅画看起来就像一个被放置在火焰中的煎锅，旋转着的黄色波浪向外扩散，肯定是热气。右边排列着胡萝卜。胡萝卜和平底锅之间有一个尖尖的、弯曲的东西。一个蔬菜削皮器，肯定没错。

“这是你！”他笑着宣布。

我不可思议地睁大双眼：“我？”

“是的！看，你在这儿……”

他指了指煎锅。我沮丧地垂下肩膀。旋转的黄色波浪代表我的头发？

“那……”

他向我展示了胡萝卜。

“这些是我为你杀死的雇佣兵！”

什么？他画的是尸体？可心理学家会怎么认为呢？还有，这就意味着蔬菜削皮器，是他？

“给我看看！”亚当喊道，这下轮到他来到阳台了。

艾利亚斯向他展示自己的杰作。

“还不错！”

“不要鼓励他！”我抗议道。

亚当做了个鬼脸。

“好吧，我承认，”他笑着说，“艾利亚斯，这太丑了。不要画画了，试试弹钢琴吧。”

“不！”我喊道，“不要鼓励他索命！这才是我想说的！他的画，很……”

我的视线落在煎锅上。不。无论我多么爱艾利亚斯，这幅画都不在美丽的范畴内。

小男孩儿看着我们，快乐的亚当和无比烦恼的我。

“这很丑吗？”他羞怯地问。

“是的。”他的哥哥回答。

“亚当！”

“没关系，夏洛特。”小男孩儿下定决心，“我们可以买钢琴吗？”

我歪着脑袋看着他，嘟囔道：“把它放在哪儿呢？”

艾利亚斯挺直身体，若有所思地盯着屋子看。把它放在展开的沙发床、桌子和电视之间，正好还有足够的空间可以四处走动。我的小客人找到了解决问题的唯一合理方案。

“我们必须搬家。”他做出了决定。

当然。我怎么没有早点想到这个？

正如我说过的，这是一个“几乎”正常的周末。

*

“不要走，夏洛特。”

“那我怎么和老板解释？”

亚当赌气地环抱双臂，靠在走廊的墙上。我穿上凉鞋，试着什么都不去想。通常情况下，周一早晨本就已经令我不快，但是现在，要让自己挣脱要求我留下的亚当的怀抱，更是一种折磨。

“你不想去上班的。”他坚持道，“如果你担心钱，我来付租金。”

“哦，是吗？”我起身讽刺道，“这就是你要给我的生活？养着我？让我生活在封闭的公寓里，不与外界接触？我对此毫无兴趣。我坚持我的独立。”

他耸了耸肩。

“你从事着一份你不热爱的工作，和一群你不喜欢的人在一起，赚取微薄的薪水。”他毫不留情地反驳，“独立，我很欣赏，而这——近乎宗教激进主义[①]。”

“为什么你认为我不热爱我的工作？”我诧异道。

“周五的时候我观察了你。你总是在叹气。你厌恶这份工作。”

这个家伙，他正中要害。

“这是环境问题。”我故作冷漠，“一旦我摆脱了托马斯，我的生活就会轻松很多。我热爱我的工作。你可以想象一下，那些数字以及机构，这一切都令我兴致盎然。”

“是叫你水果夏洛特的托马斯吗？”

“是的。”

“你想要我宰了他吗？”

“亚当！”

① 此处用来暗示夏洛特的保守与传统。——译者注

“怎么了？”他抗议道，“你说了你想要摆脱他。”

“不是用这种方式摆脱。”

“那要怎么做？你没有证据可以用来告发他，你的上司不信任你，而你又如此善良，不会给他设陷阱或给他捣乱。一直逃避他，这个方式并不管用。”

我惊得张大嘴巴。

“但是……你是怎么知道的？”

“我习惯收集有关猎物的信息。”

“啊？我是你的猎物？”

“不是你。另一个。”

我目瞪口呆，说不出话来。我不知道他是如何收集到这些信息的，但他确实了如指掌！

“我是你最好的选择。”他平静地总结道。

突然间，我回过神来：“当然不是！”

“为什么？”

“亚当，还有一个办法。我的试用期下个月就结束了。从那一刻起，我就能赶走这个肮脏的家伙，而不用担心我的职位。”

“我的办法更快。”

“亚当！”

他举手表示放弃。

“好吧，好吧。”他嘀咕道，“但是，我要提醒你，我会监听你的心。如果这个家伙在离你太近的地方转悠，我会收拾他的。”

“你不用收拾任何人。”我反驳道，“我不想失去工作。你知道最近找工作有多难吗？我毕业于一所好学校，简历上有四段实习经历，却花了八个月的时间才找到这份工作！”

亚当眯起眼睛。是啊，这对他来说或许毫无意义。

“我费尽周折。现在的世道太艰难了。如果有一份工作，就要好好留住它。”

他神情严肃地向我走来，温柔地将我抵在白墙上。他真的很高，然而却没有给我一种我所交往过的其他男生曾给我的支配感。他没有古怪地弯下脖子来使自己与我处在同一高度，而像一个围绕着我的保护层。

“当一个人有了未婚妻，就应该照顾好她。”他这般回答。

他抚摸着我的脸颊，神情是如此严肃，令我不禁打了个寒战。他的手掌覆盖住我的半张脸。要不是那天早晨我必须得去公司，我或许已经服软了。我踮起脚尖，拉住他的衣领让他的脸靠近我的脸。他任由我这么做。我热情地吻了他一下。他的手臂紧紧地环抱住我，伸出一只手将我的背心肩带从肩膀上拉了下来。他还想干什么？这个男孩儿！我笑着推开了他。

“别忘了午饭在冰箱里。”我柔声说，“热热就能吃。你还记得怎么做吗？”

“我知道怎么用微波炉。”他嘀咕道。

“哦？但它可比电炉更复杂。”

亚当在我的玩笑话中皱起了眉头：“实在不行，我就给菲尔曼打电话。"

我忍住笑意。真是厉害，我的杀手们。想要战胜他们，让他们饿死就足够了。

我小心翼翼关上办公室的门，心情愉悦。我打开电脑假装正在工作，以防有人突然进来，随后我打开了抽屉。戒指还在那里，在阴影中闪着光芒。我高兴地咬着嘴唇，把它们拿了出来。

我只花了一小会儿就把它们分成了两堆：大小合适的戒指和其他戒指。只有 4 枚戒指合我的尺寸。我一枚枚试了试。选哪一枚好呢？亚当肯定会回答我把这 4 枚都戴上就行。我因这个想法独自笑了起来。我终于决定选一枚小巧精致的白金戒指，戒指中央镶嵌着一颗紫色的宝石，6 颗小小的泪珠形钻石环绕在四周。我把它戴在手指上，这与我白皙的皮肤很配。欣喜之余，我盯着自己的手看了很久。是的，它很完美。我喜欢这枚戒指！

我把其余的放回抽屉。如果我去珠宝店把这些都退了，亚当会做何感想？我又扑哧一声笑了出来。亚当可能不大好受。我今晚回家时就把它们带回去。在这之前，我得先工作！

"你好，蓝莓夏洛特！"

埋首检查报销单的我头也不抬："你好，托马斯。"

"今天上午感觉如何？"

"我希望你在进来前可以先敲门。"

托马斯闭上了嘴。实际上，我也一样，这句话自己蹦了出来！

“是吗？”他带着猥琐的笑容继续道，“你在这个办公室做不该做的事吗？”

“不。”我实话实说，“但每次有风把门吹开的时候，我都会吓一跳。这让人不太舒服。”

他眨了眨眼睛。显然，我令他不安了，而他一点儿也不喜欢这样！

“我很喜欢给女孩儿们惊喜。”他用一种浮夸的口吻说道，“今天中午我有幸能和你一起吃饭吗？”

我咬咬牙。我准备好一切以便亚当和艾利亚斯不需要我就能吃上午饭，但突然间，我后悔得不行。

“不。”

没有其他解释。托马斯的眼睛在他瘦削的脸上睁大了。咦！艾利亚斯的回答方式还真不赖！

我挤出一个和蔼可亲的笑容 :“谢谢你过来一趟，托马斯。”

随后，我重新投入自己的工作。他靠近我的办公桌。该死的。我还以为这个办法很管用。他把一半的身体坐到了桌子上。

“来吧，来吧，我的小夏洛特。”他用干涩的语气粗鲁地说道，“你这是什么意思？我都要不认识你了。”

我僵在椅子上。他的臀部挤着我的笔筒，这说明他正肆无忌惮地入侵我的私人空间。

“我有很多工作要做，托马斯。”我咬牙低语，“而且我不想变得和你一样幼稚。”

“哦！你这么说我就懂了！你想让我把你当作女人，对吧？一个真正的女人……”

他的视线滑向了我的乳沟。我的胃瞬间抽搐起来。是不是无论我说什么，这家伙都会曲解含义，让一切都变得像是我在引导他更进一步？也许我不该阻止亚当给他点颜色瞧瞧……

“托马斯。”我的语气坚定到连自己都感到诧异。

“嗯？”

“我现在真的需要工作了。”

“总是工作，你满嘴都是工作！我们就不能放松一下，享受片刻的乐趣吗？”

“不行！”

他站起来，神情突然变得凌厉：“你变得太坏了，夏洛特。非常糟糕。”

“什么？”我抗议道，“我只想完成我的工作。”

“你以为我看不清你的小把戏？”

“什么小把戏？”

他重新俯下身，靠近我的脸。坐在座椅上的我尽可能往后缩，胃因焦虑而抽搐着。我能感受到他的呼吸以及吹到我鼻子上的热气。

“不要和我耍花样，夏洛特，我非常清楚……”

“抱歉！”一个响亮的声音传来。

托马斯猛地转身。只见苏菲站在门框中，手臂上夹着一个文件夹，正怒视着托马斯。我的呼吸一下子顺畅了。

“怎么了？”托马斯厉声问道。

“我和夏洛特约好了要讨论这份文件。”苏菲边回答边展示了一下她带来的厚厚的蓝色纸袋。

托马斯直起身，向我投来怀疑的目光。

“她什么都没有对我说。”

“我告诉过你我有工作要做。”我低声抱怨。

“是吗？既然如此，我们改天讨论，我的小蓝莓夏洛特。”

他起身大步经过苏菲身旁，没有看她一眼。门“砰”的一声在他身后关上。

苏菲急忙冲向我：“你还好吗，夏洛特？”

“我想是的。”我结结巴巴地说，“你来得太及时了。我们……我们有一个文件要一起讨论吗？”

她把一半的脸藏在红头发后面，露出一个狡猾的微笑。

“不。我只是看到托马斯进了你的办公室，还把门关上了。我就想捉弄一下这个混蛋。”

我感激地点点头。她把我从该死的困境中拉了出来。

“啊……苏菲？”

“嗯？”

“你想一起吃午饭吗？”

“当然！”

我的朋友和我在一起待了好一会儿，我让自己慢慢冷静下来。“改天”，托马斯是这么说的，所以我可以放松到今晚，甚至明天。无论如何，我已经离试用期结束不远了。如果苏菲能够在此之前担当保镖的角色……

我最终勉强恢复了镇定，对与朋友一起共进午餐的期待令我振作。此外，我想在苏菲身上测试一下我为父母准备的故事，关于“我遇到的一个男孩儿”。我不能直接告诉他们我订婚了，所以得从现在就开始做准备。

尽管午餐令人愉快，但这一天似乎无比漫长。当我终于回到家时，我发现两兄弟正盘腿坐在起居室的奶油色地砖上，一脸困惑。他们面前，我的香水瓶从小到大摆放着。

“啊！夏洛特！”艾利亚斯站起身大喊道，“我们需要你的帮助！”

“你们开始收藏香水了？”我“礼貌”地询问。

亚当回以我一个调皮的微笑。

“不要让艾利亚斯产生这种想法。”他反驳道，“他太听你的话了。”

小男孩儿抓住我的手，让我坐在他们中间。

“我们希望你能够为我们找到最适合斯韦特兰娜（Svetlana）的香水。”他宣布。

当然……

“谁是斯韦特兰娜？”我的语气略有不快。

“一个很高挑的金发女孩儿，她的胸很大。”艾利亚斯泰然自若地回答。

我沮丧地看了眼亚当。

“这是一个很好的描述。”亚当点头赞许。

“亚当。”我抗议道，“你的弟弟只有10岁！他不能说这种话！”

“不，我可以！”艾利亚斯惊呼道，“为什么不行？”

“斯韦特兰娜19岁，她来自俄罗斯，法语说得不太流利。”亚当继续说道，显然没有什么能打断他，“她喜欢首饰，希望成为一名演员或者顶级模特儿。所以在你看来，什么香水适合她？”

我叹了口气，这两个家伙真是什么事儿都能问我。我选了一个香水瓶。鉴于我几乎没有用过，它差不多是满的。我把它放在鼻子前闻了闻。

“我觉得这个不错。”我违心地试探道，“它香气浓郁，很引人注目，而且它能很好地掩盖化妆品的气味儿。它非常适合一个……一个……”

不能说“胸大无脑的女人”，天真无邪的艾利亚斯正竖着耳朵在听。

“适合斯韦特兰娜。”

“好极了！”

亚当从凌乱不堪的沙发床上抓起一个信封，而他的弟弟则把香水快速地喷了上去。

“我能问问你们在做什么吗？”我嘀咕道。

“拿着，读一读。”

艾利亚斯递给我一张粉红色的纸片。我接过。一串优美的手写字母整齐地排列着，周围洒满了鲜花和小爱心。

“亲爱的卡皮桑（Capucin）先生。”我不带情绪地读道，“自从见面以来，我的内心和身体都燃烧着对你的爱和欲望。我渴望感受你的抚摸，甚至更多。请你来找我吧。我再也无法忍受这种煎熬，我渴望你能够用爱抚来平息我燃烧的火焰。斯韦特兰娜。”

我挑了挑眉：“你们最好给我一个合理的解释，伙计们……”

艾利亚斯扑哧笑了出来。

“卡皮桑是我下一个猎物。”亚当平静地回答道，“没有保镖在场时他从不到处走动。斯拉夫美女是他的软肋。所以我会试着把他引到一个安静的角落。”

我挑起眉毛，将信翻过来。地址是位于巴黎马尔泽尔布（Malesherbes）大道上的五星级玛德琳凯悦酒店（Hyatt Regency Madeleine），上面写了房间号和时间。

“说实话，亚当，一个女孩儿永远不会写那样的东西！什么人会愚蠢到落入这种陷阱？”

我那高大的棕发男人只是对我眨了眨眼并伸出手。我将纸还给他。

“会的，这能奏效。我们可以称之为优胜劣汰。”他幽默地回答说，将纸滑入了信封中，“毕竟，只有最聪明的人才能在进化中生存下来。"

"这不可能奏效。"

"亲爱的，你会对天下所有男人的自负感到惊讶……"

"别想着有一天我会写这种东西。"我低声抱怨道。

"明白。如果这天来临，我会知道有人在威胁你。"

两兄弟放声大笑。好吧。作为求救信号，我也许会这么做……

"等等！"我突然意识到，吓了一跳，"你让我卷入了一起谋杀案的准备工作？"

"我担心你发脾气。"亚当示弱道，"所以我把这些带来给你。"

他伸手去取沙发床上的黑色资料袋。我打开它，发现是一叠与热拉尔·卡皮桑相关的文件：带着天文数字的银行对账单，一张照片上能看到一个矮小的尖鼻子男人与一群我完全不认识的人，一串冗长的名字……

"他看起来不像好人。"

"他是一群流氓的首领，盘踞在一个我不希望你出入的街区。"亚当回答，"有毒贩，有拉皮条的，有强盗……警察无法逮捕他们，因为被要挟的法官们包庇他们。"

"我明白了。"我嘀咕道，"那么是不是其中一个法官想要取他的脑袋？"

"不，是这个人。"

他递来第二个文件袋，红色的。

"联系我时，他自称复仇者。"亚当在我打开文件夹时接着说道，“我总是确保客户的姓名信息不泄露，但也会进行一些小调查，因为我需要知道自己卷进了什么事。他的名字是蒂埃里 · 勒孔特（Thierry Lecomte），是个面包师。”

“面包师？”我重复了一遍，感到困惑。

“是的。”

所以说，确实有必要对所有人保持警惕。一张照片滑到了我的膝盖上。这是一个可能连 15 岁都不到的女孩儿，她穿着病号服，站在窗边，目光空洞。

“这是谁？”

“复仇者的女儿，爱丽丝（Alice）。两年前的一个下午，她在街上遭到强奸、殴打并被丢在路边。”

我的心沉了下来。强奸。殴打到半死。我的呼吸变得不规律。托马斯的影子从电梯一角蹦了出来，压在我心头，这和我们讨论的内容有着莫大的关联。情绪涌上心头。殴打。强奸。没有人来救她。这多么可怕！怎么会有人对一个女人做出这样的事？而她，甚至还不算是个女人，只是一个女孩儿，一个小女孩儿。可怜的宝贝。

“从那以后，她再也没有说过话。”亚当继续道，“由于她经常企图自杀，所以被关在精神病院里，受到高度监视。”

我的天啊……

“那么这一切都是……是卡皮桑……”我喃喃道。

“是的。他被逮捕了，因为到处都留有他的 DNA。之后，他被判处两个月的监禁，缓期执行。”

我抬头望向亚当，震惊不已。

“两个月，缓期执行。”我感到口干舌燥。

亚当耸了耸肩：“我告诉过你，他要挟法官。”

“但这太可怕了！”我从心底里大喊道。

亚当惊讶地抬起头：“可怕？”

“这家伙几乎杀死了一个女孩儿，而法官只轻轻拍打着他的脸颊说‘不要再犯’，然后就任由他逍遥法外！”

“这个总结很特别。”他若有所思地摸着下巴，“但和现实差距不大。”

“但是……法律……”

亚当温柔地将我的一绺卷发推回到耳后：“如果法律真的是公正的，亲爱的，那么我的工作就会少得多。”

“但是……你……被你杀掉的总是……那种人吗？”

他扫了一眼香水瓶。

“我告诉过你，我的猎物从来就不是唱诗班的孩子。”

我收紧了握着他的手：“亚当——”

“什么？”

“当你杀死这个家伙时……”

“嗯？”

“让他吃点苦头。”

他露出一丝嘲弄的微笑。

“一般情况下，对于缓慢而痛苦的死亡，我会额外收费。复仇者没有钱，他只购买了基础套餐。”他平静地补充道，“但如果你要求，我会这么做的。”

“整个世界都应该知道这个恶魔干了什么。”我低吼道。

“哦不。相反，没有人应该知道。”

“为什么？”

“如果我让警察找到哪怕一丝线索，让他们认为暗杀与爱丽丝的遭遇有关，她的父亲会受到牵连。法律从不喜欢擅自伸张正义的人，复仇者最终会被送入监狱。”

我如鲠在喉。他是对的。

他悠闲地伸了个懒腰。

“好了，这些还不够，我在哪儿能找到一个假发店？”

“什么？”

“我需要一顶金发，很长的金发。”

“为什么？”

他露出一个狡猾的笑容：“等着瞧吧夏洛特！斯韦特兰娜，正是在下！”

一周的时光平静地过去了。有时，当我在晚上回到公寓时，亚当无法和我通话，艾利亚斯就会认真地把他的时间表交给我。当他带着弟弟外出时，会给我留一张纸条，告诉我他们要去哪里，什么时候返回。这让我感到欣慰。他非常认真地对待我害怕他离开的担忧。

我再也没有听他提起过斯韦特兰娜。相反，在上网阅读新闻时，一则关于街区内某毒贩死亡的新闻报道映入眼帘——热拉尔·卡皮桑。据称他买了一种新型的劣质毒品并进行注射，但该毒品没有让他过瘾，反而带来了极大的疼痛，难忍痛楚的他从窗户跳了出去。文章的其余部分着笔于谈论年轻人预防意识的缺乏，没有任何文字提到陪伴他的斯拉夫“美女”，也没有任何内容提及这可能并非一个愚蠢的意外。

那天傍晚，在确定艾利亚斯正在电视上观看一部关于制作黄油的纪录片后，我在露台上找到了亚当。我的公寓，像被施了魔法一般时不时会出现一些家具。最近，我喜获一张花园沙发，这几乎占据了我小小阳台的所有空间。亚当凝视着夕阳，双手交叉置于脑后。我坐在他身旁，将腿蜷缩在胸前。他伸手勾住我的肩膀。

“亚当。”我低声说。

“嗯？”

“卡皮桑死了？”

“是的。”

我打了个寒战，他的手臂更紧地搂住我，好似在给我安慰。

“我以为你从不用毒药。”我小声说。

“确实如此。”

“哦？我读到的文章说他死于毒品。”

他不再凝视橙色的天空，转而低头看着我，他眼眸中两种色调的蓝色温柔地闪烁着。

“我永远不会在猎物的杯子或盘子里下毒。”他用阴沉的声音解释道，“因为无论是谁都有可能在错误的时间出现，并代替猎物服下它。此外，毒药不是一种确定的武器。如果猎物摄取太少并且有时间寻求帮助，暗杀就会失败。所以我认为毒药对于杀手而言不是专业的工具。相反，把他自己的毒品按照正确的剂量直接注射进他的身体并禁锢住他直到他想要跳出窗外，这是非常专业的。”

我只能露出一丝苦笑。专业，他说得如此自然。

“你晚上不会难以入眠吗？”我把脸贴在他的胸前问道。

“为了什么？”

“杀人。”

“不会。为什么会？”

我不抱幻想地抬起头。他看起来很惊讶，仍旧如此！

“影子生物真的很奇怪。”我嘀咕道。

“奇怪？我们？”

“奇怪。”

“但为什么？”

我叹了口气。如何解释这一点，又不将内心袒露无遗？

“只须看到你和你弟弟在一起的样子，就知道你很善良。”我说道，不敢显露出我希望自己能够激发他产生的感情，“然而，杀了人的你却没有丝毫悔恨。”

“那又如何？为什么这很奇怪？人类也一样，不是吗？”

“完全不是！”我喊道，“凶手要么是不爱任何人的变态，要么是犯下可怕罪行并无比悔恨的正常人。”

亚当的脸上露出一丝嘲讽的笑容。好吧，我同意，也许我是有些操之过急。但基本上，我所说的很接近真相，不是吗？

“你说的是关在监狱里的人类。”他说，“这些人因为意外或愤怒而杀了一两个人。或者就变态而言，因兴趣而杀人。如果你想把我和别人相比，那就把我和那些为了工作而杀戮的人比较吧。”

“为了工作？”我惊呼，“这类工作早就在法国绝迹了！”

“哦，我不是在谈论刽子手。他们在这个世界上为数不多。我说的是农民、水手、工厂老板……那些人类真正的杀手。”

我睁大了双眼：“他们不是杀手！”

他耸了耸肩。

“农民通过喷洒杀虫剂来毒害土地。”他陈述道，“饲养员用激素和抗生素来毒害动物。水手们在洗油舱时会毒害大海。工业企业家用他们创造的‘授权排放’来毒害空气和水。”

我皱起了眉头。

“然而人们吃谷物、肉类和鱼。”他继续道，“他们喝酒，他们呼吸。他们得了不耐受性疾病、过敏、糖尿病、癌症，因为食用了受污染的水或是不健康的食物。人类还患上了先天性畸形。相信我，如果人类灭绝，我们家族的存在也将变得毫无意义。”

我睁大双眼。亚当重新用手指心不在焉地玩起了我的卷发。

“但是……”我抗议道，“这些家伙，他们不是故意的！”

他严肃地挑挑眉 :“你认为船长在茫茫大海中洗油舱，明知这是被禁止的却依旧为之，难道不是故意的？工厂的老板从不知道他所排放的污染？他们当然是故意的。他们或许别无选择，但他们知道自己所做的坏事。不仅如此，他们还自认为有良知。当我杀了某人时，我知道我在做什么，我为自己的行为负责。而他们在自然界中洒下毒药，他们十指交叉着祈祷，希望这不会影响任何人或妄想轻微的剂量不会产生较大影响。”

“好吧，对于那些不是特别谨慎的人而言，你说的并非毫无道理。”我违心地承认,“但最起码，他们的工作服务于人类！”

“我也是，我为人类服务。我使人类不必互相残杀，不必时不时引发一场大屠杀。作为额外的奖励,我消灭了卡皮桑这种恶人。”

确实，如果我们这样看待事物……

我困扰地交叉双臂。

“你的推论还是存在问题。”我喃喃道。

“什么问题？”

“无论谁去杀人，这都很糟糕！”

“哦……”

我未婚夫的唇角勾勒出一种野兽般的笑容。

“夏洛特，我不曾说过自己是个唱诗班的孩子。我只是说我并不奇怪，而且人类对同类的伤害远远超过我的所作所为。”

我噘嘴道 :“也许是吧。但我不喜欢你杀人。你比那些肮脏的家伙好多了，我不想让你受到伤害。”

他再次转向我，双目圆睁 :“你还在为我担心？”

“当然！”我惊呼,“我跟你说过，我在日常生活中面临的最大危险就是巴黎地铁的延误！”

他的唇角露出微笑。

“看着吧，亲爱的。”他温柔地低语,“即使丹尼尔真的抓住我了，你也会知道没有任何监狱可以把我困住。”

好吧。没错。我把头靠在他的胸前，看着太阳消失在建筑物背后，远处传来交通的喧哗声。

“如果有人决心报复你呢？”我终于问道,“决心杀了你？”

亚当耸了耸肩。

“准则四。”他简单地回答。

“哦，是的，著名的准则四……”我嘀咕道,“就是这个准则让我们结婚的，仅仅是为了让艾利亚斯有权去杀死藏在我背后的那些人。”

我那高大的棕发男人惊讶地瞥了我一眼 :“怎么会？”

“或许那不是真的？”我问道。

“我喜欢你看待事物的方式。”亚当大笑着将我抱起放到他的膝盖上,“你的说话方式总是很奇特！你是对的，也许最初是你所说的原因，但从那以后我们的关系发生了变化，不是吗？”

“是的……”

我借着新姿势将头靠在他的脖子上。太阳已经完全消失，空气逐渐变得凉爽。亚当的双臂收得更紧了，我安逸地舒了口气。

我仍无法完全接受我的未婚夫是一个杀手，但我不得不承认，虽然我所受的教育很难让我说服自己，但卡皮桑这种家伙从世上消失的确不会给我带来任何困扰。

“当有人想要你杀害一个无辜的人时，你会怎么做？”天空越来越暗，我喃喃道。

“你怎么定义无辜？”

“嗯……像我这样的人！”

“没有人想要杀害你这样的人。”

“但如果发生了呢？”

他沉默不语。

“告诉他，亚当！”一个小小的声音从我们身边传来。

我抬起头来。艾利亚斯偷偷地溜到了我们跟前，对着我们露齿而笑。

“去看电视，艾利亚斯。”亚当抱怨道。

“但这是夏洛特！我们可以告诉她！”

他的哥哥耸了耸肩，拉开了一点儿距离以便可以直视我的眼睛。

“当有人给我们一份合同要杀死你这样的人时，”他表示，“我们会以一种他的家人最可能接受的方式，在没有痛苦的情况下迅速完成工作。”

“哼……”艾利亚斯斥责道，“不是这样的！告诉他，亚当！”

“艾利亚斯！”

“好吧，我告诉她。”

亚当叹了口气：“好吧。但我想说这是一个例外。”他缴械投降。

我竖起耳朵！

亚当环抱着我的手臂松开了，似乎是允许我拉开距离，但我保持不动。

“四年前，”我的未婚夫开始诉说，“一名男子联系天蝎。他把自己描述成一个黑社会组织的头目，而我们的猎物在他口中是个善良的人，只是不巧刚好是他所要袭击的人道主义协会的主席。除此之外没有别的原因。这令我不快。然而，他明确暗示我他不关心猎物的全家是否会和他一起在暗杀行动中死去。”

“就好像要我们免费工作一样！”艾利亚斯大声说道，脸颊因气愤而泛红。

“我想接下合同，让一切尽快结束，但我的父亲阻止了我，他代替我接下了那份合同。他说我还没有准备好去面对这样的猎物。”

他停顿了一下，他的弟弟扑哧一笑。亚当喜怒参半地瞥了他一眼。

“所以我带着艾利亚斯……去度假。无论如何，我是这么告诉父母的。事实上，我们给天龙打了电话并签订了一份合同。”

“真的超好笑！”小男孩儿热情地挥着手臂回忆道，“他用一种超级奇怪的声音打电话，就像一只得了感冒的猫！”

“谢谢你，艾利亚斯。”他的哥哥抱怨着，但看起来也很开心。

“是杀死委托人的合同？”我猜道。

亚当做了个鬼脸。

“那是我父亲的委托人，”他一本正经地纠正道，“如果接受合同的是我，我们的行为准则第三条会明令禁止我杀死那个家伙。”

艾利亚斯笑了：“如果他身边的人都和他一起死掉，也毫无影响。而这，正是天龙家族喜欢的方式！”

“正是如此，”亚当确认道，“我要求快速完成任务，我甚至购买了他们最贵的套餐。结果是，第二天他的海滨别墅爆炸了，带走了那个家伙以及和他一起参加‘工作会议’的所有助手。”

“我拿出了自己的一部分积蓄来帮助亚当付钱。”他的弟弟欢快地说，蓝眼睛里满是骄傲，“之后，因为父亲的委托人已经不在了，暗杀人道主义协会主席的合同也就失效了。”

“而你的父亲丝毫没有怀疑？”我好奇地问道。

“我们不清楚。”亚当坦言，“他从未与我们谈论此事。但是在我们回来的一周后，他在庄园的花园里安排了一个烟火表演。而且，他在所有的仆人面前说，他有世界上最棒的儿子。”

我笑了。确实很难说这不是巧合。

亚当严肃地盯着我。

“夏洛特，你不能和任何人谈论这件事。”他将手放在我的脸颊上说道,“如果这个故事传扬出去，我们家族的声誉将蒙受重创。”

“相信我，我会保守秘密的。”我握住他的手,“我已经知道怎么做了。等下次你接到我不喜欢的合同时，我会雇艾利亚斯来干掉委托人。”

“真的吗？”小男孩儿站起来大喊道，狂喜不已。

我那高大的棕发男人噘起嘴，半信半疑。我笑出声来，他们也随即大笑起来，而亚当的臂膀再次围住了我。我任由自己靠着他，没有什么需要我做的。我全心全意地爱着他们，这两个有趣的男孩儿。

10

游泳池

我把一份文件叠到文件堆上，扫了一眼剩下的，只剩下两份了。几分钟前就已经五点了，一天即将画上句号。星期三看电影最合适不过！今晚，我打算带艾利亚斯去公寓附近的电影院。一部新的动画电影刚刚上映，带着小男孩儿去看可以作为我想看的最佳借口。如果他去，那么亚当肯定会陪我们。他不会错过任何一个陪伴弟弟出门的机会，或者任何和我一起外出的机会。我的脸颊泛起红晕。我很喜欢这样。我的目光游走在戒指上，我那神圣的订婚戒指。

我将脑海中愉悦的想法驱散，快速处理完最后的两份文件，整理好我的物品。我们必须赶紧吃完晚餐才能准时到达影院。要不吃个色拉？我离开办公室，锁上门。我只需要刨几根胡萝卜，再准备些火腿。一定非常完美！

“啊！我的柠檬夏洛特！你在等我吗？”

我肌肉绷紧，瞥了一眼，只见托马斯站在走廊上，脸上带着令人厌恶的笑容。他的肩上挂着一件毛衣，像是正准备离开的样子。所以，只能说我不走运，至少在这个地方我毫无好运可言。

“我不明白怎么会是我在等你。”我一边说，一边把钥匙放进手提包，动作过于僵硬，看起来有些不自然。

“不必找借口了，柠檬夏洛特。这么说也不会令我泄气。既然这样，我们一起走吧。”

我保持沉默。棒极了。我不知道他住在哪里，但无论他去哪儿，我都会搭乘反方向的地铁！

他一直兴高采烈地向我讲述着有我陪伴的他是多么快乐，无休止地持续了整整八层电梯的时间。

“好了，”走出大楼时他说道，“你坐巴黎大区快铁 A 线，不是吗？”

该死的，他知道！显然，他可以查阅与我相关的行政文件……

“是的。”我极不情愿地回复。

“那我们走吧！”

他紧跟我的脚步。

“但是你住在哪儿呢？”我抗议道。

“哦……我的柠檬夏洛特……我很高兴你想知道我住在哪儿。你想来我家吗？”

绝对不要。

“不，谢谢。我完全是出于礼貌。”

“那我陪你回家。”

“回家？”

我立马停下脚步。让这家伙陪我回家，门儿都没有！

“这很体贴，托马斯。”我尽可能冷静地说道，“但我不需要你陪我。”

“别胡说，柠檬夏洛特。我知道你不想麻烦我，但对我而言，让你快乐很重要。”

我咬咬牙，我想指着他的鼻子大喊这完全无法令我快乐，这会打扰到我，而且我对此感到彻头彻尾的厌恶。可是我无法现在就说破，我必须找到另一种方式逃脱。

“我很肯定，托马斯。”我低声埋怨，“不必麻烦你。”

“好了，好了，别假装客气了。无论如何，我都不打算在你家待很久。”

我感到口干舌燥。他想进我的公寓？别做梦了！

“托马斯，我……”

“哦，女人，她们总喜欢让人去求她们！好啦，我们走吧？”

我吸了一口气想要恢复理智。如果这个家伙敢踏入我家一步，亚当就会按照他的方式来欢迎他。我的心跳得更快了。亚当会在那儿吗？艾利亚斯呢？他们已经连续两天晚归了。即使他们否认了，我仍旧怀疑他们在准备一份新的合同。如果家里只有我一个人，会发生什么？我甚至不愿去思考这个问题。

“我不回家。”我说道。

“什么？”

他惊讶地停了下来。

“今天是周三。”我胡扯道，“每周三我都和朋友一起去游泳。”

“真的吗？”他感到诧异，“但是……你没有带游泳的装备？”

确实。

“我的朋友会带给我。”我搪塞道。

“哦！好吧，这太好了，我陪你去游泳。”

“我真的不需要你陪。”

“但陪你让我很开心！”

我耸了耸肩。他没有放弃。不管他了，我就带他转一圈吧。

整段地铁途中，我都没有说一句话，只是时不时发出礼貌性的“嗯嗯”声。我不想给他任何幻想。但他又怎么能在一个女孩子说不的时候产生那样的联想？也许他就是喜欢让我不自在？这种想法加剧了我对他的鄙视。

我们来到了我常去的游泳馆前。

“我到了，”我说道，“好了，明天见，托马斯。”

“哦不！”他喊道，“既然现在我来了，我也要游一会儿！入口处肯定有卖泳衣的，对不对？”

我透不过气来。他真的什么都敢做！

“我不知道。”

“哈哈！我温柔的柠檬夏洛特！我知道你已经按捺不住想要看我不穿衣服的样子了，但不必强调。”

我的脸颊因气愤与烦躁而发烫。他对我露齿而笑。我转身进入游泳馆，售票处的年轻人认出了我。我远远地给他看了看我的会员卡，然后在通往更衣室的走廊尽头转弯，站在第一个空位前闷闷不乐。

“一会儿见，我的柠檬夏洛特！”托马斯的声音从售票处传来。

我锁住身后的门。唉！我任由自己跌坐在小板凳上，感觉已经到了极限。真是个苦差事。我压根儿不想去游泳。无论如何，我连泳衣都没带。

我深吸一口气，准备等个几分钟，等托马斯买了他的泳裤去换衣服的时候就悄悄溜走。他到时候会在游泳池边找我，然后我有一整晚的时间找个好借口等到明天再向他解释。

我周围的门开开合合。当我估计这个男人已经有足够的时间到达游泳池边上时，我轻轻地打开更衣室的门。走廊里空无一人。我潜入走廊，顺着挂满橙色塑料鱼的蓝色墙壁往前走。一群青少年在游泳池入口处排队，托马斯不在。太棒了！

我踮起脚尖溜了出去。呼！我胜利了！现在我只须穿过停车场，然后一路冲向地铁站……

“啊！我就知道！”

我吓了一跳。托马斯突然从自行车车库中走了出来，脸上带着胜利的笑容。我的心在胸口怦怦直跳。

“我知道你不是真的要去游泳。”他得意扬扬。

这是一场噩梦！

他向我走来。

“所以，我的柠檬夏洛特，”他讽刺道，“我们现在出发吗？”

我再次被恐惧吞噬。

“你还不明白吗？”处于恐慌边缘的我大喊道，“我不想让你来我家！我不想！”

托马斯抬了抬眉毛：“你不想吗？这倒挺新鲜的。你花时间挑逗我……”

“从来没有！”我尖叫道，“我？挑逗你？这辈子都不可能！你对我来说太老了！你已经结婚了！我讨厌你叫我柠檬夏洛特！”

他气定神闲地用手抚摸自己的头发。

“是的，是的。”他漫不经心道，“对待女人总要更坚持一些。她们装作这不是她们的错，她们喜欢给自己贴一个标签，不想成为太随便的女人，这所有一切……但之后，她们就会高兴了。柠檬夏洛特，你和其他人没什么两样。”

我盯着他，无法做出任何反应。无数互相矛盾的情绪在我脑海中肆虐。如果这个家伙相信自己所说的鬼话，那他就是个疯子；如果不信，他也是一个疯子。我会不惜一切代价躲开他。

他向我走来。

“你不能跟我回家。”我试着用坚定的声音说道。

“为什么？”他懒洋洋地问。

“我的未婚夫一定不会喜欢！”

“你的未婚夫？”他嘴角露出一种嘲讽的笑容。

“好了，我的柠檬夏洛特，你已经虚构了游泳馆的朋友，现在，你又订婚了。你以为你说什么我都会相信你吗？”

呼吸急促，我挥了挥手上闪着淡淡光芒的紫色宝石戒指。

“那么这个，这是什么？”我大喊道。

他耸了耸肩。

“你给自己买了一个漂亮的首饰，这很好。别再编故事了，我的柠檬夏洛特，只有病人才会这么做。你没有生病，不是吗？生病的人是不能工作的。”

我的血液凝固了。所以我们又绕回来了。真是个混蛋！

“好吧，就这一次，我们走吧。”他像我伸出手。

我赶紧退后一步：“别碰我！”

“哦，来吧，让我摸一下……”

他的手指伸向了我的脸颊，我吓得赶紧退后一步。

“住手！”

“理智些，柠檬夏洛特……”

“住手！救命啊！亚当！”

我试图甩开他的手，但他抓住了我的手臂。

“现在，够了！”在我绝望地挣扎时，他发出嘘声：“别像小孩儿一样了！你装作什么都没发生过的样子，这简直要了我的命。

所以现在……”

他的话在窒息声中终止了。我感到一股可怕的寒气，心脏怦怦直跳，一丝希望划破了令我神经蒙上阴影的恐慌面纱。亚当？艾利亚斯？我挣脱他的束缚，后退几步。托马斯看起来呼吸困难。

亚当出现在托马斯的背后，他的脸因愤怒而扭曲，手锁在托马斯的喉咙上。托马斯猛地转过身，摆脱了禁锢。

“可……可……你是谁，你？”他上气不接下气。

“我是夏洛特的未婚夫。”亚当用一种不祥的低沉声音说道，“而你，你越界了。”

托马斯一脸震惊地转向我：“他是你的未婚夫？”

我颤抖着用力点头。

他重新望向亚当，怒不可遏地瞪着他。

“她从来没有提起过未婚夫，甚至没有提到她有男朋友。”他满脸不屑，“她肯定没那么爱你。”

我的头部仿佛遭受了一次重击。

“她和办公室里所有的男人调情。”托马斯一脸鄙夷地继续说道，“今晚她甚至邀请我一起去游泳。她告诉你了吗？她想知道我住在哪里，她……”

我根本没有时间看到这一击。只见托马斯在空中飞了起来，摔落在距离我一米外的停车场沥青路面上。我用仅剩的一点儿力气和他拉开距离。

“你的谎言愚弄不了任何人，愚蠢的东西。”亚当咆哮着靠近他，拳头紧握。

我的大脑突然清醒了。亚当打算杀了他！我不能任由这一切发生。

我跑到他面前，竭尽全力地抱紧他。我感觉自己好像撞到了一块石头，他的身体又硬又冷。他停了下来。

“住手，亚当！”我恳求道,“求求你了，住手！”

“啊！”托马斯站起身，鼻子流着血却得意扬扬。

“你看到了吧！”他对我的未婚夫喊道,“她不想让你攻击我！她选择的是我！”

亚当咆哮着挣脱我。危机感贯穿我的全身，连脖子上最细的汗毛也竖了起来。

“不要听他的话。”我哀求道,“你知道的……亚当……你知道的……”

他听到我说的话了吗？

“跟我走，夏洛特。”托马斯在我们前面喊道。

他疯了！他意识到我在努力挽救他的生命吗？他伸手抓向我的肩膀。亚当飞快地抓住了他，一声可怕的脆裂声响起。托马斯痛苦地尖叫起来。

“亚当！”我呻吟道,“住手！”

亚当的手指松了松。托马斯立即抽出手，眼中充满了恐惧。

“你有病！”他握着自己的手喊道,“我要告你！”

我的身体恢复了一丝生气。

“好主意。”我喘着粗气对他说道,“去问警探巴拉尔。他知道亚当的档案。”

“啊！还有，这是暴力伤害！”

暴力伤害。好像他知道一样!

“我们还会再见面的！”他向亚当吐了口唾沫，随后向地铁的入口跑去。

亚当纹丝不动，目光紧随着他。我从未在他蓝色的眼眸中看到过如此的凶光。

“亚当。”我喃喃道,“冷静下来，求你了……”

他没有回答，没有动弹，没有眨眼。他的身体似乎比平日里还要高大。我感觉自己已经完完全全被他的气场碾碎了。

“亚当！”我更用力地呼唤道。

我这才意识到自己的泪水顺着脸颊滚落了下来。我用手背擦了擦，而亚当仍然盯着托马斯消失的地方。

“求求你。”我用一种心碎的声音低声道,“别管他了，我需要你。我很害怕。我很冷。你……你听到了吗？”

停车场的温度恢复如初，我的未婚夫用双手将我抱紧，靠着我的身体重新变得柔软了。

“亚当？”

他抚摸着我湿漉漉的脸颊。从他的脸上看不出丝毫的情感。

“我们回去吧。”

我极力赞同。他的声音如同大理石般生硬，但至少他开口了，并且不是开口去聊如何谋杀。

一路上他没有开口说一句话。疏离的表情令人无法得知他的想法，但他将我抓得太紧了，以至于泄露了他的感情。他已愤怒到了极点。我不得不加快脚步，并时不时迈着碎步以赶上他的速度，直到抵达我们的公寓。他沉默地看着我打开大门，和我一起上了电梯。当我开门时，他退了一步。

“说些什么吧，求你了。”我结结巴巴地说，“我心里很乱……”而他则跟着我进了沐浴在落日余晖下的客厅。

他把双手平放在水槽的边缘，早餐的盘子堆在那里，他没有看着我。

“你为什么还要阻止我杀他？”他用干涩的声音问道。

“因为他有妻子和孩子！”我喊道，处于绝望的边缘，“他们还要依靠他！”

“他没有给他们丝毫的尊重！”他愤怒地反驳道，“以他的年纪做你的父亲都不为过，而这却阻止不了他……这样对待你！”

“杀死他不会解决尊重的问题。”我试图让他听我说。

“或许不会，但这会阻止他再犯！”

我叹了口气。如果我们这样去看待事情，确实如此……

他离开了水槽，开始围着红色的沙发床转圈。

“亚当……”我低声说。

“别跟我说话！”他咆哮道，“我试着冷静下来！”

我小心翼翼地退到浴室。洗手池上方的镜子里映出了一张可怕的脸：眼睛又红又肿，脸颊上满是眼泪和化妆品留下的痕迹……我居然还问自己为什么未婚夫不亲吻我……这么一张脸出现在他面前，难怪他无法恢复镇静！

口袋里的手机震动起来时，我刚给自己做了简单的梳理。

“你好？”

“拉罗什小姐？”

“是的？”

“我是警探巴拉尔。”

我瞬间紧张起来。

“啊……”

“我的办公室里有一个男人，自称被你的未婚夫袭击了。我应该把他理解成我所想的那个人吗？”

“如果你想的是亚当，”我叹了口气，“正是他。”

“我明白了。”

他沉默了片刻，一阵踏在瓷砖地板上的脚步声传来。显然，他正在远离某些东西，或者某个人。

“这个男人对我说了一个非常奇怪的故事，”他继续道，“因为他拒绝接受你的挑逗，所以你给他设了埋伏。”

“什么？”我噎住了。

“我对你略有了解，所以这让我感到惊讶，我非常希望听到你口中的事实。”

“这个家伙……”

我的声音颤抖不止，不得不停下来深吸一口气。

“自从我工作以来，这家伙一直在骚扰我，几乎没有安宁的日子。他到办公室来找我，把我和他关在一起……他给我起类似草莓夏洛特这种愚蠢的绰号，一有机会就开下流的玩笑。他把我所说的一切都曲解为我别有用心，他试图乱摸我……”

我吸了口气。警探没有催我。所有的事情都在我脑海中盘旋。

“就在刚才，”我继续说道，感到话语自动串联起来，“他决定陪我回家。他想进我的公寓。因为我不敢告诉他我住哪里，所以我说自己要去游泳馆。他跟着我，躲起来等我。当我从里面出来以为自己成功地摆脱他时，他拦住了我，希望我把他带回家。他说了这种话：‘对待女人总是要坚持一些……但之后，她们就会高兴了’而且……而且……他想摸我……我告诉他我不想这样，我有未婚夫……但是他嘲笑我，抓住我的胳膊……而我……我不知道该怎么办……我呼唤亚当……”

说完这些后，我的声音消失了。如果亚当没有听到我的呼喊该怎么办？为什么我不懂得如何应对？我知道只要用膝盖给他一下就可以摆脱他，可为什么不呢？

“然后亚当出现了。”警探补充道。

“是的。”我用苍白的声音喃喃道，“他想杀死托马斯。我想，我成功地减少了伤害。”

一段沉默过后，电话那端的男人情绪激动起来。

“这才是一个在我看来更合情合理的故事。”他表示，“尽管有两个漏洞。”

“哦？”我迟疑道。

“亚当怎么会那么巧赶到？”

我耸耸肩。

“他常常跟着我。”我回答道，并非在说谎，“他现在没有合约，所以为了打发时间，他擅自进入了我的生活。直到今天之前，我都不太喜欢他这么做，但现在……”

我艰难地咽了口口水。

“我明白了，”警探表示理解，“其次，请向我解释一下，拉罗什小姐，如果这个男人骚扰你，你为什么这么久都不告他？”

“告他？”我尖叫道。

“你知道告别人性骚扰有多复杂吗？需要证据，而且……这……这个肮脏的家伙实在太狡猾了，不会留下证据！在办公室，我的上司喜欢他，我的同事认为他给我取的绰号‘实在太可爱了’！所以，在我抱怨时没有人相信我！还有，我正在试用期，而他，已经在那里做了好几年！在你看来，如果我告他会发生什么？还是在我甚至没有证据的情况下！只要我没有被强奸，我就什么都不能说！即便真的到了那个地步，谁会相信他是强奸犯？所有的一切都对我不利，甚至我的短信！因为如果我不回复他，他就威胁说要解雇我！”

我停下来喘了口气，颤抖不已。

“我了解了。”电话那头的人喃喃道，“请原谅我，夏洛特。我真的不清楚你的情况。”

我没有回答，脆弱的神经使我无法抑制住情绪爆发。我背靠在柜子上，白色塑料板的凉意驱散着我背部燃烧的热气。

“你希望我怎么做？”他终于问道。

“请帮助托马斯了解他这么做的风险，如果他继续下去，”我一口气说道，“我没办法一直保全他。”

“明白，我会试试的。你知道亚当现在在哪儿吗？”

“等一下……”

我从浴室的门缝里探出脑袋。亚当还在围着沙发床踱步，面部紧绷。我赶紧关上了门。

“他就像一只笼中的老虎，在我的客厅里打转。”我回答。

“在你的客厅？”他担忧道，“你需要帮助吗？”

“不，他不会伤害我。但如果我说错一个字的话，托马斯就看不到明天的太阳了。”

一阵沉默。

“我不建议你现在来逮捕他，”我补充道，“老实说，他心情不好。”

丹尼尔·巴拉尔轻声笑了起来。

“你是个有趣的女人，夏洛特·拉罗什。好吧，我今晚会保持距离。我会把你同事在诉状中所说的奇怪话都删掉。在附录里加上你的版本，不会让他看到。这样一来，如果他还对某位年轻女性带来困扰，'骚扰'一词已经出现在他的档案中。当两名女性同时指责一名男子对其进行骚扰时，即使无法提供证据，也必定会引起法官更多的关注。”

“真棒，一种需要两个受害者才能开始考虑行使的正义。”我低声抱怨。

“我知道，夏洛特，我和你一样感到遗憾。”

“你知道吗，正因为如此，杀手才有那么多工作？”

这次，他大笑起来。我突然发现自己在微笑，心情平复了。

“我不该这么说，夏洛特，但我很高兴亚当出现了。要保护好自己，尤其记住。”

“我会试试的。你也保护好自己。”

“明白，代我向亚当问好。”

“啊？”

“不，我在开玩笑。度过一个美好的夜晚，夏洛特。尽量不要太担心。”

他挂断了电话。别太担心——是个不错的笑话。但他相信了我，在没有证据的情况下。我找不到合适的语言来表达我的宽慰。

我从门缝中探出了头。人不见了。他去哪儿了？我冒险进入起居室。没有人。我叹了口气。

看吧。

只剩下我一个人了，电影院的计划也泡汤了。

十几分钟后，艾利亚斯独自回来了，高兴得像一个国王。

“今天下午我们参观了埃菲尔铁塔。”他对我说道，眼睛闪闪发光，“我们比赛爬楼，到最顶层，而且不许使用阴影。总有一天，我会击败亚当！”

我半信半疑地努努嘴。他们不仅爬楼梯上去，还进行了比赛？绝对是怪物！

“亚当现在在哪里？”我问道。

“我不知道。我们在塞纳河附近吃了冰激凌。他在那时变得非常奇怪。他告诉我继续做我想做的事，然后就消失了。我觉得有人呼叫他了，肯定是父亲。然后我一个人去看了百货商店的橱窗。我给你带了纪念品。给！”

他自豪地递给我一个埃菲尔铁塔的钥匙扣。我高兴地对他表示了感谢，并在他喜悦的目光下把钥匙挂了上去。

“这是怎么运作的，艾利亚斯？”去厨房准备饭菜时我天真地询问道，“怎么呼叫你们，亚当和你？”

小男孩儿皱起眉头，穿着我的高跟鞋小跑着。

“嗯……应该说：‘亚当！艾利亚斯！’”

我举头望天。

“当你们在很远的地方，”我纠正道，“你刚才说你的父亲呼叫亚当……”

事实上，我想到的是我呼叫了亚当，但我不知道是怎么做到的，我只是真的说了“亚当”两个字。

“啊这个——”小男孩儿大声说道,“嗯，这很容易。只需要触摸对你想呼叫对象而言重要的东西，然后用力地想他就好了。”

我削着胡萝卜皮，困惑不已。重要的东西？我没有任何重要的东西。我不认为自己的手提包或者穿着的衣服有什么特别之处……难道我就是那个东西，我自己？这几乎让我感到受宠若惊！

幸运的是，艾利亚斯向我泄露了正确的信息，使我不必再怀疑下去。

“例如，”他解释说,“如果你想呼叫亚当，你就触摸你的戒指并在脑海中说‘亚当’，他就会知道你在想他。”

我的订婚戒指，当然！我试图在托马斯面前晃动它……如果他当时在巴黎，在埃菲尔铁塔下吃着冰激凌，亚当的动作也太快了！

“但你们是如何区分的呢？”我有些担忧,“我一整天都在摆弄我的戒指，而且我也经常思念他！但他可不是每次都来。”

小男孩儿的脸上露出一丝狡猾的笑容。

“我知道你爱上他了，”他大喊道,“你自己说出来了！”

我的脸颊烧了起来。

“艾利亚斯！”我拿着削皮器作势要打他。

他再次发出了那种能将我融化的充满稚气的笑声。好吧。随他吧。

“他知道你什么时候真的在呼唤他，什么时候只是在想念他。”他兴高采烈地向我解释,“他只须倾听你心脏的跳动。当你并不真的希望他出现在身边时，心跳的声音是不同的。”

我面露微笑。是啊，当他意识到我的呼唤时，他肯定感受到了冲击。因为在那一刻，我的心跳得如此剧烈。

“那当我感到害怕或者是在地铁上的时候，你们是怎么分辨出不同的？”我好奇地问。

“这完全是不同的声音。”艾利亚斯言之凿凿。

“是吗？可我感觉心跳得一样快！”

“的确一样快，也时常一样强烈，但声音是不同的。”

我把胡萝卜放到水里，再次陷入无尽的疑惑中。声音是不同的。嗯……

“人类无法听到，”面对我的沉默，艾利亚斯继续说道，“但每颗心脏都带着不同的旋律。这种旋律诉说出这个人的感受。影子生物不会搞错。”

“啊……”

这也许可以解释为什么两兄弟只需要只言片语就能相互理解。

“可这也表明亚当刚来这儿时就非常清楚我害怕他了！”我突然意识到。

“不。”艾利亚斯指正道，“真正理解这种旋律需要一点儿时间。而且一开始你总是慌慌张张的，让我以为受到惊吓时的心跳就是你正常的旋律。”

棒极了……

“所以想要听到一个人的心跳，”我一边回忆一边咕哝，“你只须触摸一个属于这个人的物品。”

“不一定属于他。那人触摸了很久的物品就行。但最简单的办法就是直接去听。”

他用小胳膊抱住我的大腿，将头靠在我的腿上，闭上了眼睛。

“就像这样，”他轻声说，“此刻是快乐。”

我又融化了。说真的，这个小家伙的母亲，应该说是继母，是怎么做到不沦陷在他的可爱里的？

我躺在床上，沉浸在幽暗中，当熟悉的寒流侵入我的卧室时，我仍直直地盯着天花板，没有移动视线。

“亚当？”我满怀希望地问道。

他的怒火终于平息了吗？我那高大的棕发男人在我身侧现身，翻了个身，出现在我的上方，双肘支撑在我的肩膀两侧。他的蓝眼睛闪烁着怪异的满足的光芒。

“夏洛特。”他喃喃道。

“啊……怎么了？”我结结巴巴，对这样的开场表示惊讶。

“你害怕他，对吧？”

“什么？”

“那个家伙，托马斯，你害怕他吗？”

一阵情绪涌上心头，我们必须现在谈论这个吗？

“亚当，我……”

“回答我！你害怕他吗？”

我感觉泪水充满了眼眶。

“你觉得在伤口上撒盐很有趣吗？”我低吼着想要隐藏自己的软弱。

“只要回答是或否，夏洛特。”

“当然！”我喊道，“他比我高，比我壮，他可以在不到两个小时内把我解雇，而且他对我不怀好意！我当然觉得害怕！”

他的唇角勾起一个狡猾的笑容。

“怎么了？”我透不过气来，“你觉得这很好笑？”

“你害怕他，但你对他说不。”他指出。

“我当然要说不！你见过那个家伙吗？”

他笑得更欢了。

“那天当我们离开警察局时，”他回忆道，“你假装接受了我的求婚，因为你害怕我。事实上，这是错的。你很清楚如何说不，即使在你害怕的时候。”

我惊讶万分。他思考了一整夜得出了这个结论？但那时托马斯威胁着我的工作，而亚当威胁着我的生命！不过，如果这足以让他冷静下来，我不准备向他解释……

“你对我说好，是因为你已经爱上了我。”他将自己的脸凑过来喃喃道。

好吧。必须这么说，在偌大宇宙的某个地方，男人永远不会了解女人。

他的双手抚摸着我睡衣的绸缎。我的肌肉放松了下来。他是对的，在我的大脑意识到他做了什么之前，身体已经对他的存在做出了反应。终究，我的身体对他毫不抵触。我将一只手置于他的脸颊上，新长出的胡须触感粗糙。随后，我拨开散落在他眼前的棕色发绺。他充满热情地吻了我，我毫不犹豫地回复了他的吻。

“我很抱歉。”我低语道。

“为了什么？”

“为了对你说我不想让你监视我的心。事实上，我希望你能一直守护着我。”

我蜷缩着靠在他的脖子上。

“明白。相信我，要是这个家伙再敢把手放在你身上，我……”

“亚当……”

他猛地直起身体：“不要为他辩护，否则我现在就去宰了他！”

“亚当！”

“什么！”他几乎怒吼起来。我感到眼中再次盈满了泪水。

“你就不能把我抱在怀里安慰我吗？”我用颤抖的声音喃喃道，“告诉我一切都结束了，一切都会好的。告诉我你会保护我，而不是向我承诺痛苦和死亡？”

“哦……”

他似乎在思考。我叹了口气。于世上所有的男人中，我偏偏和他相爱了……

“我认为我可以做到。”他以更平静的语气回答。

他躺在我旁边，把我拉到他的胸前，我感到松了一口气。

“在‘一切都会好的’之后，我该怎么说？”

“亚当！”

“好吧，好吧……我会试着自己回忆起来。”

我不再感到不安，忍不住扑哧一声笑了出来。

“你绝对是所有迷人的王子里最傻的一个。”

“哦？”

我更用力地抱住他，用双臂将他环绕。

“我是如此爱你。”我忍不住说道。

他抬起我的下巴让我看着他。他紧蹙的眉头表明了他的困惑。

“这意味着我可以继续待下去吗？”他不确定地问。

我大笑起来。

“哦，亚当！”我勾住他的脖子。

“最重要的是，不要做任何改变。”

11

影子生物与黑暗生物

穿过大楼的旋转门时，我感到胃抽搐了一下，但我仍昂首挺胸。我向亚当表示自己想去工作。他不同意我出门，除非答应让他陪同，而我，则要求他变得完全隐形。我能够在冰冷的气流中感受到他的存在，这些气流时而拂过我的脸颊，时而扬起我的头发。在途经其他同事的办公室时，我向他们一一表示问候。没有糟糕的相遇，我来到自己的办公室关上了门。呼！

挂外套，烧热水，收取当日的邮件，做完这些杂事儿后我感到舒服多了。一切如故，甚至更好，因为没有人再突然闯进我的办公室。

接近十点时，亚当出现在我身边。

“我查看了人力资源部那女孩儿的电脑。”他一口气说道，“托马斯今天没有来。明天也不来。他请了病假。最早也要下周一才会来上班。”

我如释重负。

“你确定？”

“很确定。我看到他的病假扫描单了。”

我大吃一惊。

“等等……你是在告诉我你知道如何查找电脑文件？”

亚当将双臂交叉在胸前，看起来被冒犯了：“当然！你认为我是如何为我的委托人和猎物创建档案的？”

“哦……”

我向他投去一个灿烂的笑容。

“我不知道。”我逗他，“你居住在一座19世纪有仆人的庄园里，你从未用过电炉，我以为你不会用鼠标。”

他眯起眼睛仔细地端详我。

“你在取笑我。”他意识到。

“我从来不让自己这么做！”我反驳道。

“你有，你这样做了，但我并不介意。你知道吗，我的庄园很现代！菲尔曼喜欢新奇的小装置。”

我扑哧一声笑了，亚当也笑了。

“我更希望看到你这样。”他点着头说道，“既然你很安全，我走了。”

“你要去哪儿？”

他目光迷离地望向窗外。

“嗯……我有一些事要去准备。”

“你收到了新委托！”我惊呼。

他耸了耸肩。

“亚当！”

“这是我的工作！而且鉴于此人的档案，我可以向你保证，你对他的厌恶会比对卡皮桑更强烈。”

“但是……”

他一下子消失又出现在距离我10厘米的地方，食指放在我的嘴唇上。

“我也不喜欢你的工作。”他温柔地说道，“一会儿见，亲爱的。”

他消失了。

“我不管。”我嘀咕道，“我会每隔三十秒呼叫你一次。”

我将手放在戒指上，用尽全力去想亚当。而作为回应，我隐约听到了一声愉快的笑声。我惊慌地移开手指。败给他了……

终于，我和同事的午餐时间没有被“水果夏洛特”破坏。我回到办公室，感到前所未有的轻松。当然，我有想过托马斯回来时会说什么做什么，他是否会编个对自己有利的故事或是吸取教训，但在此期间，宽慰已胜过了担忧。

将身后的门关上时，我甚至漫不经心地哼起了小调。重新坐到椅子上，一股冷风落在我的肩膀上。房间离奇地变暗了，我皱了皱眉头。

“你回来了吗，亚当？”

无人应答。

“艾利亚斯？”我又试了试。

“是她吗？”一个声音在我耳边偷偷说道。

“她叫什么名字？”一个同样的语调传来，“她发现我们了吗？她看到我们了吗？”

我担心地往后缩了缩。

“谁？”我问道。

“别让她恐慌！别让她……”

有异物抓住了我的脖子，我脸上被蒙了一块气味儿难闻的布，我甚至无法挣扎。房间陷入了黑暗。

哔哔哔……

一阵尖锐而稳定的声音将我从麻痹中唤醒。什么声音？我的闹钟吗？

哔哔哔……

不，我的闹钟被设置为启动收音机的模式，不是哔哔声。混乱的大脑记得这个声音。我感觉自己的身体好似被一团棉花包裹着。

哔哔哔……

哦，是的。这么一想，我在某个地方听到过这个声音。在几年前我做阑尾炎手术的观察室里。在观察室？

我痛苦地睁开双眼。从颅骨传来的痛也一并苏醒。啊——我出意外了吗？

哔哔哔……

奇怪，我不记得自己离开过办公室……几秒钟后模糊的画面在我面前变得清晰。远处，上方，在阴影朦胧处，我分辨出一块由黑砖铺就的天花板，显然很破旧。这会是哪家医院呢？

我深呼吸，这有助于使麻痹感消失。但麻痹感从何而来？记忆如碎片一般拼凑起来。亚当为了一份新委托合约离开。我与同事共进午餐。然后一阵寒气，正如亚当或艾利亚斯来找我时一样。还有那些窃窃私语……

我皱起眉头，这让我的前额感到疼痛不已。我赶紧松开眉，恢复面部松弛的状态。我不能随意做脸部动作了，于是我转了转眼珠。在我一侧，如我所料，一个测量血压的仪器正在监测我的脉搏。哔哔声就是从这里传来的。那是我平静的心跳声，至少我身体无碍。但是，仪器的状态让我感到惊讶——显然，它年代久远。我究竟身在何处？

我试着稍稍抬头。墙壁像天花板一样，由深色的砖块组成，厚厚的窗帘遮住了两扇小窗户，几缕苍白的阳光自窗户底下倾泻而出。但除了血压仪和我身下最基础款的床外，没有任何迹象表明我身处医院的病房。此外，在医院我不可能穿着所有的衣服睡觉。这一切都无比怪异……而这个在黑暗中我几乎无法辨识的、用铁皮包裹的木门，现在真的还有人造这种东西吗？也许我在做梦。

我闭上眼睛，因这种可能性而感到安心。虽然发间的疼痛感极为真实，但在梦中一切也可能很真实。

哔哔哔……

时间随着心跳的节奏流失，疼痛感在慢慢消失。有个声音与整齐的哔哔声重合，是脚步声，有人停在了门口。

“她怎么样了？”一个深沉的嗓音低声问道。

“很好。”另一个更尖锐的声音回答，“我定期给她注射镇静剂。她的心律没有变化。”

“很好。如果心跳一下子加速，天蝎王子只需要一秒就能找到她。”

我再次睁开眼睛。很明显，这段对话意义重大。我甚至觉得自己已经理解了其中一部分。

“火蛇什么时候来接她？”第二个声音紧张地继续问，“我不想把这个女孩儿留在这里。天蝎王子……”

“信使已经出发去通知他了。”第一个声音打断了他，“我们很快就会摆脱她。天蝎王子永远不会知道她来过这里。”

天蝎王子。蝎。天蝎。他们在说亚当。

“如果她在此之前醒来了呢？”第二个声音唉声叹气道。

“如果她醒来了，就别管合同了。我们不能冒险。杀了她！”

奇怪的是，这句话没有对我产生任何影响。我觉得我应该感到恐慌，但我没有。他们的镇静剂非常有效！我把头转向血压仪。哔哔声依旧平稳。这就是它的用处。不是为了监控我的健康，而是为了确保我没有醒来。如果我惊慌失措，他们会马上知道。一道光幕穿透了大脑中的迷雾。我被绑架了，而亚当在寻找我，但是他无法定位到我的心，因为心跳得不够猛烈，或者说心律过于整齐。我不知道，但效果是一样的。亚当已经在找我了吗？根据窗帘下泄出的光线判断，太阳依然高照，下午还未过去。我的未婚夫可能尚未意识到我的消失。我需要呼叫他。

缓慢地，极为缓慢地，我将双手交汇在腹部。左手的手指摸索着右手无名指。一无所获。

血压仪漏了一拍。门口传来骚动声，一把钥匙插入锁中。我把双手平放在床上，强迫自己深呼吸。平静，平静，平静。哔哔声恢复正常。门开了，我急忙闭上眼睛。脚步来到我身旁，热气轻抚过我的脸，我用尽全力不动声色。镇静剂帮了大忙！看守凑得极近，观察着我。确实，在半明半暗中，像这样才能看清……

检查的结果一定令他感到满意，因为他最终决定离开并在身后砰地关上了门。好，让我理理思绪。绑匪们知道亚当的力量，所有的力量。他们取走了我的订婚戒指，使我无法联系到他。我还剩下什么？我再次睁开眼睛。如果血压仪泄露了我醒来的事实，他们会杀了我，我至少已经了解了一件事。而且，他们在等人来接我。是谁呢？不是一个朋友，这是肯定的。

我又想了想。我有两个选择：要么留下，乖乖地坐以待毙；要么想办法逃跑。那个低沉的声音说过，如果我的心跳加速，亚当会立刻定位到我，只需要几秒钟他就能够到达。在我与托马斯发生的事件中，他没有立即介入，因为他没有听到我的心跳。我必须呼叫他。而现在呢？我再次呼吸，深深地将空气吸入肺部。不要惊慌。到目前为止，一切都很顺利。所以呢？我的选择是？

我慢慢地坐起来。血压仪的数据平稳。来自头颅的疼痛更剧烈了，不管了。我要尽可能地维持表象。一旦我摘除测量手指心率的夹子，设备就会发出警鸣，我会被认定已死亡。我坐在床边，仔细检查着房间。两扇门，两扇窗，窗户看起来更像是枪眼儿[①]。除了窗帘和床，房间里没有家具也没有装饰。血压仪被安置在带轮子的架子上，正如我们在医院看到的设备。总之，这里的布置是 20 世纪 80 年代的风格。我站起来，仍然保持缓慢平静的呼吸。我不知道他们给我注射了什么药，但这对我很管用。一厘米接着一厘米，我把血压仪推到第一个窗口前。最起码我需要了解现在身在何处。我很了解巴黎，能够识别出离得最近的建筑物，如果能从这里看到建筑的话。

我打开窗帘，眯起眼睛，花了点时间才适应光线。随后，透

① 碉堡墙壁上开的供向外开枪射击的小孔。——译者注

过玻璃看了一眼，我的呼吸变得急促。我不得不调动所有的控制力来保持冷静。树，一望无际的树。即使是圣日耳曼(Saint-Germain)森林[①]或默东(Meudon)森林[②]也没有如此广阔的面积。而我身在高处，仿佛位于一座巨大的塔楼。

我不在巴黎。但……这是哪里?

我花了很长时间只专注于呼吸才得以恢复平静。我不在巴黎。非常好。我更仔细去看。下方是阴暗的森林，延伸至无法识别的山脉。我把鼻子贴在狭窄的玻璃窗上来观察四周的环境。右边，一个湖泊衔接森林的边缘。我咬着嘴唇。这是我必须前往的地方。都说有水的地方就有文明。沿着这个湖，我就能找到人来帮我。他们可以帮我报警。

一个可怕的疑虑困扰着我。我还在法国吗？是的，或许。因为我明白门后的那些人在说什么。

我恢复镇定。即使再糟糕,我也会说英语。所有人都会说英语，不是吗？带有或多或少能够被理解的口音，但每个人都会说英语。

带着这种希望，我检查了窗户，随后打开窗将头探了出去。我几乎立刻放弃了逃跑的念头。确实，窗户的宽度足够让我从中逃脱，但墙面过于光滑，只有一些朝上的尖钩和巨大的装饰在塔

① 圣日耳曼森林是一片占地35平方千米的森林，位于法国塞纳河河畔。——译者注

② 默东森林是离巴黎最近的公共森林。——译者注

角的滴水嘴兽。我扭过头数了数，一共有八个上下间距相当、高度与我的身高相仿的滴水嘴兽。每层安置了一个，但它们间隔得太远，我无法像爬梯子一样从一个下降到另一个。一旦我掉下去……

我中断了思绪。千万不要去想如果我跌落会发生什么！血压仪不会喜欢我这么做。我依旧极其缓慢地来到了第二扇门前。据我所知，这扇门尚且无人进入。我把耳朵紧紧地贴在门上。没有声音。会不会是一个出口？我把手放在门把上，一寸一寸地旋转，迫使自己保持镇定。到目前为止，一切都很顺利。到目前为止，一切都很顺利。到目前为止……

在一片寂静中，门被拉开了一条缝隙，我靠近将头探入。空无一人？我又打开了一点儿。是一间浴室。古老，显而易见，但浴室都长得一样：一个拿破仑时代的浴缸，白色的洗手池，还有非常破旧的马桶。没有什么能够帮到我。

我回到了房间。只有一个出口，就是那个男人守卫着的门。我无法从窗口逃离，但如果我让他以为我逃跑了呢？只要有足够长的时间潜入走廊，从我听到的情况来看，目前这一层只有两个人，他和我。考虑到地板和木门之间的空隙，我无法不发出一丝噪声……如果我不采取足够的预防措施，在这个房间里发生的事情他都将了如指掌。

我以极慢的速度重新打开了窗户。我首先想到的是把我的外套挂在其中一个挂钩上，以引起外面的注意，但要脱下外套，我必须断开与血压仪之间的连接。床单完美地发挥了同样的作用。无论如何，唯一的目的是迫使我的看守赶到窗前腾出时间让我逃离，而不是让他真的相信我由此逃脱。因此我将床单挂上去，没有挂得太高，这样看起来不会太刻意。随着镇静剂作用的减弱，我感到压力在增加。那个男人说不定马上就要再来给我一剂。事不宜迟。如果我行动飞快，血压仪就会让他知道我的情况。当我休息时，每分钟的脉搏为 85 次。而现在差不多已经达到 100 次，还好这种增长是循序渐进的，以至于无法被立即察觉。我强迫自己再次深呼吸。好吧。鉴于之前的经验，从设备发出警报的一瞬间，刚好能让我在男人将钥匙插入锁眼开门的时候将自己隐藏起来。最坏的情况下，我仍然可以出其不意地赢得时间，但我更希望没这个必要。

我吸入最后一口空气。一切就绪。就在此刻。

我把血压仪放在打开的窗户附近，然后在脑海中倒计时。

三。

二。

一。

我的心怦怦直跳。

零。

我突然断开连接，跑到门口让自己躲在木门背后。我没有失败。

钥匙已经插入锁中，门伴随着一股惊人的力量而开启，有一瞬间我以为自己就要被砸得粉碎。该死的！要是这样死去就真的太愚蠢了！

脚步声冲入了房间。就是现在！我从门后冲出，想要溜到过道中去。与此同时，我看了一眼“狱卒”，血液凝固了。一个神奇的生物站在床边：只有我一半的高度，秃秃的头顶，灰色的皮肤，尖尖的耳朵。我不由自主地张大嘴巴。这个生物尖叫着跑向窗户，手捂着脸。哦，是的，我得逃跑！

我转过身，撒腿就跑。

“囚犯！”生物号叫道，“囚犯从窗户逃走了！囚犯！”

咦？奏效了吗？

巨大的骚动震动了塔楼。砰砰的门声从四处传来。惊恐赋予了我一对翅膀，令我以最快的速度穿过走廊。

“去窗户那里！去窗户那里！拦截囚犯！”

我来到一个空无一人、砌着黑色石头的宽阔楼梯口，感到口干舌燥。我简直不敢相信。他们真的都跑到墙上去找我了？还是说这是为了让我轻信然后自投罗网？他们在幽暗中伺机而动吗？我没有继续想，三步并作两步向下冲。

第一层楼。

我紧紧抓住粗重的深色木制栏杆，以便更轻松地转弯。跑步的声音在我身边回荡，但没有人前往我的方向。

第二层楼。

我的心脏跳得如此剧烈，以至于我感觉声音在整个塔楼里回荡。亚当不可能没有听到。

第三层楼。

肾上腺素在我的身体里涌动，耳畔嗡嗡作响。一直没有人发现我！

第四层楼。

“别傻了！”那个之前听到的深沉的声音突然喊道。

我猛烈地跳了起来。声音离得很近！

“她不可能从窗户逃走！她在塔里！”

简直是悲剧！我加快速度，如风般飞奔。

第五层楼。

“她躲起来了！”

声音没有减弱。我几乎没有抬眼。是扬声器的声音吗？喉咙如同着火一般，我不再搜寻声音的来源。

第六层楼。

我的肌肉在燃烧。叫声离我越来越近。我可以抵达底楼吗？

第七层楼。如果我没有数错滴水嘴兽的数目，现在只剩下一层楼了。

脚步声突然从我的下方传来。“那个东西”就要和我相遇了。惊惧之余，我停止了疯狂下楼的步伐，扑进黑暗的走廊中。封闭的门在幽暗中露出轮廓。我绝望地用力推动第一扇门。关闭。第二扇。关闭。脚步声和喊叫声在逼近。我猛地冲向最大的那扇门，用我身体的重量全力扑上去，它开着！

我溜了进去，将身后的门重新关上。我双腿发软，发现自己已经瘫坐在地面上，太阳穴底下的血管直跳。汗如雨下，头发贴在额头上。我张大嘴，使呼吸更为顺畅。我花了几秒钟才看清了这个房间。我在哪里？这里看起来像一个由光滑的黑色石砖铺砌而成的偌大的办公室。一张做工精良的办公桌摆在中央，很引人注目，上面盖着一块紫色桌布，桌布边缘垂到了地上。这里也一样，窗帘遮住了所有的洞孔。厚重的红色天鹅绒窗帘只让一缕光线逃了进来。在最上方，一幅巨大的画作悬挂在巨型壁炉之上，画中之物形似我的看守。我艰难地咽了口口水。悲剧！如果这不是首领的办公室，那么我不知道还会是其他什么地方！如果他们在这里发现我……

当我的目光落在房间里最不寻常的物品上时，我的思绪骤然停止了。桌子上放置了一部电话，一种黑帮电影中才会出现的老旧电话——拨号盘电话。但无论怎样都是电话！我溜到桌子底下，抓起电话把它一同拖到桌子下方。如果有人进来，至少看不见桌布下的我。如果那个人决定去搜索……我焦虑不安地拨打了17——警方的号码。但愿不是等待音。我颤抖着把话筒放到耳边。没有声音，甚至没有拨号音。怎么会？我猛地挂断电话再次拿起。这次，我在拨打号码之前听了听。拨号音响了起来，所以电话线路是通的。那为什么17没有回应？没关系。我拨下了18。消防队员至少可以给我一些帮助。再次，另一头依旧沉默。惊恐牢牢攥住了我。为什么？这些数字应该在法国所有的地区都有用……我呆住了。原来是这样。我已经不在法国了。好，欧洲通用号码是112。

我拨下这个号码，呼吸愈发短促。这，这应该管用。然而，拨号音再次消失了。焦虑的泪水涌上我的眼眶。为什么不管用？他们是不是将这部破电话设置成对所有紧急电话无效？

我试着自己推理，向焦虑屈服并不能帮助我离开这里。我只能背出三个号码：我父母家的电话，对我毫无帮助，因为他们甚至不会相信我现在的处境；我的手机号，手机还在我办公室的手提包里；还有公寓的固定电话。我闭上眼睛，心跳加速，咒骂着使我们不再有背电话号码习惯的电子通讯录。我只剩下唯一的希望：艾利亚斯在家里。

我试了两次才在拨号盘上将号码拨完整。我不习惯这种装备，而我的手指也颤抖得过于剧烈。我想到了在开头加上法国的国际区号0033，以防我真的在另一个国家。而这一次，拨号音响了起来。我差点儿因为快乐而窒息。电话几乎立刻被接了起来。

“你好？”一个熟悉而稚气的声音问道。

“艾利亚斯！”我上气不接下气。

“夏洛特！”他叫了起来，“别担心！亚当就要到了。5分钟前，他变得非常奇怪，一下子就消失了。我想他找到了你的位置。”

“啊……”

宽慰不足以使我的颤抖停止。

“他像疯了一样！”他补充说，“夏洛特，我们已经找了你几个小时。我们无法定位到你，感觉你的心脏不再跳动了。你在哪里？”

“几个小时？”我颤抖着问。

我记得当我打开窗帘时，外面是亮的，太阳依旧高照着。艾利亚斯夸大其词了，当一个人处于担心状态时，时间总是格外漫长。突然间，所有被克制住的情绪涌上了心头。

“到处都是怪物，艾利亚斯！”我呻吟着，“那些生物……可怕的东西……他们想要杀了我……”

“他们长什么样儿？”小男孩儿担心地问道。

“像……我不知道像什么。看起来像……侏儒。他们很矮小……还秃头……而且……”

我抬头望向在高处俯瞰我的肖像画。

“灰色的皮肤，像野猪一般向上翘起的牙齿，被黑色填满的眼睛……”

“哥布林！”艾利亚斯唾弃道，“你在一座塔里，对吗？一座光滑的高塔？还有滴水嘴兽？”

“是的！”我高兴得要疯了，“你知道我在哪里吗？”

“不，但是哥布林都生活在这种塔里。他们特别喜欢……”

我艰难地咽了口口水。走廊里回荡起脚步声。

“搜索房间！”一个深沉的声音发号施令。

“他们来了……”我低声说。

“你能出去吗？”

“即使我出去了，他们已经决定杀了我！这样暴露在阳光下，我将成为一个猎物！这里距离森林只有 20 米！”

“阳光下？”

孩子的惊愕甚至都没有引起我的警觉，恐惧已吞噬了我的内心。

“夏洛特，你那里几点？”

我眨了眨眼睛。到了此刻还关心这个做什么！

“我不知道。”我结结巴巴地说，用目光搜寻一个更隐秘的藏身之处，“他们拿走了我的手表。大概下午三点。怎么了？”

再次沉默。

“这里是凌晨两点。”

新生的希望如同龙卷风下的落叶一般被扫荡干净。不，不可能，我在地球的另一端！亚当永远无法及时找到我！

“哦不……”

才刚松了一口气，而现在又鸣起了丧钟。抗争已经没用了，试着争分夺秒也没用了。我输了。

“哥布林属于黑暗，夏洛特。”艾利亚斯快速说道，“他们害怕光明。如果是白天对你来说非常有利！藏在明亮的地方。他们甚至不会看到你。他们不能看向阳光，这会灼伤他们的眼睛。而且，他们超级愚蠢。躲在光明中，夏洛特，你明白吗？”

此刻，脚步声已极为逼近。

躲在光明中！

我挂断了电话，将它放回原处。要快。

我冲到窗前，拉开了第一道窗帘，大量的光线涌入了办公室。如果我藏在褶皱的布料里，他们会看到我的脚！我回到房间中央，抓住一把面向桌子放置的椅子，把它移动到窗帘的褶皱处。如果这些生物，这些哥布林，如同艾利亚斯所说的那样愚蠢，那么我还有一线生机。否则……我拒绝考虑这个可能。我只有相信自己。爬上椅子，把窗帘拉过来覆盖住自己。距离躁乱的队伍到达办公室还剩下几分钟。我的心脏就要爆炸了，等待令我发疯。躲在光明中，我思忖着，其实做点什么都行，不是吗？但是我做了什么？

门被小心翼翼地打开了。

“她不会来这里的！”

“无论如何，我们必须检查。”

“那么，动作快。长老的办公室里无处可藏。”

我靠在窗户边缘，以免晕倒。又来了一个长老。我瞥了一眼身后的玻璃。即使他们发现了我，我也不能跳下去。二楼还是太高了，坠落会使我丧命。

嘈杂声传来，我猜想这些生物正在房间里游荡。

“她不在这里。”

“没有。”

“我们走吧。”

没有再费周折，门“砰”的一声关上了。我惊讶地听着脚步走远。艾利亚斯没有错。它们没有靠近洒满阳光的矩形区域。而且他们也没有去看隐藏在窗帘后的椅子腿。我筋疲力尽地坐在了椅子上。小男孩儿救了我的命。我更加明白为什么他们以为我逃出了九楼的窗户。因为他们无法往外看，而我的看守相信了我留下的痕迹。我摇摇头恢复镇定。一旦长老决定回到这里，毫无疑问他会先拉起窗帘。他已经看穿了我最初的计划，我必须离开这里。

我站了起来，一种新的力量激励着我。我要离开这个该死的塔楼。亚当到达时，他会找到我。他需要多长时间才能穿过阴影来到这里？无论怎样都要很久。在太阳落山之前，我必须逃到外面。苍白的太阳光线突然闪现在我眼前，我怎么会认为这是巴黎6月的阳光呢？

我离开了临时隐藏地，轻手轻脚地溜到了门前，将耳朵贴在门上。骚动正在远离。他们无法在这里找到我，继续去别处寻找了。他们不聪明，我真幸运。我将头探到走廊上，没有其他人。在听到我逃跑时，长老一定急急忙忙地离开他的办公室才没有把门锁起来。那个深沉的声音是长老的吗？毫无疑问。但这对我来说并不重要。

心跳得飞快！我关上身后的门，然后贴着黑色的砖墙，潜入了走廊的阴影里。他们不知道我来过这里。如果任何一个哥布林决定返回，那么我将无处可藏。我必须迅速采取行动，但不能过于仓促。我回到了昏暗的楼梯间。在我上方，是无数层令人厌烦的楼梯。我蹲下来藏在巨大的木制坡道处，扫了一眼楼梯间，空无一人，另外两处楼梯间仍存疑虑。我应该冒险吗？

我再次聆听。很肯定，所有噪声都来自楼上，或者是我的血管在太阳穴处猛烈跳动的声音掩盖了从下方传来的声响。我深吸一口气。肾上腺素的增加难道不应该让我的感官变得更敏锐吗？我应该相信自己的直觉。我猫着腰，小心翼翼地走下了第一个楼梯间。停下来检查第二个。没有人。我通过了第二个,依旧弯着腰，我再次停了下来。我就快到了！我可以看到门厅，像城堡的门厅一样宽阔，由黑色的大理石铺砌而成……还有两个哥布林守着大门。我的心漏跳一拍。哦不！所以没有办法从这里出去吗？那怎么办？

我躲在木质栏杆后，跪着不动。恐惧再次吞噬了我。保持清醒！艾利亚斯说了什么？哥布林属于黑暗。鉴于塔内的装饰，我毫不怀疑这一点。他们害怕光明。除了从入口大门处钻进来的一束光芒，大厅内没有照明。问题来了：我打开那扇门所需的时间，他们可以杀我三回了。我扫了眼大厅。小型节能灯泡沿着墙壁固定，裸露在外，没有灯罩，在它们下方，灭火器在幽暗中闪着光。我皱了皱眉头。灭火器？我绝对不会想到这里会出现这种工具！在他们把我杀掉之前，我是否有机会举起一个灭火器并用泡沫攻击守卫？不，毫无可能。更何况我完全不知道如何使用。我突然后悔没有去参加学校提供的消防培训。如果我知道这会对我多么有用……

无论如何，灭火器对他们而言还是必不可少的！如果发生火灾，就会有很多……一道闪电划过我的脑海——他们属于黑暗。这就是为什么他们采取这么多的预防措施！火和太阳一样使他们害怕。好了。现在，如何凭空……造出一团火？

那些东西在我的上方移动。

“不管付出任何代价，都要找到她！”一个低沉的咆哮声从上方的楼层远远传来。

哄闹的队伍重振起来。而这次，他们正在下楼。我没有时间了。我只能继续赌上艾利亚斯的话。我感到胃在反抗我的决定。不管了。如果我继续留在那里，他们会找到我，那我就只能对所有意外永别了，对生活也是。

我跳进最后一个楼梯间，像疯了一般跑去。守卫注意到了我，惊讶地睁大了双眼。

“着火了！”我尖叫着不给他们反应的时间，“着火了！火灾来了！”

他们面露惊色，偷偷摸摸地往四处看了看。我全速穿过大厅，直冲到门口，没有一个人试图阻止我。

“开门！”我大喊道，“必须得出去！快！着火了！”

门上安置着一个巨大的铁质门闩。我用尽全力去推，而两名守卫，双臂悬空，不知所措。门闩移动了。门是开着的！

“阻止她！”楼梯上方传来一个尖锐的叫声，“她是囚犯！阻止她！”

两名守卫试图抓住我。在恐惧的刺激下，我用一种自己都不曾了解的力量推开了木门。大门敞开，守卫发出尖叫声。趁着他们慌乱地遮挡双眼的几秒，我扑向门外。清新的空气拂过我的脸颊。

我像兔子一般跳过台阶，冲进森林。

“抓住她！阻止她！杀了她！”

焦虑麻痹了我所有的神经。那个声音是长老的，或者是某个发号施令的人。必须更快！我的双腿好像飞了起来。最近的树就在眼前。我就要到了！还差一点儿！

胸部猛烈的撞击让我不得不停下来。我上气不接下气，几乎崩溃，但是两只强壮的手臂抓住了我。

“夏洛特？”

我头晕目眩，喘不过气来，几乎没有认出对方的脸。

“亚当！”

亚当只看了我一秒钟，就抱紧了我，狂热地亲吻着我。我精神恍惚，几乎就要窒息，我失去了平衡，但是他牢牢地将我支撑住。肾上腺素几乎立即使我恢复神智。我挣脱出来，大吸了一口气。不能再磨蹭了！我抓住他的手腕，试图将他拖到森林里。

“跑！”我喊道，“他们在追我！”

亚当如同大理石般纹丝不动，就好像我根本没有用尽全力去拉动他。他炙热的目光笼罩着我，感情如此强烈，让我颤抖。

“亚当！快！”我恳求道，“我们会死的！我们要去……亚当？”

他转过头望向塔楼，然后满是怀疑地重新看向我。

“你被关在这里？你逃出来了？一个人？”

“是啊？”

他的毫无反应令我发狂。

“亚当！”我大喊道，“快动起来，可恶！这些东西都是怪物！快点跑，否则我要揍你了！”

他惊愕地睁大双眼，瞳孔深处闪过一丝光芒。啊！我或许得救了！

他没有逃跑，而是突然抱紧了我。我的血液凝固了。我的天啊！难道他不是亚当？

我试图挣扎，但他的身体坚固如磐石。他将脸埋在我的发间。

“亚当……”我呻吟道。

“没事了，夏洛特。”他嘶哑地说，没有抬头，“请给我一点儿时间。我实在太害怕了……”

我如鲠在喉。他很害怕？为了我吗？亚当会害怕？

我有些窒息，头晕目眩，四肢颤抖。亚当抱着我的手臂收紧了。

“冷静，亲爱的。”他低声说，“你没有任何危险了。看，没有人在追你。”

我转过头，仍处于不安的边缘。的确，我没有看到任何哥布林，门甚至已经重新关上了。

“但是……但是……”我结结巴巴地说。

“没事了，夏洛特。”他重复道，“我在这里。”

“但是……”

他的大手放在我的背后。再一次，我全身松弛了下来。我紧紧地抱住了他。

“真的……是你吗？”我喃喃道，仍然气喘吁吁。

“当然是我。”

“但是……你在……那么远的地方！”

他终于将怀抱放松了一点儿，与我四目相对。他的脸上满是疲惫和忧虑。

“我跑过来的。你的心如此剧烈地呼喊着我，我想更快到达。”

我一下子站直了：“我的戒指！他们拿走了我的戒指。”

他前额眉间的褶皱加深了一点儿。

“我知道了，亲爱的。在这儿等我一下，我马上回来。”

他小心翼翼地吻了吻我的鼻尖，然后放开我，转向塔楼。我的胃瞬间开始抽搐。

“亚当！不！”

我扑向他，尽全力抱紧他。他向我投来一个错愕的表情：“不要告诉我，你连他们也想饶恕！”

“不要说傻话，傻瓜！那里有几十个，甚至数百个怪东西！他们会把你打成肉酱！求你了，我们必须在还有能力的时候自救！”

“啊……”他的眼神变得温柔无比，他再次把我抱在怀里。

“我知道这对你来说不可思议，夏洛特。”他抚摸着我的头发说，“但我是天蝎的继承人。我向你保证，我可以不费吹灰之力离开这座塔楼。”

我紧紧地拽住他的 T 恤。

“是吗？他们会……把我的东西还回来？”

他的唇角有一丝淡淡的笑意：“是的，可以这么说。”

“但是……你不用去打架？”

他叹了口气：“亲爱的，我知道你想拯救整个地球，但这里已经不再是人类的世界。我们在影子生物的领地。如果我任由我的爱人遭受攻击，这将被视为软弱的标志。你也会成为我的敌人杀害的目标。我现在就要把事情说清楚，接下来每个人都会清楚地意识到这一点。”

我没有回答。我能说什么呢？

他用手托住我的脸，低声说：“在这儿等我。”

“你把我一个人留在这儿？”我的喉咙发紧，“如果他们在你离开的时候攻击我呢？”

他平静地扫视着森林。

“这里只有你一个人，连动物也避开了哥布林的巢穴。相信我，我不会让这些怪物中的任何一个活着走出这座塔来打扰你。”

他的脸上闪现出一个自信的笑容。

“你逃离了黑暗监狱。我从未料想人类可以做到这一点，而你，你做到了。你不会有任何问题的。”

他吻了我一下，向塔楼大步迈去。

12

蛇与天蝎的对决

我独自一人晃着下垂的双臂呆立着，身后是绿意盎然、郁郁葱葱的森林，沉静如水，无边无际。腐殖土与树脂的气味儿盖过了其他味道，即便是风也带着克制吹动着。我颤抖着，双臂环抱在胸前。我希望自己的未婚夫快回来，但事实上我并未真的在想这件事。那么，我在想什么？我不知道。

我小心翼翼地走近一棵杉树。无论亚当是怎么向我保证的，一旦我看到一个哥布林从巢穴中出来，我就爬到树上去。这些小野兽也会爬树吗？但愿不会。从我的位置看去,我看到了整座塔楼。一片病恹恹的草地中央，光滑的黑色石头在苍白的光线中闪闪发光。鬼怪般的滴水嘴兽点缀在每层楼的角落，四周围绕着看起来更像是枪眼儿的窗户。

我那高大的棕发男人已经走上了台阶，正平静地敲门。我从未想过他会表现得这么礼貌。

显然，塔内并无应答。他向后退了几步。他打算干什么？攀登？从窗口进入？

他突然跑了起来，狠狠一脚向大门踢去。门被震飞。我张大了嘴巴。我之前拉过那扇门。那是一扇至少20厘米厚的木门！

他双手插在口袋里，平静地走了进去。我把头缩进肩膀。他怎么会这么轻率？但愿什么都不会发生。说实话，我不知道里面塞了多少那种生物，显然多得不行。无论如何，对我来说已经多得离谱。我听到他们四处跑动的声音。我想象着这些家伙仍簇拥在走廊里，寻找着我……单单是回忆就让我起了一身鸡皮疙瘩。

尖叫声从黑暗的塔楼中传来。我不寒而栗。我的天啊。亚当……不，这声音过于尖锐。我靠在树干上，将自己抱得更紧，等待着。一个哥布林突然从三楼一扇狭窄的窗户里飞了出来。下落过程中他不停地尖叫，然后传来一阵可怕又沉闷的声响，他坠落在地。我默默地抗拒着这一切。亚当说没有人能从塔里活着出来！他飞出来的时候，还活着！好吧，虽然他没活多久。

我继续等待着。叫声、拳脚声与战斗的呐喊声构成了一段旋律。我的手指紧张地敲打着自己的前臂。万一他受伤了？万一这些可怕的生物给他设了陷阱呢？

一个个被扔出窗户的哥布林使我能够估计亚当上楼的进度。我更加理解了艾利亚斯对阿斯特里克斯的疑问，他看起来确实更像是影子生物。我机械地计算着塔楼的滴水嘴兽。十个。所以有十层。亚当很快就能到达顶楼了。接下来会发生什么？

漫长的沉默后，我有了答案。四周陷入一片不可思议的平静之中。我神经绷紧。亚当是对的。森林里听不到一丝声音。没有叽喳的鸟叫声。没有嗡嗡的昆虫声。我心跳得更快了。所以呢？他在干什么？

我将双手交叉置于下巴下无言地祈祷。如果有不幸发生在他身上，哥布林肯定会大声庆祝。

我等待亚当的这几分钟格外漫长，终于，亚当重新出现在支离破碎的门框中，和他进入时一样平静。我宽慰地放松了肩膀。他很好！他向外走了三步，转向墙壁并沉思了一秒钟。我皱了皱眉头。这次他又准备干什么？他握紧拳头，将手抬到肩膀的高度向后扬起。他想去打墙？但这样会弄伤自己的手指！

他的拳头如此猛烈地撞击在黑色的石头上，整个建筑都为之震动。一道裂缝从他的拳下蔓延到顶层。我张大了嘴，注视着逐渐扩大的裂缝，石头和滴水嘴兽滚落下来。我不敢相信自己的眼睛，裂缝形成了一个巨型蝎子，有毒刺的尾巴环绕着最高层的窗户。

亚当退后一步，看上去十分满意，随后回到我身边。

“你是怎么做到的？”我惊呼，仍震惊不已。

他耸了耸肩。

“家族的标志。”他说道，好像这根本无关紧要，“拿着，我把你的东西取回来了。”

他将我的发夹、手表和项链递给我。

“哦……”我喃喃道。

哥布林居然连我的发夹都拿走了？简直是灾难！我一定看起来糟糕极了！我摸了摸自己稠密的头发。确实，我的卷发向四处翘起。我咬了咬嘴唇。

“我看起来像魔鬼娃娃对吧。”我沮丧地低语道。

“魔鬼娃娃？”亚当以一种困惑的语气重复道，“我不知道。菲尔曼一定可以回答这个问题，因为他之前见过魔鬼，但我没有。你认为她是金发吗？”

我噘起嘴，梳理着自己的头发。这个男孩儿的幽默，假设这是幽默的话，我总是无法理解。

“还有……我的戒指？”当他为我戴上项链时，我嘟哝道。

亚当向我露出笑容，把我拉向他的怀抱。他温柔地握住我的手。我平静下来。他想要给我一个惊喜。他从口袋里掏出戒指，将它戴到我的手指上。我叹了口气。好了，结束了，而我还活着。我把头靠在他的肩膀上。一切都会好起来的！

“我们怎么回去？”我还是有些担忧，“我们真的在世界的另一端？你知道最近的机场在哪儿吗？”

他笑了起来，轻松地将我抱起。

“别害怕，”确定自己抓牢我后，他在我耳边说道，“你不会有危险的。”

“最好这样。如果你松手，我……啊！”

我吓了一跳。世界陷入了黑暗之中。一层移动着的阴暗帘幕覆盖住塔楼和树木。太阳消失了，天空不过是一块黑如墨汁的条状物。我将亚当抓得更紧了。

“这是什么？”我结结巴巴地说。

“我们走入了阴影之中。”他平静地回答，“你准备好了吗？我要前进了。”

我点头表示赞同，却无法完全安心。在这种奇异的半明半暗里，他蓝色的眼眸似乎比以往任何时候都更加不真实。他开始行走了。这种感觉就好像坐在一艘光速行驶的船上。总而言之，我像是进入了科幻电影，灰色的阴影在我们身边以疯狂的速度行进，红色、粉色或金色的点断断续续出现，如同流星一般划过这个空间。

“哇哦……”我低声说，感到着迷。

“我知道你会喜欢。”亚当笑着说。

“这些彩色的点是什么？”

“是生物的心脏。”

“心脏？”

“是的。这是我们唯一可以从阴影中真正看到的东西。”

我更仔细地观察，但速度太快我无法清楚地区分它们。我嘴边挂着成千上万个问题，但当我转向亚当，却改变了主意。他的脸上再次出现了忧虑的神情。

“你好吗？”我柔声问道。

“哥布林有很多缺点。”他恼火地说道，“但他们很忠诚。”

“那又怎样？”

他叹了口气：“他们太愚蠢，无法策划绑架。我想要知道他们委托人的名字，但是长老宁可用长矛刺穿自己也不愿向我透露。我搜查了他的办公室，可由于他们不会写字，我没有找到任何东西……”

“他的办公室里有一部电话！”

“当然，他们需要与外界沟通，以便接订单。”

好吧。如果这是正常的，那么……

“你会发现这部电话的型号很老。”他带着苦笑说道，“他们用电话取代了不够可靠的信鸽，但仍旧没有用比较新的机型。他们太害怕短路以及火源以至于不敢采用现代的技术。这太遗憾了。有了更新款的电话，我就可以找到线索。”

好吧。他其实不必失望的……

“我不知道这是否对你有用。”我胆怯地说，“我听到了他们的谈话。”

他不再平视前方，转而向我看来，眼睛闪闪发光。

“他们提到了谁？”

“他们没有提到名字，但他们谈到了动物，火蛇。”

亚当瞬间停了下来。

阴影很快在我们周围散去，在一个不明确的环境中稳定下来。一片湖泊、一座小房子、遍布四处的山丘……而在靠近我们的地方，黑色的剪影在看起来像是船一般的物体旁移动。或许是渔夫？他们的心脏在黑暗的胸膛里发出珠宝般的光芒。我更仔细地观察了一下。事实上，正如艾利亚斯所说，每颗心都有特殊的颜色。纯粹的紫色，混杂着粉色的血红色，变化的金色，有一些甚至是浅绿色的……没有两颗心有着相同的尺寸和颜色。

“疯子……”

我试着去看自己的胸膛，但我，我只看到了自己衣服的颜色。我失望地做了个鬼脸。我真的很想知道。只要问亚当就好了！我抬头望向他，却惊讶地愣住了。仇恨在他的眼中燃烧。我想要往后缩，但他仍旧坚定地抱着我。

“火蛇？”他重复道，冷漠的声音比喊叫时更可怕，“你确定吗？”

“嗯……是的……”

这种东西，我可编不出来！他沉默不语，盯着远方。我担忧地转过头想要看他在看什么。没有成功。

“你知道他是谁？”

“我很抱歉，夏洛特。”他低吼道，“我本不想让你牵涉其中，但如果他是幕后黑手，那么你必须寸步不离地跟着我。”

我的胳膊上起了鸡皮疙瘩。这意味着什么？

亚当改变了方向再次出发，渔民们在阴影中消散。他一言不发地走了很长一段时间，脸上没有任何表情。我犹豫着是否要打破沉默。我们周围，精彩的演出重新上演。我再次将目光投向红色流星的舞蹈。

“亚当。”我终于用一种犹豫的口吻问道。

“嗯？”

“如果你愿意的话，可以放我下来。我能自己走。”

他贴着我的肌肉变得松弛了，一个温柔的微笑展露在他的嘴角：“亲爱的，你是人类。你属于光明。如果我放你下来，阴影就会离你远去，然后只剩下我一个人留在这里。”

啊。显然，这样一来我们两个人都会很烦恼。当然，对我而言要更烦恼一些，因为我完全不知道自己在哪里。看到重拾微笑的他，我继续追问：“天蝎王子是你吗？”

他的笑容中掺杂着讽刺：“他们这样称呼我？而你猜到这是我？”

“我想不到别人。”我承认道，“他们似乎非常害怕你。”

他点点头。

“他们害怕我是有原因的。”

我把头贴在他的脖子上。是的，确实是有原因的。如果我和他们一样了解亚当的名声和他的能力，我就永远不会自己逃跑。

亚当停了下来。阴影在我们周围变得稳定。一座巨大的建筑物高高地俯视着我们。

“无论发生什么，夏洛特。”我那高大的棕发男人低吼道，“靠近我，最好站在我的背后，就待在我的身边。”

“明白了。我们在哪儿？”

他把我放在了地上。正如他所言，阴影瞬间消散了。在这里，太阳刚落山。我的眼睛睁得像茶碟一样圆。我们位于一座城堡的花园里。脏灰色的小塔、深色的屋顶、不规则的雉堞、石头铺成的小道、阴暗的枪眼、分离的木质吊桥，应有尽有。但最令我惊讶的是在大门上方用石头雕刻的动物——一只带翅膀的巨型蜥蜴，眼睛上镶嵌着红宝石，长长的牙齿如同匕首，而爪子围绕着大门的栅栏，看起来气势汹汹。

“亚当。”我结结巴巴地说，“这个动物，是一个……一个……”

“一条龙。”他低声说。

“但是，好吧，我们在……在……”

“在火蛇的家。”他打断了我，“这是保罗·德拉古尼斯（Paul Draconis）的绰号，他是我母亲的表弟。”

我的心脏漏跳一拍。亚当俯视了我一眼。

“如果不是他招惹我。”他低声说，“我会带你远离这里。但是如果保罗想要追捕你，那么你在任何地方都不会安全。如果我将你留在身边，我至少可以肯定什么都不会发生。我们走吧。”

他带我来到了吊桥后面。在我们周围，水塘和树丛相连，好似几百年来自然都没有被任何东西破坏过。四周散发出湿土的气息以及令我战栗的敌意。我感觉自己好似闯入了一块禁地。我小心翼翼地待在亚当身后，正如他所要求的那样。

“你为什么不让我们直接在里面现身？”我用一种故作镇定的声音问道，“墙壁阻挡不了你，不是吗？”

"当然，但这样不礼貌。"

这个答案让我放心。如果他想要显得礼貌，首先，一切都会顺利进行。他只需要对这个大名鼎鼎的保罗说清楚一切就行。

穿过沉重的铁门，我们来到了庭院内部，这里铺着冰冷、灰色、毫无生气的石头，阳光无法穿过这些高墙。我在发抖。根据我在电视上看过的中世纪电影，这种地方应该充满活力。好吧，也不一定。

我吓了一跳，一个脸颊凹陷的生物现身在我们面前，他用黑色的大眼睛打量着我，带着一种不善的好奇。我感到全身都僵硬了。

"天蝎王子。"他深深地鞠了个躬，"我们没有料到您会来访。"

我缩在亚当身后。

"我来见保罗，弗里茨（Fritz）。"我的未婚夫回答道，"他在哪儿？"

"我不知道他是否有空，殿下。"

亚当抬起头望向左边的小塔。那个人像大理石般一动不动。我借此机会观察了他。他穿着与菲尔曼一样的服装，并以非常相似的方式说话。这是另一个精灵？无论如何，他看起来很像天蝎的管家。

"我只打扰他一分钟。"我那高大的棕发男人说道。

"殿下，我……"

"我知道他在这里。来吧，夏洛特。"

他向着小塔走了一步。我不得不小跑着跟上他的步伐。显然，他熟悉这个地方。

“你经常来吗？”

“太多次了。”

这就是我得到的全部信息。我放弃进行更深入的谈话。我们通过了一扇由金属锻造的门进入了建筑物内部。大堂很小，正中央是一个狭窄的螺旋楼梯。

“看到城堡的外表时，我以为这里会更大。”我大声说道。

“保罗不属于直系血亲。”亚当冷冷地回答，“如果他不是天龙家族最好的杀手，他甚至没有资格住在城堡里。这就是为什么他被称为火蛇，而不是龙。瓦尔德(Walder)不允许他拥有这个头衔。”

瓦尔德。毫无疑问，他是天龙家族的首领。

亚当迈着坚定的步伐走上楼梯，我紧随其后。这些台阶甚至比我担心的还要陡峭。我们到达第一个楼梯平台，我紧紧地握住栏杆，喘着粗气，而亚当看起来仍然精力充沛。这说明，游泳还不足以提高体能。但如果在过去的 12 个小时里我没有被人下药，也不必在之后逃离哥布林的楼塔，那么我或许可以更好地承受现在的考验。我摇了摇头。现在不该考虑这些事情，亚当需要我坚强！

亚当敲了敲一扇高大的木门。他没有等到回答就将门打开，我紧跟着他走了进去。一个漂亮的、墙上装饰着蓝色和金色饰物的房间出现在我眼前。一张带有天篷的床占据了房间的中央，两侧各有一个书橱，它的尺寸让我嫉妒得脸色发绿，还有一个黑色木制写字台。阳光自小窗户倾泻而入，但似乎并没有打扰那个坐在办公桌前的祖母绿天鹅绒扶手椅上看书的男人。穿着牛仔裤和米色毛衣的他在这个中世纪装饰的房间内显得有些格格不入。他抬头看向我们。一个讽刺的微笑出现在他那张被金发勾勒出来的消瘦的脸上。

“亚当・莱萨特，”他高傲的态度令我想要找个老鼠洞钻进去，“我亲爱的表姐朱莉娅心爱的儿子。何等荣幸让你亲自登门？”

“你心里很明白，保罗。你为什么要抓夏洛特？”

那个男人微微转过身，望向隐藏在亚当身后的我。

“这个人类？”他平静地说，“我从未见过她。”

“你命令哥布林绑架她。”

亚当冰冷的声音使我战栗。

“哦，是吗？哥布林做了那么多奇怪的事，你怎么能确定他们是按照我的命令行事的？”

“我只认识一个叫火蛇的人。”

保罗的笑容消失了，他站了起来。等待的就是这一刻，亚当突然攻向他。我几乎没有看到他们移动。写字台震碎了。带天篷的床炸开了。我赶紧往后退去。我甚至没有看到他们战斗！黑色阴影掠过房间，摧毁了一切。其中一个黑影突然向我袭来。另一个半路拦截了他。亚当和保罗再次出现在我一米之外，亚当挡住了保罗的去路，前臂锁在他的喉咙上。

“你想干什么，保罗？”我的未婚夫低声吼道。

“你呢？”另一人唾弃道，“只有天蝎才会迷恋人类。我的家族里没有足够的女性让你选择吗？”

“例如你姐姐？让你们能够在我的家族里拥有更多权力？当我看到你们想方设法联姻的时候，我不确定我是否想要继续这样的生活！”

“那又怎样？你喜欢一个可怜的人类！我想要看看是什么让你觉得她特别，而答案很明确：什么都没有！她只会在悲惨的情况中死去。你的母亲没有让你接受教训吗？”

亚当的脸色从苍白转为死灰。他猛烈地推开保罗，后者退后了几步，重新调整了他的毛衣以恢复镇定。

“人类很脆弱。”他继续说道，呼吸变得急促，“离开那个女孩儿，亚当。无论通过我的手还是其他人的手，她都会被杀死。”

我的心怦怦直跳。亚当已经料想到这一切了吗？他的妈妈发生了什么？我知道她已经去世了，但并不知道她是被刺杀的！

一股可怕的寒气。保罗刚刚张开嘴想说什么，亚当已经来到了他面前。他的右臂插入了保罗的胸部。我恐惧地发出一声尖叫。保罗的目光看向自己的胸口，又慢慢抬起，他的脸颊已经失去了血色。亚当猛地缩回自己的手臂，鲜血喷涌而出。我未婚夫的手指牢牢地握着一团红色的、搏动的东西。我感到一阵恶心。保罗的眼睛变得呆滞，摔倒在地。亚当面无表情地盯着他。

“好吧，至少，”他说道，“她不会死在你手里。如果他们敢来，我会搞定其他人。我爱她。不要靠近她！”

我盯着倒在地板上的尸体。

“他……他还活着吗？”我结结巴巴地说。

“死了。”

“啊……但是……你还在跟他说话？”

亚当悄悄将手中的东西扔到房间的另一端，然后转向我：“最好在他们死了之后再和他们交谈。这样更为谨慎。”

啊。

这一切看起来太不真实，我甚至无法真正感到恐惧。

“我们现在该做什么？”

“我们回公寓。”他再自然不过地回答，“除非你想去别的地方。”

“不，不……”

他满意地点点头，越过我走到隔壁的房间。我像机器人一般跟着他走进了一间浴室。亚当小心翼翼地洗着手上的血渍。

“但是……我们不会有麻烦吗？”

“影子世界的法律站在我这一边。”

“啊？但是天龙……瓦尔德……他们会想复仇吗？”

亚当耸了耸肩：“保罗在我15岁时差点儿杀了我。他的死已经是一场复仇了。无论如何，他们和我们之间有一份不侵略协议。保罗抓你的时候已经破坏了协议。错误已被弥补，瓦尔德知道。一切该到此为止。”

他毫无预兆地抱起我，突然间我们再次进入了阴影。是啊。他并不担心，但我们也没有拖拖拉拉。我搂住他的肩膀，把头靠在他的脖子上。尽管他显得很平静，我仍旧能感觉到他绷紧的肌肉。还是把我的疑问留到以后吧。

他大约走了一个小时，没有出现任何疲劳的迹象。随着步伐的节奏，我闭上了眼睛，将头靠在他的胸前。他的驻足令我感到不适。我睁开一只眼，在我们周围无边的沙漠延伸到视线之外。我一下子睁开了双眼。

“哇哦……”我惊叹道。

亚当没有反应。我惊讶地抬眸看他。他侧过头，好像听到一个声音从遥远的地方传来，眉头皱了起来。

“亚当？”

“没想到那么快。”他抱怨道。

“什么？”

“我本希望能够等到明天再报告，但不行了。”

我试着去看是什么让他这么肯定，但只能看到一片处于阴影中的沙漠，静止而沉寂。

“为什么？”

“我的父亲在呼叫我。”

“你的父亲？”我惊呼，“我什么都没听到！”

我意识到自己所说的话十分荒谬。

“哦，是的。”我烦恼地喃喃自语，“如果没有我的戒指，这个巧妙的呼叫技巧就不管用……”

“你准备好见我父母了吗？”

“什么？你带我一起去？”

他调皮地笑了笑，继续前进，只是略微改变了方向。阴影重新开始移动。我感到惊慌失措：“亚当！不！不是现在！你看我！我看上去太可怕了！”

“你很完美。”他回答道，甚至没有看我一眼。

“不管怎么样！现在就放我下来！好吧……除非我们在撒哈拉沙漠。”

他大笑起来，我清楚地确定了我们的位置。

“好的，好的，不要把我放下来。但是你能想象到他们对我会有什么看法吗？”

“我父亲会喜欢你的。”他欢快地安抚我。

“当然。那你的母亲呢？”

“她已经讨厌你了。”

“太棒了。你让我想要……”

他又笑了。

“我们要去哪儿？”

“去天蝎庄园。”

“好的，但它在哪里？在法国吗？你们都说法语，所以……”

我突然想起了哥布林。

“哥布林也说法语！这是你们的通用语言吗？”

亚当戏弄地扬起眉毛。

“你会把你的思考都说出来，对吗？”他温柔地打趣道。

“一点点儿。”我坦言，“你满腹疑团地进入我的生活，我也一样。”

“正是如此。”

他那温柔的目光笼罩着我。

“庄园正是在法国。”他告诉我，“我想，这就是为什么艾利亚斯会在巴黎开始他的旅程。但即使我们住在别处，我们也会理解对方的语言。我们说的是影子的语言，所有人类都能理解我们，而我们也能理解所有人类。”

刚才被绑架时听到的窃窃私语重回我的记忆中。

“哥布林也会说吗？”我问。

“所有非人类生物都会说。”

“啊……”

我又想了想。

“如果……”一个疑问使我停顿了一下。我打算谈一个禁忌话题。

“你想问什么？”亚当问我。

“你的母亲……她是影子生物吗？”

“朱莉娅？当然，她属于天龙一族。”

“不，你的……你的妈妈，赋予你生命的人。”

他的好心情消失了。

“她是人类。”他面无表情地回答了我。

“她发生了什么？”

他保持沉默。

“亚当？”

“我不太想谈论这个。”

“你要知道，”我叹了口气，“我的想象力很丰富。如果你试图隐瞒什么，我会以为她是被吸血鬼咬伤，被妖精活活肢解后切成小块儿，并被放在了一个不起眼的祭坛上，而这一切也会发生在我身上。”

他的下巴差点儿掉了下来。

“夏洛特！”他喊道，“她是被毒死的！”

哦……这就能解释很多事情了。

“被谁？”

他又闭嘴了。

“但愿我知道。”他咬牙抱怨道，“等到那时罪犯就会没命！”

“你从来没有找到他？”

“毒药是懦夫的武器。我们甚至不知道她是不是目标，或许目标是我的父亲或我，但是……”

他的眼神变得茫然。我没有坚持。显然，他目睹了母亲的死亡，没必要再雪上加霜。而我，从此以后会对自己吃下去的东西异常小心。在我们周围，明亮多彩的圆点再次开始跳舞。人类文明重新出现了。

“所以。”我用更轻松的口吻说道，“人类能够和影子生物生孩子。”

亚当的眼睛睁得大大的，仿佛我说了世界上最愚蠢的话。

“当然！”他喊道，“你觉得艾利亚斯会为我找一个无法延续后代的女人吗？”

我不赞成地噘起嘴。这个外交官……

“这是怎么做到的？”我迫不及待地想要听到令自己不快的信息，“孩子是半人类吗？还是说两者都有可能？”

他的嘴角露出令我幻想破灭的笑容：“哦不。对不起，亲爱的，但阴影总是胜过光明。就像我一样，我们的孩子将成为影子的生物。”

“啊……”

亚当用余光打量着我。他害怕我会改变主意并把他的订婚戒指扔在他的脸上吗？我继续沉思着。

“在这种情况下，我应该和他们说哪种语言？”

他的眼中再次充满了惊讶，随后他又笑了：“我爱你，夏洛特！”

“你最好爱我。”我抱怨道，“为了你我都被侏儒绑架了。”

“哥布林。”

“一样的。所以呢？哪种语言？”

他亲吻了我的头发：“你想要的语言，亲爱的。他们会理解你的。”

“哦，好吧。”

我们沉默了一会儿，然后亚当停了下来。

“我们到了。”他略显遗憾地宣布道。

“我应该待在你身后吗？”

“不，没有必要。没有人会在这里攻击你。”

他把我放在地面上，阴影消散。我们站在高大的铁筑栅栏大门前，栅栏顶端是尖形的梭镖，环绕在我们四周的是爬满常春藤的石墙。他向前走了几步。尽管早晨的阳光已经很耀眼，但寒冷仍紧随我。他抱了我太久，当他身体的余温从我的皮肤上消失时一股忧伤的浪潮淹没了我。

“亚当！”我喊道。

“嗯？”

我扑向他的脖子，踮起脚尖，热情地吻着他。惊讶之余，他抱住了我。我紧紧地贴着他的身体，手在他的发间、脖子和肩膀上游走。

“谢谢你。”我在两个吻之间低声说道。

“谢我什么？”

“来找我。保护我。”

我再次吻向他的唇。他没有反抗，任由我如此。

他笑得很开心，把我拉到他身边。

栅栏门在我们面前打开——一个偌大的公园，数不清的彩色花朵，白色砾石路，郁郁葱葱的树丛，反射出太阳光线的小池塘打破了草坪的单调。在我们面前有一座由灰白两色石砖砌成的建筑，柱廊、阳台和装饰用的拱门显然被精心地维护着。天蝎的庄园，给人一种脊椎战栗的雄伟感。

“啊……让我逃走吧。”

“这是我的家！”亚当高兴地说，“也是你的，很快就是。”

好吧。很明显，我那可怜的公寓无法与之相比。我完全不明白为何艾利亚斯愿意在我家里睡觉！

“先生！”一个声音在离我们不远的地方喊道。

我的未婚夫停了下来。一个围着围裙、穿着宽大衣服、拄着拐杖，看上去有一定岁数的男人从小树丛后走了出来。他的白发隐藏在宽大的草帽下。在发现他失去了一条腿时，我忍住不皱眉，不去看他。太晚了。现在我才意识到，只有不再去看。悲剧。

他走近我们，脸上露出灿烂的笑容。

“欢迎回家，先生。”他气喘吁吁地迎接。

“谢谢你，古斯塔夫（Gustav）。”亚当回答道。

“先生，请原谅我这么莽撞地来见您，但谣言像瘟疫一样蔓延，我想要听您说说。火蛇……”

短暂的沉默。随后我那高大的棕发男人点点头，指了指空裤腿上打着的结。

“他为对你所造成的一切伤害付出了代价。我的朋友，你的腿再也不会令你受折磨了。”

老人微微抬起帽子，我注意到他的眼睛是一种不同寻常的鲜绿色，眼中闪烁着令人不安的火焰。

“夏洛特。”亚当转向我继续说道，“我向你介绍古斯塔夫，他是园丁的首领。古斯塔夫，这是我的未婚妻夏洛特。”

他眼中令人不安的光芒消失了。古斯塔夫发出一声惊呼，把腰弯到拐杖允许的高度向我鞠躬致敬。

“小姐，”他强调道，“能够在庄园内迎接您是我的荣幸。我希望您能找到喜欢的鲜花。如果您对某些品种或颜色有偏好，请随时告诉我。”

“啊……谢谢你。”我结结巴巴道，有些局促不安，“你真是太好了。”

我这才去关注花朵，尽管这与我平时的兴趣相去甚远。在我们所处的白色碎石道两侧，金色的花蕾与小巧的紫罗兰相得益彰，更远处，如同仪仗队一般，是如我一般粗俗的人无法识别的大片渐变色花海。割草的气味儿很好闻，到处都是被切成几何形状的灌木丛。绝对一流！

我的目光回到园丁身边，而他现在正以一种赞美的表情注视着我。我感到脸颊泛红。快点，说句漂亮话。

“无论如何，”我随即说道，“看到庄园里还有除我以外的其他人类，让我感到很放心。”

两个男人放声大笑起来。我皱起眉头。算了，至少我是人类。

“好吧。”我嘀咕道，“你并没有比亚当更像人类。”

“是的，确实如此。”老园丁边赞同，边擦了擦眼角，“原谅我，小姐。”

我犹豫了。亚当还在笑。

“那么……啊……如果问你是什么会不会不礼貌？”我试探道，“你也是影子生物吗？”

“哦，不。”古斯塔夫平静地说道，“我没有那么危险。我只是一个古老的森林巨魔（troll）。”

我睁大眼睛看着他。它看起来像是一个巨魔吗？人形的野兽？难怪他们从来没有被发现过！或者说“古老的森林巨魔”只是一个简单的表述方式？

“我感觉到了您的困惑，小姐。”园丁继续说道，“请允许我来启发您一下。”

他直起身来，突然间，一个巨型生物出现在我面前，它有着绿色的皮肤，浓密的、深绿色头发以及柔和的目光。我不由自主地张大嘴巴。看起来像……看起来像……巨型西兰花！我驱赶着脑海中这个可怕的对比——他说不定能阅读思想！

当我眨眼的时候，那个年迈的“人类”园丁又变回来了，一副被逗乐的表情。

“小姐，我没吓到您吧？”他问道。

“古斯塔夫，她从一个哥布林塔楼里逃了出来。”亚当开玩笑道，“她可不会那么容易被吓到。”

“真的吗？”

男人绿色的眼眸中流露出无限的敬意。他转向公园用大嗓门儿喊道：“嘿，伙计们！来问候亚当先生的小姐吧！”

红晕又浮现在我的脸颊上。亚当先生的小姐。我是不是不该听到这些……不过，我喜欢！

我的未婚夫搂住我的肩膀，仿佛听到了我的心跳，或者他只是对我的脸红做出了反应？

“在你问这个问题之前，”他在我耳边低语道，“是的，园丁们都是森林巨魔。”

四个男人和两个不同年龄的女人从园子的各个角落跑来。他们都穿着与古斯塔夫相同的服饰，包括围裙和草帽，眼中闪耀着同样的绿光。哦，是的，巨魔。再一次，这种情景对我而言太过超现实，我完全无法融入其中。

热情的欢迎与美好的祝愿从四面八方传来。我带着紧张的微笑，茫然无措地紧紧抓住亚当的手臂。

“谢谢大家。”亚当打断道，“我本希望能和你们多聊会儿，但我的父亲想见我。”

沉重的静默笼罩在一群园丁身上。

“我们全心全意地支持您，先生。”最年轻的男孩儿说道，“您是为了捍卫自己，您是对的，这是肯定的。”

“谢谢你，路易。”我的未婚夫回答道，“我也这么认为。”

我再次睁大了眼睛。路易？园丁路易？那个没有擦干净脚会被菲尔曼斥责的园丁？他真的存在吗？

“祝您好运，先生。”古斯塔夫鞠躬道，“我们所有人的心与您同在。”

亚当拉起我的手，我们向雄伟的城堡进发，每隔一秒钟就会有更清晰的装饰物出现，白色的砾石在我们的脚下沙沙作响。我们身后，议论声不绝于耳。

“你看到她有多可爱了吗？”

“而且太迷人了！”

“还有她是怎么紧紧抓住亚当先生的！”

“你觉得她喜欢玫瑰吗？以她的肤色，应该搭配红色，跟波尔多酒一样的颜色！”

“因为她很矮，我打算把篱笆筑成合适她的高度！”

“她能听到，你们这群小巨魔！”古斯塔夫的声音响起，“礼节呢，都哪儿去了！”

一个愉快的微笑出现在亚当的脸上：“他们喜欢你。”

“他们说我很矮。”

“但是夏洛特，你确实很矮！”

我吐了吐舌头，在他的快乐面前我无法保持太久的严肃。我们抵达了城堡，厚重的木门自动在我们面前打开了。

13

天蝎国王的宅邸

菲尔曼身着管家服饰，笔挺地站在铺满胭脂红地毯的雄伟楼梯前。大理石楼梯相隔甚远，需要十步才能从一阶走到另一阶。

“欢迎来到天蝎庄园，夏洛特小姐。”菲尔曼行礼道，“请把这里当作自己的家。如果您需要什么，只须告诉我。让您的生活变得更加舒适是我的义务。”

“先生，欢迎回家。”

“谢谢你，菲尔曼。父亲已经在等我了？”

“是的，先生。然而在您前往之前，我是否能建议为夏洛特小姐提供一个简单的梳洗和一些更舒适的衣服？”

啊！我就知道我现在见不得人！

“不。”亚当拒绝道，“我希望我的父亲能够看到她……这样。”

管家心领神会 :“当然，先生。”

“为什么？”我担忧地问道,“亚当，你为什么这么说？我怎么了？”

亚当只是抓起我的手放在他的唇边亲吻了一下 :“我们走吧。”

菲尔曼离开了大厅，我跟着亚当走上台阶，忧心忡忡地尝试着让乱糟糟的卷发看起来整齐一点儿。我不想给他的父亲留下糟糕的印象！为什么亚当连这么简单的道理都不理解呢？

我们进入了一条大小与凡尔赛宫的镜厅相当的走廊，不同之处在于巨幅的肖像画取代了镜子。我们的脚步声在冰冷的地板上回响着，带着一种不祥之兆，令人毛骨悚然！我起了鸡皮疙瘩。

“不要去关注那些吓人的地方。”当我惊惶地靠近亚当时，他看了我一眼以示安慰,“这条走廊是用来震慑访客的，以免和我们见面时他们过于自命不凡。这些肖像画是我的祖先们。而最后一幅是我的父亲，你会见到的。”

我感受到了从他手上传来的紧绷感，他将我的手握得过于牢固。而对他而言，令他备感折磨的并非这条走廊，而是在走廊末端等待着我们的人。我们在最后一幅肖像画前略微驻足。我忍不住发出一声赞美。画中男人的肩膀有亚当的三倍宽，眼睛是可怕的钢青色，目光如炬。

“他好像要从画里冲出来咬我！”我目瞪口呆。

“这就是这幅画的目的，亲爱的。”亚当带着邪恶的笑容回答道,“这就是目的……”

他敲了敲巨大走廊内唯一的门：黑色木头质地，上面雕刻着一张张痛苦的鬼脸，手柄是下颚的形状。至少，这扇门与其他的装饰物格格不入。太可怕了！

“进来，亚当。”门的另一边传来一个深沉的声音。

我那高大的棕发男人更用力地握住了我的手。他把门推开。我不知道等待我的是什么，我想象中会是一个豪华的大厅或是一间酷刑房，但绝对不是一个几乎空无一物的房间。混凝土地面仍然在我们脚下，裸露的墙壁中无法透出除寒冷和阴沉之外的东西。仅有的一张扶手椅位于房间深处，置于一个木制小平台之上，将整个平台占据。那把椅子上坐着一个与肖像画相似到极点的男人，连可怕的目光也如此相似。画家并没有夸大，既没夸大那宽大至极的肩膀，也没夸大那粗糙的脸庞，只是栗色头发相比肖像画上的更短，长度几乎不及耳朵。他散发着如此强大的气场，简直让站在他身边的高个苗条女人黯然失色。她穿着一件来自20世纪的血红色连衣裙，用不悦的黑眼睛注视着我，双唇紧闭。若非暗色的嘴唇勾起了一个难以察觉的弧度透露出她的憎恨，那精致的脸庞看起来会更令人赏心悦目。好吧。亚当没有搞错，这个女人已经开始厌恶我了。她金色的头发被发髻牢牢地固定，似乎是在对我乱糟糟的卷发进行谴责。

“爸爸，”亚当走到房间的中间说道，“您想见我？”

他的父亲前倾身体，双手交叉，神色专注：“天龙的宅邸打来电话，说你杀了保罗。”

我慌张地看着亚当，完全无法从这个男人的脸上揣摩出他的想法。或许他戴着一副冰冷的面具?

“是的。”我的未婚夫平静地承认道。

“是的！怎么会这样？”女人大喊道，“你承认了？毫无悔意?怪物！我的表弟……”

“安静。”亚当的父亲生硬地打断了她，“我的儿子，请你解释一下。”

亚当转向我。我的膝盖开始颤抖。不，我没有被吓到。不，我没有被吓倒。不，我没有……

“爸爸，我向你介绍夏洛特。”

庄园主人的眼中闪过一丝饶有兴致的光芒。

“夏洛特？”他低声说，“就像夏洛特·科黛？这个国家最伟大的女杀手！”

显然，这个家庭的人都如出一辙。

“是的。”亚当赞同道，“她不是夏洛特·科黛那样出色的杀手，但她是我的未婚妻。保罗绑架了她。我不得不去世界另一端在哥布林的塔楼里寻找她。”

“哥布林的塔楼？”

“是的。”

他更仔细地端详起我来。

我咬着嘴唇。原来如此。亚当希望让他的父亲看到我的受伤程度。“你很完美”，他刚才这么说道，而不是“你很漂亮”。我尽可能做出可怜的样子。实际上，这并不是什么难事。他的嘴角似乎有一丝笑容。嗯……我装得还不够可怜吗？

“我知道了。”他终于开口。

“她看起来很好！”女人大声喊道，“她身体健康！那些荒谬的瘀青很快就会消失！这无法说明……”

“够了，朱莉娅！”男人阴沉地看了她一眼，再次打断她。

她说的瘀青是什么？我有瘀青？

“而你及时赶到，带她离开了那里。”庄园主人转向他的儿子继续说道。

差不多！应该说他在外面找到了我。但如果他不出现，我会对如何离开那里感到异常困扰。

“是的。”亚当毫不退缩地确定道。

怎么会这样？也就是说和艾利亚斯所说的相反，难道那些哥布林真的会在光天化日之下杀了我？我的天啊！

男人点点头。

“准则四。”他在椅子上坐直，“事件结束。”

“什么？”朱莉娅呵斥道，“拉扎尔（Lazare）！你怎么能说这样的话？亚当杀了我的表弟！”

“在攻击我的家人时，保罗很清楚自己在做什么。”亚当的父亲反驳道，“他没有三思而后行。不能因为你是我的妻子，天龙就能胡作非为。”

“他怎么会知道亚当迷恋这个人类？”

男人扬眉，难以置信地问道："你的意思是，在世界上所有的女人中保罗完全偶然地袭击了她？"

朱莉娅交叉双臂，嘴唇紧闭。显然，即使是她也无法假装这一切只是巧合。

"他不可能知道这个女孩儿已经是家族一员了。"她坚持不懈。

拉扎尔转向我。

"你的手，年轻的夏洛特。"

他的语气过于震慑以至于我无法思考，但我还是向他展示了我的双手。

"她戴了一枚戒指。保罗没有任何借口。"

"但保罗是我的表弟！"朱莉娅再次抗议，"他是我的家人！我们都来自同一个家族，而这个女孩儿……"

她在丈夫可怕的目光中停了下来。我突然发现她没佩戴任何首饰，甚至没有戒指。鉴于天蝎和天龙之间的战争源于财富，我曾幻想这个厉害的女人会佩戴数不清的珠宝。但没有！也许她更爱朴实无华？无论如何，她的连衣裙的严肃程度令人不解。

"你是我家族的一员，是因为我娶了你，朱莉娅。"拉扎尔说道，"但我要提醒你，当我向你提议时，你拒绝抚养我的儿子。因此，亚当与天龙家族毫无关联。我认为他去保护将要与他共度一生的女人是人之常情。你应该感到高兴他没有将保罗的居所夷为平地。这会让你花大价钱来修理。"

她瞥了我一眼。如果她的眼神是机关枪，那么我已经倒地身亡了。搞得好像是我的错一样！我紧握拳头。

拉扎尔突然饶有兴致地盯着我的腿看。我感到焦虑不安，不得不强撑着以免后退。但这反常的举动意味着什么呢？他喜欢我那布满灰尘的裙子？至少这是完好无损的吧！

“出来吧，艾利亚斯。”他命令道。

小男孩儿在我的膝盖后现身了。啊，我真傻。他摇摇晃晃地左右换着脚，手放在背后。

“您好，父亲。”他含糊地自言自语道。

拉扎尔脸上冰冷的面具融化了，一个笑容灿烂地绽放开来。他从扶手椅上站了起来。

“艾利亚斯！”当她的丈夫走向我们时，朱莉娅怒吼道，“你在这里干什么？你无权回来！”

“我想确定夏洛特没事。”小男孩儿结结巴巴地说，“因为她和哥布林在一起，而且，亚当把她带到这里来了……但我会离开的，母亲，请您不要担心……”

拉扎尔绕过我，将艾利亚斯举起来抱在怀里。

“欢迎回家，我的儿子！”他愉快地喊道，“好了，你猜我听说了什么？你为亚当找了个未婚妻？”

艾利亚斯恢复了常态。

“是的！”他自豪地回答，“她很漂亮，而且，嗯……不，不是特别漂亮，但一般漂亮，是的。您看着吧，您也是，您也会爱上她。”

真是棒极了……

“拉扎尔！”朱莉娅抗议道,“不要怂恿他……”

“祝贺你，我的孩子。”拉扎尔无视朱莉娅的干预,“这是你能给他的最好的礼物。我为你感到骄傲。”

艾利亚斯咧开嘴大笑起来。我安心了，而这个混凝土的房间看起来也不再那么冰冷。我可爱的小宝贝！

“你不用离开。”拉扎尔总结道,“我宣布你的入门课已经结束。你做得很好。你现在是个男子汉了。”

快乐的泪水模糊了小男孩儿的双眼。

“真的吗？”他结结巴巴地问。

“真的。”

孩子惊呼着搂住父亲的脖子，将头靠在他的肩膀上。拉扎尔将一只手放置于他的发间。若非过于疲惫，我肯定会激动地哭出来。

“拉扎尔！”朱莉娅不赞成地噘起嘴，鼻子上翘着尖叫道,“他甚至没有在外面待满四个月！他永远不会成为一个好杀手！他只知道在父母的怀抱里唉声叹气……”

所有艾利亚斯告诉我关于他母亲的一切在我的记忆中如同火山爆发一样喷涌而出。疤痕，食物，从未有过的吻，还有此刻！我感到怒火中烧。

“说到这个，你这只大蝗虫！”我如同踩着轮子般前进三步，紧握拳头咆哮道,“你怎么能对一个 10 岁的孩子说这样的话？你是不是觉得站在高处对人恶言显得很聪明？你可以永远把自己包裹在你的自尊里，可要吓唬任何人你都早了整整一个世纪！去关心一个渴望关爱的小宝贝很难吗？如果你想憎恨所有人，那是你的问题！但是在艾利亚斯面前，请把你的怨恨收起来，用这个噎死自己吧！”

我停下来喘气。朱莉娅和拉扎尔睁大双眼盯着我看，两人显得同样困惑。亚当忍不住笑了出来，走近我伸手搂住我的腰。

“看吧。”他兴奋地宣布，“这，这就是夏洛特。我喜欢她。”

“我懂了。”拉扎尔点头表示同意。

“什么？”朱莉娅怒气冲冲道，“但是……拉扎尔……”

“如果我是你，我的儿子，为了救她，我可以摧毁五座哥布林的塔楼。”

“一个已经够了。”

“拉扎尔！”

男人异常平静地转向朱莉娅，可恶的继母站在平台上握紧拳头，满脸被羞辱的神情。

“你的表弟保罗也遭受过你让艾利亚斯去上的入门课的折磨，不是吗？”他问道。

“当然！”她爆发了，“他……”

“亚当没有上过。”拉扎尔在她再次开始尖叫前打断了她，“今天的事向我们证明了谁更优秀。我完全不担心艾利亚斯的未来，他会像他的哥哥一样完美。”

“是的。”小男孩儿嘀咕道。

朱莉娅猛地推翻了扶手椅，愤怒无比:“你完全不为我考虑！”

“不为你考虑？”

温度骤然下降。内心的恐惧使我的胃抽搐不已，同时，我感到一种致命的危险已在这个房间降临。亚当的手臂像保护盾一般环绕住我的胸膛。朱莉娅面色苍白地向后退了几步。

“难道不是吗？”她呼吸急促地喃喃道。

拉扎尔眯起了眼睛，射出强烈的光 :“如果我不为你考虑，天龙早就被灭了，而你父亲的城堡里也只剩下石头了。如果我不为你考虑，我的儿子们就不会拥有那些可怕的疤痕，这就是你所谓的训练的结果。如果我不为你考虑，我最小的孩子就不会独自一人在外闯荡。如果我不为你考虑，我就绝不会在知道他没有错的情况下，在这间最令人厌恶的、用来接待委托人的房间里见我的继承人。还有什么让你不满的吗？”

朱莉娅没有回答,她的下巴收紧了。尽管亚当的手臂支撑着我，我仍旧颤抖得如同一片树叶。

“爸爸。”

“嗯？”

“夏洛特是人类。”

“哦……”

温度重回这个冰冷的房间。拉扎尔转向我，不安与危险已从他清澈的眼眸中消失。

“抱歉，夏洛特。”他用几乎说得上很轻的声音说道,“我们稍后会解决我们的事。与此同时，欢迎你来到我们的庄园。家仆随时为你服务……”

“拉扎尔！”

好吧！朱莉娅居然敢去捋野兽的毛！

“她这样对我说话，而你却张开双臂欢迎她？”

拉扎尔举头望天，然后转向我。我感到我的肌肉因恐惧而变得僵硬。在这里会实行体罚吗？我不会在不做抗争的情况下任人处置的！

“这不太好，夏洛特。”他的语气听起来像在责备一个孩子，“不要再用恶狠狠的语气和朱莉娅说话了。调皮的女孩儿，懂了吗？”

我惊讶地睁大双眼，而他似乎还在等着我回答！

“啊……好吧。”我结结巴巴地说。

他重新调整了抱艾利亚斯的姿势，小男孩儿在他的手臂中纹丝不动。他转身面向自己的妻子：“满意了吗？”

朱莉娅咬牙切齿。

“很好。”拉扎尔说，“那么现在，还剩……”

他注视着我们身后的门。我惊讶地追随他的目光。菲尔曼不出两秒钟就在黑色木门前现身了。

“先生在找我吗？”他彬彬有礼地问道。

“菲尔曼，我们需要对房间进行小小的调整。亚当和夏洛特将住进西塔。确保他们的房间准备好。”

什么？一个房间？等一下！我不住在这里，我！或许这是客房？

“当然，先生。”

“从现在开始，艾利亚斯将睡在亚当的旧房间里。”

艾利亚斯像火箭一样直起身体。

“我要住亚当的房间？”他欣喜若狂地大喊道，“我一个人？”

“是的。”

小男孩儿转向管家，眼睛闪闪发光：“你给我留下所有的训练器材，菲尔曼。”

“明白，先生。”他带着一种难以察觉的微笑点了点头。

“那我呢？”亚当困扰地抗议，“我拿什么训练？”

“我不是特别了解夏洛特小姐的品位。”菲尔曼指出，“但我几乎敢肯定，她不会希望睡觉的时候被用十字标出重要器官的模特儿所包围。”

我睁大了双眼。

“你和这些一起睡觉？”我惊呼。

亚当笑了。

“好吧……”他佯装失望地叹了口气，“我把它们留给艾利亚斯。”

“太好了！”

真是一群疯子。

平台上传来一声轻蔑的笑。菲尔曼转向房屋深处。

“夫人，您对先生的扶手椅有什么意见吗？”他用一贯冷淡的口吻问道。

他说“夫人”两个字时故意拖长发音，看来我不是唯一一个不待见这个厉害女人的人！

“不，它很好，菲尔曼。”她一边佯装拍着连衣裙上幻想出来的灰尘，一边反驳道，“我只是在思考，有时候，与杀手一起生活会有多艰难。”

她向我投来一个咄咄逼人的笑容。我皱起眉头。

“这并不比让自己被他们爱上更难。”我咕哝道。

她活该！

拉扎尔面向他的管家，试图保持严肃，但如果我们把他眼角的皱纹看作一种愉快的褶皱，那么他只成功了一半。

“我认为夏洛特需要淋浴和护理，菲尔曼。”

“当然，先生。女仆们已经在加紧马力准备必需的物品了。”

“淋浴？在这里？”

“您知道，如果我回家洗澡或许会更方便。”我结结巴巴地说，有点不好意思拒绝他们的“盛情款待”，“在我的公寓里，有自来水和其他……”

拉扎尔和亚当爆发出雷鸣般的笑声。艾利亚斯也扑哧一声笑了出来，甚至连菲尔曼都忍不住露出了礼貌的微笑。

“庄园拥有所有最新的卫浴设施，小姐。”菲尔曼解释道，“按摩淋浴、水疗、泡泡浴、漩涡式冲浪浴缸、精油喷雾、浴疗、自适应灯以及智能浴缸。”

我的大脑在听到“泡泡浴”时停止了思考。我喜欢泡泡浴。

“啊？嗯，好吧，我留下来，既然如此……”

菲尔曼鞠躬致敬。

我突然意识到自己不应该出现在这里。

“哦不！”我惊呼，“但今天是星期五，不是吗？我应该在上班！现在几点了？”

“十点过，小姐。”管家郑重地说道，“在事态有所变化之时，我冒昧地给您的工作地致电，通知他们您将缺席。我认真填写的病例已经在寄往社会保障局和您雇主的途中。”

我的下巴惊掉在地上。他做了什么？

亚当略微收紧了怀抱，迫使我恢复理智。

“菲尔曼拥有医学学位。”他解释道。

“啊……”这就是我能说出的全部词汇。一天病假。该死的。工作资历不满一年的我在社保局有 3 天的休假。今天的缺席将使我无法获得任何酬劳。我感到心烦意乱，可试图向他们解释是徒劳的。这些有钱雇一大群家仆的人是不会理解的……

半小时后，在设法赶走那两个绝对有意图帮助我洗澡的年轻女性之后，我享受着名副其实的泡泡浴。我闭着眼睛，思考着庄园的奇特之处。亚当没有说谎。庄园的其他走廊与肖像画廊毫无相似之处。日光从巨大的窗户洒入室内，窗帘带着温暖的色调，一种充满活力的躁动在四周蔓延。随处可见的仆人们友善地相互问候，墙壁的各个角落点缀着鲜花与色调柔和的画作，厚重的地毯掩盖了匆忙的脚步声。

此刻，在这漂亮的绿色浴室里，我躺在一个足够容下三个我的浴缸里发着呆，茉莉花味儿的粉色泡泡盖过了我的下巴。无数面镜子让我回想起自己蓬头垢面、衣衫褴褛的可怜模样，就像是被哥布林拖在地上踩踏过一般。这肯定发生过！太阳穴上有一个青紫色的大肿块儿，周围划痕密布。可我却丝毫没有察觉！

气泡沿着我的腿部向后浮动，我的肌肉和关节逐渐舒展开来。我舒适地叹了口气。幸福的定义也许就是热水和泡泡。一股冷风抚摸着我的脸。我直起身，水花溅到了祖母绿瓷砖上。我双手抱膝，处于恐慌的边缘。这次是谁？

亚当出现了，他坐在巨大的浴缸边缘，满脸惊讶。

“原谅我。”他惊愕道，“我不知道你能感受到我的到来。很少有人如此敏感。我并不想吓唬你……”

“上次有这种风吹过时，哥布林突然出现在我的办公室。”我呻吟着，无论如何还是松了口气，“你不能像其他人一样从大门进来吗？”

他若有所思地揉着下巴，瞥了一眼用金色的鱼形手柄点缀的墨绿色大门。

“我不习惯。”他承认道。

“那就去习惯！绅士不会私闯女士的浴室！”

他的嘴角露出天真的笑：“即使是他自己的女人？”

“是的！”

尽管仍抱怨着，但我的焦虑已经散去。我将背重新靠在浴缸上，双腿依旧紧挨着身体。亚当的食指滑过我的脖子，落在我的肩膀上。

“怎么回事，你已经把女仆弄哭了？”他觉得好笑。

“什么？”我错愕道。

“女佣，家政人员，如果你更希望这么称呼那几位陪着你的女孩儿。”

“陪着我的女孩儿？”我感到惊讶，“为我在浴缸里放水的两个友善的漂亮姑娘？她们为什么哭？”

“你把她们赶出来了。”

“我当然要让她们出去！她们不是打算看我洗澡吧？”

亚当大笑起来。

“你太神奇了，夏洛特！”

“你这个穿墙而入的家伙居然敢这么说我？”我赌气道，“她们想看我的裸体？她们有问题吗？”

我的未婚夫再次笑了起来，就好像我讲了世界上最大的笑话。

“她们是仙女，亲爱的！她们不在乎看到你赤裸，她们只想悉心照顾你来显示她们是依恋你的。而你，你把她们赶了出去。”

“好吧，我是把她们留在了门外。”我嘀咕道，“如果她们想和我做朋友，最好别在我洗泡泡浴的时候打扰我。”

“那我呢？我可以在你洗泡泡浴的时候打扰你吗？”

我向他投去一个满是怀疑的眼神：“这取决于你想要做什么。”

他带着戏谑的笑容脱去了衣服，跳进了满是泡泡的浴缸。

“像这样，我很愿意。”我边说边给他挪了个位置，“但真的因为是你。要是其他人，我就宰了他。”

他再次笑了起来，把我拉向他。我把头靠在他的肩膀上。

亚当用轻柔的吻覆盖住了我。我错了。幸福的真正定义包括热水、泡泡和亚当。这一次，过去几个小时的疲劳再次席卷来，我闭上了双眼。

“亚当……”

“嗯？”

“如果我睡着了，不要让我淹死。”

他用一只胳膊紧紧地抱住我，另一只手温柔地拨开我额头上一绺湿漉漉的头发。

“明白。相信我。”

他说得那么认真，我忍不住笑了笑。

“不要取笑我，夏洛特，我不是在开玩笑。我不会再让任何事发生在你身上。我太害怕了，不允许这再次发生。”他用强有力的目光深深注视着我，我的心一抽。我把他的脸拉到自己面前，轻柔地吻向他。他满怀激情地回应我。我的身体在他的爱抚下颤抖着。嗯……显然，他不打算让我休息。我就知道支开那两个姑娘是个好主意！

当我离开浴缸时，两个女孩儿，仙女，重新回到了浴室。两位非常美丽的年轻女子，看起来并不比我年长多少，杏仁眼，棕色长发垂至胯部，发间固定着以绿宝石加以点缀的银色发夹。我咬着嘴唇观察她们。亚当在这么迷人的年轻生物身边度过了青春期，而他却选择了我？我需要有人给我解释一下……

她们将我引入浴室旁边的卧室。“我的”房间，她们如此称呼。看到房间后，我略微松了口气。除了围绕着四柱床的轻纱帘幕，所有的一切都充满现代感和舒适感。墙壁上贴着米色和灰褐色相间的墙纸，这说明他们对当前的潮流也有所了解。曾担心会看到木箱子和路易十三时期风格家具的我，在进入更衣室时发出了一声惊呼。各类架子，小巧的玻璃柜上摆放着光线柔和的台灯，还有一个带有镜子的梳妆台，这里可以让任何一个好莱坞明星都羡慕不已。

当仙女们争吵着应该由谁来为我梳头时，场面差点儿变成一出闹剧。我很乐意自己搞定，但我不得不与非人类生物战斗的话，我不确定自己是否能赢。当两人中较为年轻的女孩儿提出为我美甲时，我欣然接受，避免了一场“事故”发生。

就这样，我发现自己从头到脚经历了一整套的修修剪剪，而自己对此毫无发言权。幸运的是，赢得梳头的仙女似乎一辈子都在做这件事。她设法解开了我像老鼠窝一般的发结，而没有拉扯掉我的头发。她甚至让它们看起来像小马的鬃毛一样闪耀！我差点儿想要去亲吻自己的头发。人类顶级的美发师也无法做到！

她们有着和鲜花一样的名字：勿忘我和铁线莲。我不敢问她们是不是古斯塔夫给她们取的名字。毕竟，她们有同样的眼睛！

相反，她们向我提出了各种问题，关于我最喜欢的颜色、我的口味和我喜欢的服装面料。我的回答缺乏准确性，我甚至不知道塔夫绸有不同的种类，所以我究竟是喜欢哪种？什么是塔夫绸？而这并没有让她们气馁。

“我们将有足够的时间来验证，小姐。”我的即兴修甲师铁线莲带着真诚的微笑说道，“在此期间，请相信我今日为您挑选的服饰。”

“啊？”我结结巴巴地说，“您知道的，一条牛仔裤和一件衬衫就很干净利落……”

她们大笑起来。

“菲尔曼先生提醒过我们您会这样说。”理发师勿忘我解释道，“但这不会给午餐添彩。”

“午餐？什么午餐？”

“嗯，就是午餐！您不饿吗？”

我绷紧了身体。是的，既然提起了这个，我已经有 24 个小时没吃东西了，我的肚子开始痛苦地向我发出求救信号。但是家庭午餐？认真的吗？与肌肉先生和一小时前被我侮辱过的他的哈尔比亚[①]夫人一起？

“啊……”

勿忘我平静地通知我：“我想告知您，夫人已经回到她的套

① 哈尔比亚是出自希腊罗马神话的怪物，脸和身躯似女人，却长着鸟的翅膀、爪子和尾巴，生性残忍贪婪。——译者注

房，并且会在那里度过今天余下的时光。她说自己有严重的偏头痛。”

“夫人，是指朱莉娅？”我以防万一地问道。

“是的，小姐。”

“啊……您不想叫我夏洛特，以防自己搞混吗？”

仙女的脸颊变成了绯红色。

“哦，小姐！”她喊道，“我永远不敢！这违背了礼仪！”

啊……我输了。

铁线莲给我带来了一件与我的指甲油色彩相配的黑加仑色连衣裙。当我发现这看起来更像是一条由星星点缀的高档晚礼服而非沉重的19世纪礼服时，我感到肩膀放松了下来。轻盈的面料像水一般流动，褶皱反射出光线，甚至在穿上它照镜子之前我就已经爱上了这条裙子，之后就更喜欢了。紧身胸衣完美地包裹着我的曲线，一条浅色的腰带突出了我苗条的腰身，行走时脚踝从裙子的褶皱中露出。衣裙的色调提亮了我的肤色，使我棕色的眼睛呈现出水果般的剔透。

“太赞了……”我惊叹道，“这是一条公主裙，不是吗？是为特殊场合准备的吗？”

“并不是专门准备的。”铁线莲抬头挺胸道，“我对这件衣服进行了改造使它看起来更现代，为了未来的天蝎夫人。”

我停止把玩裙子，惊讶地注视着她：“但它刚好是我的尺寸！”

“当然，小姐。我是按照您的尺寸定制的。”

“您是指您在我洗澡的时候缝好了这条裙子？”我目瞪口呆。

“哦不。几天前菲尔曼先生就将您的尺寸发给我们了。”

我闭上嘴，以免吞下苍蝇。我忘了菲尔曼……

“小姐，我可以提出一个请求吗？”仙女羞怯地问道。

“当然！”

“您可以用‘你’来称呼我们吗，拜托您？”

她俩用绿色的大眼睛看着我，双手优雅地托住下巴，做出祈祷的姿势。

“我会尽我所能。”我耸了耸肩说道，“但是你们也对我用‘您’，而且你们叫我小姐，我不确定每次都能反应过来你们在叫我。我可能会搞错，除非你们叫我夏洛特……”

她们从容地笑了：“小姐，我们会耐心地等待，等您养成这个习惯。”

居然还是失败了。

“你们还负责照顾朱莉娅吗？”

勿忘我没有足够快地转过头，我看到她做了个鬼脸。

“是的，小姐。”

自从把我带入房间以来，她们第一次保持了沉默。该死！这算什么，秘密吗？

勿忘我提起我的头发以凸显我的脖子，然后她们给我带来了一双闪闪发光的与连衣裙同色的高跟鞋。我忍不住发出一声惊叹。

“哦！这看起来好高贵！女孩儿们，我爱你们！”

两个仙女再次脸颊泛红。是啊。我得停止这种表达方式，她们的心脏可承受不住。

我抵达台阶的顶端，只见亚当正在大厅胭脂色的地毯上来回踱步。他也换了身衣服，身穿白色衬衫和一件无袖的皮质背心，很容易让人联想到好莱坞电影中的海盗。而这并不令人反感！我忍不住发出一声愉悦的笑声。他抬头看到了我，惊讶地张大了嘴巴。这令我快乐到了极点！他只花了一秒钟就通过阴影爬上了台阶出现在我面前。

“所以……爬楼梯就像和从门口进屋一样？”

“啊……是的……好吧。”他结结巴巴地说。

怎么回事！我从来没见过他如此局促！

“你好吗？”我担忧地问道。

“很好，很好……你……很漂亮……”

我感到自己的脸颊泛红。他甚至不敢碰我。显然，他还没有回过神来。可是，他早就看过我穿连衣裙了！好吧，我懂了，不是仙女缝的连衣裙，剪裁也没有那么得体，但无论如何也是连衣裙。他正用眼神将我剥光。我愉快地握住他的手，把它们放在我的腰上，随后依偎在他身上。他纹丝不动，仿佛害怕损坏我。

“来吧，”我低声说，“我们逃跑，回到我家甜甜蜜蜜地吃午饭。”

如果我能用感情俘虏他，走运一些，我就能逃回家吃午饭！

“我另有一个主意！”他松开我，把我的手握在自己的手中，“来吧！”

他把我带下楼梯。我跟着他，困惑不已。我本以为自己引导得很好！是我说错什么话了吗？我们穿过底楼的大厅，他带着我走过许多小而温馨的走廊。背部的肌肉在他的皮革背心下鼓动。确实，这比经典的T恤更适合他！我又想起了一个关键问题。

“告诉我，”我嘀咕道，“不是两个漂亮的仙女为你穿的衣服！”

“仙女？完全不是。菲尔曼执着于为我挑选衣服，就好像我还是6岁。在我的领地里没有仙女的影子。”

“很好，”我低声道，偷偷打量着他的反应，“因为她们实在非常漂亮。”

他努了努嘴。

“我承认她们保养得很好。”他赞同道。

“保养得很好？”

“你没有问过她们的年龄吗？”

“没有。”

“她们是作为我曾祖母的女仆进入庄园的。在那时，她们就已经差不多500岁了。”

我的下巴惊掉在地上。听到她们交谈的时候，我甚至以为她们与我同龄！

亚当带着满意的笑容停在一扇高大的木门前。从里面散发出的美食气味儿令我毫不怀疑。烤肉、香料、大蒜以及烤洋葱……

我的口水都快流下来了。我们在厨房的门口，而我非常饿！

他用力敲打着门。

“最重要的是，”他以最严肃不过的态度告知我，“进去前永远不要忘记敲门。他们很疯狂，里面的那些人。”

他在说别人疯狂？见鬼……

大门敞开，一个巨大的身影出现在门框前，挡住了里面发生的一切。我睁大双眼。这又是什么？一个肥胖的维京女人？两根粗粗的金色辫子，丰满的红色脸颊，如同猫眼一般的淡紫色杏仁眼。身材粗壮的她右手抓着汤勺，左手握着菜刀。对于此人，我没有任何疑问，我知道她不是人类！

“亚当先生！”她用深沉的嗓音喊道，“您的功绩已经传到了我们这里，我们正在准备一顿庆功宴！地球上又少了一个天龙，这让空气变得更清新，灰尘变得更少！”

如果我的眼皮足够柔软，我就可以把眼睛睁大些，看得更多。

亚当困扰地撇了撇嘴。

“我们并不认为应该特地为保罗的死而感到高兴。”他指出。

“我知道，先生。请相信我，这里的每个人都在认真地为夏洛特小姐的欢迎宴会工作，但我们依旧这么想。”

一个维京人，绝对是，但我很快忘记了她。她适才让开了道路，一场盛大的表演出现在我眼前，吸引了我全部的注意力。站在门口，我看到一个巨大的房间，其中有两团偌大的炉火在咆哮。围绕着两张宽大得无穷无尽的桌子以及堆满蔬菜、肉、香草和各种尺寸器皿的工作台，一群人正忙前忙后。壶、碗、刀、镐和盘子四处飞舞。字面意义上的四处飞舞。厨房工人将工具如同箭一般向别人射去。对方快速地抓住，并在使用过后以同样干脆的方式归还。我摇摇头以便恢复理智。进去前永远不要忘记敲门——突然间，我完全明白了这句话的含义。如果我在里面走上三步，很可能会发现自己的前额中央插上了一把刀！我夏洛特承诺，永远不会涉足此地！

为我们打开门的巨大生物转向我。

“所以是她？”她问道，弯下腰来好似想把我看得更清楚。

“是的。”亚当回答，“夏洛特，我向你介绍妮科莱特·皮韦尔（Nicolette Pivert），庄园的厨师长。”

我感觉自己在她好奇的目光下缩成了一团。

“有点瘦，但我会解决的。”维京人主厨低声抱怨道，“让我们看看……蔬菜，可以，没有过敏；鱼，没事；肉类，只有在它们烹调得很好的时候……不过，不能加入波罗门参，非常好。对这些美味儿的水果蛋糕和牛奶饼干没有兴趣，真可惜……”

我注视着她，惊恐不已。她读取了我脑中的口味儿吗？不过我不喜欢的是绒球菊花！

“妮科莱特是一个仙女。”亚当猜到我的困惑，补充道，“她很容易感知到人们的欲望。”

厨师长露出了一个可怕的微笑来表示肯定。哦，悲剧，但他们究竟是如何选择家仆的？

“你为我们准备一个篮子吧，妮科莱特。”亚当继续说，丝毫没有察觉到我窘迫的疑问，“有三个人，夏洛特、艾利亚斯和我。”

“我确信您会这么要求的，先生。”这位体型庞大的仙女露出一丝早有预料的苦笑，“但是，您的父亲告诉我们他想和您的弟弟共进午餐。他想听听他在庄园外的冒险故事。”

“啊……”我的未婚夫嘟哝道，看起来有些失望，“好吧，那么，就只为夏洛特和我准备。”

“明白。”

她转向厨房，向内走了两步。

“伙计们！”她吼道，“亚当先生要野餐，所以摇晃着动起来！”

什么？野餐？这个篮子背后的故事是什么？但我不想野餐，我！美味的烤肉和香料味儿从这里散发出来，谁会满足于火腿三明治？而且，我无法穿着高跟鞋在草丛中嬉戏！

厨房里的骚动加剧了，这让我忘记了所有的抱怨。我张大嘴，盯着那些在铜器与锡器的碰撞声中飞来飞去的物体。

几秒钟后，妮科莱特回到我们身边并递来一个篮子。亚当接过篮子，而我，难以置信地盯着它。篮子是如此巨大以至于我可以坐在里面！

“祝你们好胃口，小姐，先生。”仙女边说边转身回到她的火炉旁。

“谢谢你，妮科莱特。”

一道闪电划过我的脑海。

“等等！”我惊呼道。而门，重新关上了。

北欧战士模样的厨师长再次出现在门口。我感到自己满脸通红。

“啊……我……很抱歉打扰你。”我结结巴巴地说，“只是……对于艾利亚斯……”

“嗯？”她紫色的眼睛饶有兴致地打量着我。

我握紧双手，防止它们颤抖。

“他很喜欢水煮蔬菜，”我勇敢地继续道，“但他也喜欢其他的。”

“天蝎夫人的命令很明确，”仙女反驳道，“只为孩子们提供水煮的食物。”

我表示无奈。

“是的，我知道……但是……”

我记忆中突然浮现出一个无法反驳的理由。

“他的父亲刚才说他现在是个男子汉了！所以他可以吃任何他想吃的东西！”

这句话有一丝机会奏效吗？

仙女的嘴角露出了一丝狡猾的笑容。哦，天啊，这太可怕了！

“嗯……”她低声说，“是时候让一个配得上这个尊称的天蝎夫人加入这座庄园了。”

随后她“砰”的一声在我面前关上了门。我惊讶地站在原地。

这是什么意思？

我失望地转向亚当，而他笑开了怀。正当我准备向他袒露我的沮丧时，一个真正的咆哮声从木门的另一边传来，打消了我的疑虑。

“伙计们！第一个被我看到为艾利亚斯先生做水煮食物的人，我会切断他的四肢，并做成果冻给夫人吃！”

14

野餐与新生

亚当把我带到了可以欣赏庄园后院景致的一扇景观窗前。我无暇欣赏，我无法将思绪从巨大的篮子中抽离。那里面装了什么？莫非是一个夹着厨房工人四肢的三明治？无论亚当怎么劝我，我都不会吃的！

他把我带到了户外，我突然想起了一个令人烦恼的细节。

“我不能这么出去，亚当！”我惊呼道，“我的连衣裙可能会损坏！而且在草地或砾石上穿高跟鞋走路一点儿都不方便。”

他转身面对我，从头到脚打量着我，眼中闪烁着喜悦。

“没事。我要带你去一个特别的地方。”

“哦？”

“我们从这里走，你看。”

他指向一条铺满白色石板的小路。这条小路穿插在修剪得无可挑剔的草坪中央，在正午的阳光照耀下，它将我们引入森林。

“我年幼时，母亲喜欢和我还有父亲一起在花园里散步。”他解释道，“她总是穿着华丽的连衣裙和漂亮的鞋子，所以古斯塔夫为她在小路上铺上了石板。当她怀上艾利亚斯时，园丁们甚至每隔几百米就建造带有长椅的小棚子以便她可以坐下来。这条路是现在仅存的小道。在我父亲与朱莉娅结婚后，所有其他小路上的石板都被砾石所取代了。”

“因为朱莉娅不穿高跟鞋吗？”我诧异地问道。

他的嘴角勾起一个嘲讽的笑：“不，她穿的……”

好吧。看来那些担任园丁的巨魔并不真心喜欢她。与此同时，如果我理解得没错，朱莉娅是保罗的表姐，而保罗让古斯塔夫失去了一条腿。这足以令人痛恨不已！

“这条小路。”当我们踏上石板时，我继续说道，“为什么它能幸免？”

“我禁止古斯塔夫碰它。”

“为什么？”

“因为它通往我最喜欢的角落。当我不顺心时，我的母亲总会到那里去找我。她会让妮科莱特准备一个篮子，我们在树荫下野餐。我父亲经常在那里找到我们。我们什么都聊，直到我感觉好些。我第一次行动失手时，他们花了两天才让我离开那里。”

我愣愣地盯着他，随后举目望天，故作自然地望向远处。可以说我几乎被触动了！

我们来到一个小池塘边，两只天鹅在池塘里戏水。池塘边有一棵高大的垂柳，嫩绿的枝条随着微风的节奏轻抚大地。一条石板小道蜿蜒至此，路旁还有一把铁艺长椅。一眼望去，池塘对面是祖母绿的森林和阳光下金色的田野。远处，地平线上透出一抹蓝色。

“太美了。”我对此处的美景啧啧称奇。

在我身边，亚当忙碌了起来。他把篮子放在垂柳旁，铺开一快红白相间的桌布，然后开始取食物。我很快对地平线失去了兴趣。在莱萨特家族，野餐时没有火腿和三明治！瓶瓶罐罐后紧跟着沙拉拼盘，从新鲜蔬果到卷肉蔬菜，从一瓶瓶的新鲜果汁到一瓶瓶的葡萄酒，从金黄的法式长棍到深色的面包。

“我们永远都吃不完这些！”我跪坐在亚当旁边的桌布上喊道。

“或许吃不完。”他承认道，“你想从什么开始？”

光闻了闻食物散发出的气味儿，我就已经垂涎三尺。我的胃咕咕直叫。我极度尴尬地用手臂护住自己的胃部试图让它安静下来。

“你不害怕里面有厨房工人的四肢吗？”我胆怯地问道。

“什么？”

“嗯……维京厨师长说如果一个厨房工人做错了什么，她会切断他的四肢来做果冻……”

亚当放声大笑。好吧，这应该说明我们可以吃这些食物。无论如何，我太饿了，即使他告诉我这些馅儿饼是用厨房工人的耳朵做的，我也会狼吞虎咽。让我之前的决定见鬼去吧！我忽略了仍在哈哈大笑的未婚夫，抓起一个小小的烤圆面包。我愿意冒任何风险！

我大口咀嚼了起来。美好的蘑菇味儿在我口中散开，厚厚的酱汁顺着我下巴流了下来。这面包！哦，天哪！我一生中从未吃过如此美味的东西！

“很棒的选择。”亚当赞许道，恢复了一丝严肃，“给。”

他递给我一条与桌布相配的餐巾。我用来擦了擦嘴，糟糕的吃相令我双耳发烫，但我无法停止。蘑菇、奶油、香菜、大蒜和一点点儿的马德拉葡萄酒，填充在面包里的食材完美地混合在一起！

亚当切了两片漂亮的开胃馅儿饼。

“妮科莱特心直口快，她喜欢说出令人害怕的威胁话。”他一边为我们准备着食物，一边评论道，“但她永远不会用奇怪的食材来破坏一道菜肴。不用担心，你永远不会在沙拉里找到脚趾的。”

“我放心。”我风卷残云地吃着馅儿饼，嘴里塞得满满地回答道。

“即使这真的发生了，她也会给朱莉娅吃，而不是你。”

显然，这个朱莉娅的生活充满惊喜！

藏着蘑菇的面包只是前奏。我任由自己被这场美妙的味觉洪流袭击。半小时后，我感觉自己的胃就要被撑炸了。而当我宣布再也吃不下时，亚当又从篮子中取出了香料蜜糖面包、奶油圆蛋糕、果酱和储存在冷藏箱里的一块儿黄油。奇怪的是，我又在胃里为每一样食物找到了一点点儿空间。如果我的未婚夫继续从他那神奇的篮子里取出新的惊喜，我会因胃破裂而死亡。但是，无论如何都是幸福地死去！

靠在柳树树干上的亚当看起来很平静。我靠近他，将背部靠在他的胸前。他的手臂圈住了我的身体。

“如果我每天都这么吃，”我幸福地叹了口气，“三周后，我就要胖死了。”

他轻声笑了起来，手指滑过我的腰间。

“我认为妮科莱特是想用自己的方式来欢迎你。”

我闭上眼睛，因过于饱足而不想回应。

“我希望艾利亚斯也能吃到好东西。”我低声说。

“我确定他可以。”

“但如果朱莉娅不让他吃怎么办，一旦看到那些食物……不是水煮的食物？”

“妮科莱特说我的父亲想和他一起用餐。别担心，甚至都没人通知她。”

“啊……”

朱莉娅的形象在我脑海中盘旋。庄园里有这么一位大厨，她是如何保持苗条的?

“亚当？”

“嗯？”

“你父亲和朱莉娅没有孩子吗？”

“没有。”

“为什么？是她不想要，还是你父亲？”

“都不是，这是阴影世界的法律。”

我睁开眼睛，转过头去看他，惊讶不已。

“阴影世界的什么法律？”

“一对一的法律。影子生物只能有一个孩子，这是为了保持我们的人数不变。”

我不由自主地皱起了眉头。

“但是……艾利亚斯和你，你们有两个！”

“是的……”

他的目光投向远方，望向蓝得出奇的地平线。

“没有人预料到艾利亚斯的出生。在我之后，我的父母没有想要第二个孩子，这就是为什么他和我的年纪差那么多，而且……”

他沉默了，紧贴着我背部的肌肉却绷紧了。

“也许我的母亲是因此而被杀害的。”他用一种更紧绷的声音继续说道，“被某个想要阻止她继续生育的人。也许在艾利亚斯出生后，为了恢复平衡，或许我才是目标，又或许根本与此无关……但我忍不住去想……如果我代替她喝了那杯苏打水……”

我突然转过身来。亚当凝视着我，对我激烈的反应感到惊讶。然而，我没有做梦。悲伤仍在他蓝色的眼眸中闪耀，对此我无法忍受。

“我不知道同为人类，你的母亲是否和我很相似，我们假设答案是肯定的。”

他皱起眉头。

“好吧，我可以向你保证，如果让我在自己喝毒药和让儿子喝毒药中选择，那么我很快就能给出答案。我确信，从她的角度而言，她会为代替你喝下毒药而感到庆幸。”

亚当撇了撇嘴，喜怒参半。

“你总是用这样的方式来看待事物，夏洛特。”他叹了口气。

“尽管如此，你们还是两个人，艾利亚斯和你。”

“我的父亲娶了朱莉娅，另一个影子生物。两个影子生物，两个孩子，平衡恢复了。”

我眯起了眼睛。所以拉扎尔·莱萨特比我想象的更加聪明。通过一场婚姻，他不仅结束了两个家庭之间的敌对形势，而且，还让他的儿子们免于可能的袭击。

“朱莉娅接受了这一点，毫无抱怨？”我担忧道。

“并非如此。刚开始的几年很复杂。她要求我的父亲尊重她的婚姻并和她拥有一个孩子，但我父亲从未让步。他向她解释，他宁愿不再要孩子，这样她就不会遭受与前任妻子相同的命运。所以，她不再争吵。天龙家族很生气，但他们不能说什么。在法律面前，所有人都平等。”

我凝视着穿过柳叶射在桌布上的光线，沉思了片刻。

“这是否意味着如果你们之中的一个人死去，艾利亚斯或是你，朱莉娅就可以和你父亲拥有一个孩子？”

亚当耸了耸肩。这意味着答案是肯定的。我感到内心的愤怒在咆哮。

“告诉我。”我低声抱怨道，“10岁生日时，是谁把艾利亚斯独自一人送到街上的？”

这一次，他笑了。

“所有的天龙都在10岁生日时将他们的孩子送到街上。”他温柔地回答，“朱莉娅只是想疏离父亲和总是令他想起我们妈妈的幼子，并不是想杀他。”

“好吧。”我嘀咕道，将信将疑，“不过没关系。我会盯着她的，从此刻开始。”

他笑了，我放松了下来。我喜欢听他笑。

“所以，我们只能有一个孩子。”

我的未婚夫露出了狼一般狡黠的笑容。

“我把保罗结束了。”他反驳道，“保罗没有继承人。我们至少可以有两个孩子。这个数量不会增加，但也不应该减少。”

“就这么简单？你不想再干掉两三个天龙吗？难道有上限吗？”

亚当盯着我，无言以对。随后，他的眼中闪烁出喜悦的光芒。

“你让我为你杀人？”他大声问道，“真的吗？”

我皱起眉头：“这是个玩笑，亚当……”

他的笑声是如此坦率，我不由地再次安逸地靠在了他的身上，备感幸福。我的长裙像花瓣一样盛开在我的周围，温暖的色调与我未婚夫的深色裤子出奇地协调。他很快恢复了严肃。

“杀死影子生物并非那么容易。”他再次搂紧我，“我们的法院并不会拿这种事来开玩笑，尤其是大家族之间的杀戮。对于故意违反群体规则的保罗来说，法院并无异议，但我不可能每隔几个早晨都来这么一回。”

“你们的法院对那些自己伸张正义的人没有异议吗？”

“没有。相比之下他们更鼓励我们这么做，这可以让他们免于琐碎。”

好的，我愚蠢的问题到此为止，除了……

“但是他们并不要求你证明保罗对我的绑架负责？光是我们的证词就足够了？”

他亲吻了我的额头。

“人类的话语会试图改变真相，”他轻声回答，“但心永远不会说谎。”

哦，是的，还有心这回事儿……

我把头靠在他的脖子上，他的双臂环绕在我身侧。饱腹感袭来，感觉是那么好。柳树的细枝仍在我们周围平静地摇曳，就像一道将我们与外界隔开的幕布。倦意袭来，过去的24小时或许是我生命中最糟糕的时光。而在这里，一切都是那么不真实，一切似乎都很完美。

“我们在哪儿？”我问道。

“啊……在我家庄园的花园里……”亚当用迟疑的语气回答。

我扑哧一声笑了。

“不是！我们在法国的哪个地方？在哪个区？”

“啊！在贝尔福（Belfort）[①]的领域上。地平线上，我们看到的那抹深蓝色，是孚日山脉（Vosges）[②]。”

震惊之余，我凝视着眼前的风景。贝尔福的土地，所以是法国的东北部。我不了解东北部，我甚至不知道那里有如此美丽的地方。但是现在，我爱上了这里，就好像我已经在此生活了一辈子。我的眼皮逐渐沉了下去。一种在我的男人的怀抱中任何事情都不会发生的确信感，令我陷入了宁静中。

“我会想念这一切的，当我们回到我家的时候。”我用半睡半醒的声音喃喃道。

“但夏洛特，你的家，就在这里。”

我几乎没有听到他的话，沉沉地进入了梦乡。

① 贝尔福是位于法国东北部的弗朗什－孔泰大区的一座城市，地处里昂和斯特拉斯堡之间。——译者注

② 孚日山脉地处法国东北部、莱茵河的左岸。——译者注

一股寒流掠过我的手臂，我立刻苏醒了。太阳在天空中走了很长一段路，现在至少是下午四点。我睡了 3 个多小时？看来我真的很累！艾利亚斯趴在桌布上，口中咬着一块儿奶油圆蛋糕，用贪婪的目光紧盯着香料蜜糖面包。我平静下来。没有哥布林，只是一个来找零食吃的小男孩儿。一切都很好。小男孩儿惊了一跳。

“我不想吵醒你的！”他大声说道，奶油圆蛋糕从口中掉落，“对不起，夏洛特。”

“没关系。”我小声回答，不想打扰亚当，他的头正靠在我身上。

他也度过了一个艰难的夜晚。然而，他动了动，双臂在我的腰间收紧。糟了，他也醒了。

“啊，艾利亚斯，”他坐起身低声说道，“和父亲在一起一切顺利吗？”

小男孩儿用力点头，咧嘴笑了起来。

“我们还吃了薯条！”他大声喊道，快乐地向天空举起双臂，“还有烤肋排和阿尔萨斯烤饼！”

“如果你还饿，那么你肯定没有吃饱。”他的哥哥注意到他面前的一堆面包屑。

“好吧，可是……”

他胃口大开地咬着他那块儿奶油圆蛋糕。亚当把脸埋在我编着精致马尾的浓密卷发上。他的呼吸落在我的脖子上，令我感到一阵战栗。我拉着他的手让他搂得更紧。我希望这一刻永远不会结束。

“你真漂亮，夏洛特。”消灭了奶油圆蛋糕的艾利亚斯说道。

我高兴得脸颊泛红。

“我知道你很漂亮。”小男孩儿平静地说，“但我没有想到你好好打扮会那么漂亮。”

啊？

“我也没想到。”亚当抬头补充道。

这两个男孩儿是谁养大的？

我几乎立刻平静下来。哦，是的，他们没有母亲。无论如何，艾利亚斯是这样的。还有，我不得不承认，即使是我也难以认出穿着仙女连衣裙、梳着公主头的自己。

“既然提到了仙女，”我突然问道，“为什么家仆中只有非人类生物？”

艾利亚斯皱起自己的小眉头，我感觉贴着我脖子的亚当也在做同样的表情。

“你提到了仙女？”亚当感到吃惊。

啊——事实上，没有。

“我正在和自己谈论仙女。”我解释道，“所以呢？”

“这是为了不孤单。”艾利亚斯用理所当然的语气回答。

“你不喜欢一个人待着吗？”

“不，不是我们，是他们！”

“他们？”

亚当用手指抓住我的下巴让我将脸转向他。

“在人类主宰地球之前，神奇生物就已经在这个星球上居住很久了。”他将我的一缕金发捋到耳后，解释道，“他们生活在森林、岩石、湖泊、池塘、河流中……”

艾利亚斯点点头，显然对他哥哥负责讲故事这件事感到非常高兴，他将小面包掰开涂抹黄油。

“随着工业化进程，很多居住地都消失了。这些生物集中在最后未被人类开发的区域。然而即便如此，希望也破灭了，因为人类将一切都置于自己的掌控之中。于是他们在此安家，受到我们之中最强大生物的保护。”

他比画了一个大大的拥抱。

“我们的庄园和天龙的宅邸，还有其他影子生物的屋子一样，对那些因人类扩张而面临毁灭的生物来说是一个庇护所。在这里，他们可以避开窥探的眼睛，在树木或湖泊中按照自己的意愿生活，没有人会将他们视为集市上的怪物或野兽。他们不用担心会有人类闯入砍掉他们的树木或抽干他们的池塘修建一个没有灵魂的建筑。”

我解读着他的话。这就是为什么当我告诉古斯塔夫看到有其他人类我很安心时，他们笑得那么厉害。

“影子生物是最强大的神奇生物？”

“无论如何，是在人类中隐藏得最好的生物。”我的未婚夫指出细微的差别，“我们的外貌天生与你们相似，不像巨魔、仙女或妖精。我们没有在睡眠时恢复原始形态而露出马脚的风险。我们的寿命和你们一样长，这样也不会引起人们对过分长寿的关注。而精灵则不同，而且……”

他的唇角露出一个阴暗的笑容。

“虽然比蛮力，我们并不一定是最强的，但我们绝对是最危险的。”

艾利亚斯嘴里含着食物，用力点头。

“就是因为这样，那些仆人特别喜欢我们。”他将黄油刀举向天空说道，“他们知道没有人类能在这里打扰他们，因为我们会保护他们！”

我面露不满。

“但是我，我就是人类。”我警告道，“你认为他们真的能接受我吗？”

“你是我的未婚妻。”亚当回答，“他们相信我的选择。他们知道你和我一样不会背叛他们。”

我忍不住做了个鬼脸。

“有没有……”我犹豫了，“有没有可能你的妈妈是因此……啊……成了目标？因为其中一位仆人，比如一个厨师，认为她代表了一种危险？”

艾利亚斯脸色一变，喊道：“从来没有过！夏洛特，你为什么这么说？太可怕了！可怕！”

“你要知道，艾利亚斯，对于人类而言，这是一个合理的猜测。”

亚当安抚他道。

“我们的妈妈不是在庄园内中毒的。”艾利亚斯转向我，温柔地说道，“当父亲在稍远的地方执行任务时，我们拜访了马拉喀什家族……她在这里住了将近20年，而我可以向你发誓，仆人们会为她做任何事。没有人能够在不被勿忘我、妮科莱特、菲尔曼和其他所有人当场刺死的情况下怀着恶意接近她。他们的心都是粉色的。夏洛特，心不会撒谎。”

我把头倾向一边，将信将疑。我对这个概念仍然有些不适应。

“大部分仆人已经在天蝎的庇护下生活了很多年。”亚当补充道，“他们的父母和祖父母也曾生活在这里。他们爱这座庄园，他们信任我们家族。”

“哦，是的。”我回忆着菲尔曼的话嘀咕道，“七代……像他一样的精灵……”

“是的，像他这样的精灵，他们的寿命比人类和影子生物长三倍。你可以计算一下他的家人和我们一起度过的时光。”

睁大双眼的同时，我的大脑开始独自做着连贯的乘法。如果我们将人类的工作年限记为45年，那么一个精灵的工作时间为这个数字的三倍，再乘以7，我们得到的是……

“差不多有一千年！”我惊呼道。

“菲尔曼在早春组织了一个美丽的节日，为了庆祝雅荷杜丝和莱萨特家族之间980年的结合。”艾利亚斯的眼睛闪闪发光，“我们吃了焦糖苹果、烤栗子和蚂蚱串儿。真是太棒了！”

蚂蚱串儿？精灵吃蚂蚱？哦，悲剧！我不会让这个人来安排我们的婚礼自助餐！

“我就知道肯定能在这里找到你们。”一个深沉的声音从路上突然传来。

我转过头，吓了一跳。拉扎尔·莱萨特安静地走近。他的脚步没有在白色石板上发出一丝声响。在亚当惊讶的目光下，我从他的怀抱中挣脱，迅速坐直，以便找到一个更合适的坐姿。那个男人穿过柳条，坐到了艾利亚斯旁边的桌布上。

“我希望没有打扰你们。”他边说边拿起一只小面包。

“不。”亚当宽慰他道，“艾利亚斯正在用菲尔曼的烹饪食材吓唬夏洛特。”

“我明白了。不用担心，年轻的夏洛特。妮科莱特严格禁止庄园中所有拥有妖精血统的生物进入厨房。你不必担心在你的茶点中找到蚯蚓。”

蚯蚓？这个家究竟怎么回事？

拉扎尔在面包上涂着果酱，目光没有从我身上移开。我极其尴尬地移开了自己的目光，脸颊开始升温。为什么他这么仔细地观察我？亚当的双臂在我身上收紧了。

“亚当，你确定了吗？”他的父亲简洁地问道。

“是的。”他回答。

“你是否考虑了所有后果？”

他的双臂收得更紧，目光中闪耀着狂野的光芒。

“是的。”

我打了个寒战。

拉扎尔点点头：“非常好。”

他一口吞下了他的面包。真是惊人！亚当突然动了动，我看到他的脸上散发出欢乐的光芒。他将拥抱稍微松了松。

“我没有把一切都告诉你，爸爸。”

拉扎尔惊讶地抬起头来。

“我没有从哥布林的塔楼中救出夏洛特。”

“啊？”拉扎尔似乎非常困惑，“我不明白，亚当。我以为保罗……”

“保罗命令哥布林绑架夏洛特，而他们把她关在新西兰的一座塔楼里，但我没能及时赶到救她。她独自逃出来了。”

拉扎尔蓝色的眼眸中夹杂着困惑和难以置信，而他的儿子则详细地告诉他艾利亚斯和他是如何在我没有回家后寻找我的。他们担忧，然后恐慌。

“然后我摧毁了塔楼，留下了我的签名。”亚当带着野兽般的笑容结束了发言。

拉扎尔带着崭新的眼光端详着我，眼中充满了慈爱。怎么回事？我怎么没有印象自己曾完成过如此非凡的壮举！我只是遵循了艾利亚斯的建议隐藏在光明中。之后我跑到两个门卫面前大喊着火了。整个过程中，我都害怕到了骨子里。此外，亚当小心翼翼地省略了当他找到我时我的状态。

拉扎尔重新将兴趣转移到亚当身上："你没有留下任何幸存者？"

"没有。"

"完美。你最好不要在朱莉娅面前说。没必要告诉任何人。"

拉扎尔转向艾利亚斯，他正坐在一大堆酱料罐中大口吃着涂了黄油的面包，好像我们压根儿不在他身边。

"艾利亚斯，明白了吗？"

"是的，爸爸！"

"啊……为什么？"我结结巴巴地小声问。

"什么为什么？"

"为什么不能告诉任何人？"

亚当和拉扎尔会意地交换了一下眼神。

"人类很软弱。"拉扎尔解释道，"或者更确切地说，他们被我们认为很软弱。对于我们影子生物而言，我们的敌人会把你视为亚当最大的软肋。但显然，你的能力不限于此，你会给那些试图追捕你的人一点儿颜色瞧瞧。"

很明显，这些人对人类有一种奇怪的认知！

"重要的是，我们的敌人永远不会知道你是独自一人离开那座塔楼的。"拉扎尔补充道，"他们不会知道在没有亚当的情况下你能够顺利摆脱危险。他们越是低估你，在他们想要摧毁你的时候你就越有可能让他们感到惊讶。"

"我不会让任何人靠近她。"亚当坚定地说。

拉扎尔的目光变得迷茫："我知道，亚当。我知道。"

拉扎尔转过头，沉重的静默笼罩下来。我的喉咙一紧。他仍然在思念他的第一任妻子吗？有多少次，他也曾答应过会照顾她？

我的手紧紧抓住亚当的手，我不知道他母亲是个什么样的人，但我不会让敌人那么轻易得逞，我无法忍受看到我的男人如此不幸。

我不由自主地做了个鬼脸。

"需要有人向我简单介绍一下我可能遇到的所有小怪物。"我试图打破已笼罩在四周的紧张气氛。

"为什么？"

"没有艾利亚斯的指示，我永远无法逃脱。说真的，躲在光里，简直难以置信。谁会想到这样的事情？"

"艾利亚斯的指示？"

两个男人惊愕地转向那个正舔着沾满果酱的手指的小男孩儿。

"哦，是的！"他抬起头来喊道，"我忘了告诉你们。夏洛特在塔楼里给我打电话了。"

"夏洛特给你什么？"

他又拿起一个小面包一口咬了下去。这肯定意味着做解释的重任落到了我的头上……

*

亚当关上了身后米色的卧室门。我正在玩床上的纱幔。

“你觉得这个好玩？”他不安地问道。

“我喜欢。”我诚恳地回答，“影子生物很喜欢四柱床，不是吗？保罗也有……”

亚当撇了撇嘴。

“我们喜欢它，我们喜欢它是因为……这是一个安全措施，是的。”

“为什么？”

“当有人在阴影或黑暗中接近你时，你能察觉到一阵风对吗？”

我点点头。正是如此，我才能意识到他的到来……

“轻纱就是一个探测器。如果有人以正常方式进入，我们能够透过轻纱看见，否则，布料就会发出信号。”

哦，太聪明了！我要在家里装上相同的东西，还有办公室里，到处都要。

亚当靠近，轻抚我的肩膀，吻了吻我的额头。

“你在想什么，夏洛特？”他温柔地低语。

“我告诉自己，我要一直戴着新娘的面纱走来走去，确保每次都能感觉到你的到来。”

他开怀大笑，将我抱住。我把头靠在他的胸前，依偎在他身边，感觉如此美好，前几个小时的压力消散了。拉扎尔终于露出了迷人的一面——无论是在柳树下持续到傍晚的聊天中，还是在庄园后面的露台上共进晚餐时，他都没有提到执行任务。我们在那里品尝了一道简单的汤以“均衡饮食”。我这辈子从没喝过如此美味的汤。而我加入的奶油可能根本没有起到任何均衡的效果。但是……这个男人已经停止紧盯着我，表现得像一个完美的绅士，而且他对我所提及的一切微小的事物都表现出极大的兴趣。让我印象深刻的还有很多，当我把自己的答案搞糊涂变得结结巴巴时，显然，超能力的杀手消失了，取而代之的是一个好奇的未来公公。好吧，我也不知道我更喜欢哪一种。从现在开始，亚当的怀抱就是我所想要的一切。

他的双手滑过我裙子背后的扣眼儿，将它们一一解开。

“哦不，亚当！”我挣扎着喘息道。

他惊讶地放开我。

“你没兴趣吗？”他的声音有些失落，“你很疲惫吗？”

我觉得自己脸颊通红。

“不是这样的。”我结结巴巴地说，“但这里不是在家！”

他的蓝眼睛睁得大大的 :“不是在家？”

“好吧，我们的家不是这里！庄园里到处都有家仆……还有你的父母！”

他撇了撇嘴。

“仆人几乎都在外面睡觉。”他告诉我，“在他们的树上，他们的喷泉里，他们的湖中，他们的草地上……而我的父母住在庄园另一头的房间里。”

“但这个家里还有我不认识的人。”我嘀咕道。

“没有你的公寓多。你不介意和那么多陌生人住在一起，为什么这儿会困扰你？”

“我的公寓是锁住的！”我叫道，“那是在我家，没有我的允许没人能进来！”

“啊……这就是你担忧的……”

他回到门口，在门锁上转动了一把巨大的钥匙。

“好了。你觉得更安全了吗，像这样？”

我抬头看天。

“他们真的需要钥匙才能进入吗？”

“不。”他承认道，“但他们不会允许自己未经许可这么做。比起在这个房间看到仆人的脚趾，你的小公寓被盗的可能性更大。”

我若有所思地咬着嘴唇。和拉扎尔一样，起初仆人们都盯着我，好像我有三个脑袋一样，但是随后所有人都向我展示了跟对亚当一样的尊重。

“好吧，”我嘀咕道，“即便如此，这个房间跟我整个公寓一样大。”

亚当无辜地笑了笑，突然向我扑来。眨眼间，我已经躺在了床上，被禁锢在他的手臂之间。

“亚当。答应我一件事。”

“什么？”

“明天，我们回家。”

他略微直起身体看着我，眼中的严肃令我心烦意乱。

“好的，明天，没问题。”他发出嘶哑的声音，“但是相信我，夏洛特，我会尽我所能让我们的将来、我们的家变成这里。”

15

返回和启程?

我坐在办公桌后，报销单在我面前堆积如山，正如周四哥布林将我绑架时留下的那样。回到这里真是太奇怪了！就好像前几天发生的一切都不存在，好似这一切都只是一个漫长而荒诞的梦。

我小心翼翼地触碰了一下自己的肿块儿，依旧隐隐作痛……不，这不是梦。

亚当遵守了他的诺言，前一天就陪我回到了我的公寓，并一刻不离地守卫在我身边。不过，我感觉并不好。尽管我爱我的小窝，但我无法重新找到感觉。从回来到现在，我都有一种生活在虚假中的感觉。

我忍不住叹了口气。好吧，我必须恢复正常的生活。我上次干到哪儿了?

尽管需要更多的时间来重新适应，但我仍旧成功地埋首专注在了报销单上，手指也自动找回了在会计软件中输入数字的熟练感。我的计算器开始升温。

当有人来敲门时，我只处理了 12 张报销单。

“请进。”我机械地说道。

是苏菲来找我喝咖啡，还是我的老板玛丽安娜正好路过想要听听我的消息？我没有忘记人们以为我在周五生病了！

门打开了，玛丽安娜站在门口。我站了起来，但欢迎的笑容消失在我的嘴角。托马斯跟在她身后走了进来，手臂上裹着绷带。

我的老板走近我的办公桌，明显有些尴尬。

“夏洛特，我们需要谈一谈。”她俯视着我说道。

我的心开始快速地跳动。谈一谈？只须看看托马斯懊悔和悲伤的神情，就知道要谈论的内容是什么。

“托马斯把星期三发生的事情告诉我了。坦率地说，我从没想到你会这么做，夏洛特。”

我僵在原地，张开口却无法说出一个单词。从没想到我会这么做？可他究竟对她说了什么？

玛丽安娜不自然地将目光移开：“对不起，我想我们必须结束你的试用期。”

震惊几乎令我晕厥。

“什么？”我嘶哑地问。

“你很清楚。”她急忙说道，“在这种情况下……”

我一下子接过她的话茬儿 :“在什么情况下呢？他对你说了什么？”

她更紧张了 :“好吧……你对托马斯设下陷阱，让你的男友对他施以暴力……”

我感到窒息。他把对警察说的故事一字不改地告诉了她，而玛丽安娜相信了。我的耳边嗡嗡作响。我突然跌坐在椅子上。

“你相信这种废话？”我疯狂地喊道,“你真的认为，我会对一个年纪大到可以做我父亲的家伙感兴趣吗？你甚至不想一下这怎么可能是真的？”

“总之，夏洛特，托马斯的手指断了，这是事实……”

“而你没有问过自己为什么我的男人觉得有必要把它打断？你认为在我拒绝了并且拒绝了很多次的情况下，托马斯跟着我回家是正常的吗？”

“夏洛特，我……”

“他已经在你的眼皮子底下骚扰了我几个星期了！你怎么会盲目到这种地步？”

我停了下来，处于不安的边缘。托马斯侧身靠近玛丽安娜。

“我告诉过你，”他轻蔑地说,“她完全是歇斯底里。”

玛丽安娜点了点头。她点了点头？她赞同了？我的视线变得模糊。不,最重要的是,不能哭,别在他们面前。我强迫自己深呼吸。

“玛丽安娜，”我更坚定地说道,“我可以向你发誓我没有撒谎。托马斯花了很多时间对我进行愚蠢的挑逗。他来我的办公室喝咖啡因为他说他喜欢更私密的感觉。我不敢拒绝，因为我是新人，而且我正在试用阶段，但我可以保证……”

“我认识托马斯很多年了，夏洛特。”那女人反驳道，“如果他是那样的人，我早就知道了。”

“这是因为他知道你信任他。”我的声音重新变得尖锐。托马斯耸了耸肩说道：“无所谓了。”

我泄气了。我的手在颤抖，我的嘴唇在颤抖，我全身都在颤抖。

“玛丽安娜……”我低声说。

那女人面无表情。她有过一丝一毫的疑虑吗？我能够令她了解真相吗？

“无论如何，”她打断道，“在目前的情况下，我不能留你们两个人在团队中。托马斯签订的是无期限劳动合同，所以夏洛特，你得离开。”

我的脸上血色全无。所以结束了，我被解雇了，被解雇了。这是真的。

在玛丽安娜身后，托马斯的嘴角露出了一丝淡淡的笑意。哦不，不要这样。

我慢慢地站起来。他们退后一步，好像认为我会把办公桌扔到他们头上。

“你结束我试用期的理由是什么？”我用一种平静到令人惊讶的口吻问道。

“对此我们不需要理由。”托马斯回答。

我没有反应，紧盯着玛丽安娜。她左右摆动着两腿，没有回答。算了。

“不是你结束了我的试用期，”我面无表情继续说，“是我要离开。我要离开是因为无法忍受托马斯每天的骚扰以及你的漠然。”

话音落下，一片沉默。托马斯不敢作声，可能是顾及玛丽安娜的处境。我直视她的眼睛。

“玛丽安娜，我没有恶毒到希望你受到伤害，但如果有一天，你遭遇到骚扰而找不到任何相信你的人时，我希望你能想到我。我希望这件事会萦绕在你的心头直到你人生最后的时光。至于你……”

我转向托马斯，他面带怀疑地看着我。

“如果你还敢接近我，我的未婚夫会杀了你。”

这听起来甚至都不像是威胁。托马斯张开口，不满地“哦”了一声。可怜的白痴，圣母也拯救不了他。

“总之，夏洛特……”玛丽安娜嘀咕道。

“现在，请离开我的办公室。我把我的东西整理好就会离开。”

“但是……”

“请出去！”我发出了一声真正的怒吼。

玛丽安娜和托马斯离开了房间，没有再要求留下。我颓然地跌坐在椅子上，泪水灼伤了我的眼睛。哦，我的天啊，我被解雇了。我该怎么告诉父母这件事？他们是那么自豪地告诉朋友们我在巴黎找到了一份工作！

我镇定下来。离开这里。我用手揉了揉脸让血液恢复流动。我需要整理所有东西，而且……

等等。

整理？然后呢，还有什么？在他们对我做了这一切之后？

我深吸一口气。我被解雇了。我再也没有其他可失去的了。我把所有的单据都放在桌子上，将它们堆积起来，不去担心哪些是已经处理过的而哪些没有，然后把所有的东西随便找了个柜子放了进去。下一位新员工，希望他是一个男人，这样他就不会遇到那么多麻烦，只需要尝试着比我更好地去排除万难。

当我锁上储物柜时，另一个念头闪过。我坐回到电脑前，不做任何保存退出了会计软件。我的邮箱出现在屏幕上。我点开了自动发送邮件的界面。

不幸的是，即使我的工作无可挑剔，并且我的上级对我从无指责，我还是被解雇了。事实上，我拒绝和我的主管托马斯·叙沃（Thomas Suivot），A39 办公室账单报销部门的会计师上床。他设法终止了我的试用期，并且声称在他试图尾随我回家时被我男友袭击。

祝你度过愉快的一天，账单加油。

此致

夏洛特·拉罗什

我重复读了 15 次，手指在生成按钮上颤抖。我敢吗？我不敢吗？游泳馆伙伴们的话语在我耳畔回响，好似她们来自一个遥远的时代，几乎是另一种生活。

“你太善良了，夏洛特！”“被教育得太好了！”“你要学会自己处理问题”“如果是我……”

我点击了按钮，电脑很快向我致谢并通知我信息已被保存。我的心脏几乎要从嗓子眼儿里跳出来，我站起来看了看四周，检查自己有没有遗忘什么。我永远不会再回到这里。当我用双眼搜索办公室时，我的眼中再次充满了泪水。我的第一份工作，我没能维持超过三个月。悲剧……

我快速检查了走廊是否空无一人，然后走了出去。我不得不强迫自己才没有跑到电梯口。我只想离开。我使劲儿地咬着嘴唇不让自己哭出来，那么用力，嘴唇感到了痛楚。

“夏洛特！”身后突然传来一个喊声。

我吓了一跳。苏菲跑上前，她看上去无比愤怒。

“我刚刚看到了你的邮件。”她喘息着，眼睛闪着光芒，“这是个玩笑吗？他们没有解雇你吧？”

处于爆发的边缘，我只能点头却不知她是否能够理解。她懂了。

“太混蛋了！”她怒吼道，“你和玛丽安娜谈过吗？”

“她就是那个解雇我的人！”

我的朋友握紧了拳头。

“事情不该发展成这样！我会陪你，我们去见她……”

“苏菲！”我不能再忍受了。

“我很抱歉，”我低声道，感到自己支离破碎，“我做不到。我只想……让我走吧，拜托了……”

她的脸失去了血色。

“哦，夏洛特，我太痛心了……”

她将我抱在怀里。我神经绷紧，但我不想哭，现在还不行。拜托，现在还不行。

“对他而言，不会就这样结束的。”她在我耳边低语，“我向你保证，我不会让他编造关于你的谎言，即使人们不相信我。至少，他们所有人都会知道你所忍受的一切。”

我激动得无法呼吸。

“不要因为我而被解雇。”我用虚弱的声音说道。

“别担心，夏洛特，一切都会好起来的。”

她在两边脸颊上亲吻了我，并为我按下了电梯。

“我相信你会在其他地方找到好上一千倍的工作。”在她说话的同时，电梯门在我们面前开启，“照顾好自己，夏洛特。我们游泳馆再见。”

我只是点点头，无法说话，然后钻进了电梯。当我转过身时，我看到她在挥手告别。我没时间应答，门关上了。

随着楼层下降，我疯狂地把手伸向我的戒指。亚当不可能错过这个。感谢上帝他没有去我的办公室，但我非常需要他。到达底楼后，我大步穿过安全门，将我的徽章扔到安检站，没有做任何解释就冲了出去。

亚当站在人行道上，面向天空，双手插在口袋里，面对行人如同面对汽车一样漠然。亚当心不在焉地凝视着远处的建筑物。我的心跳加剧了。

“亚当！”我哽咽道。

他面色阴沉地转向我，张开双臂。我毫不犹豫地投入他的怀抱。所有克制住的情绪一下子被释放出来，我泪流满面。

“他们把我解雇了！”我喘息着，紧紧抓住他，“他们……是……托马斯……他……他说……就像对警察说的……然后……他们……他们解雇了我！”

我未婚夫的双手抚摸着我的头发和后背。

“冷静，亲爱的。”他低语道。

“但他们……他们……我……我再也没有工作了！”

“这没什么，夏洛特，这甚至是个好消息，不是吗？你不必再在这个可怕的地方工作了！”

我哭得更凶了，声音盖住了交通噪声。好消息？但他完全搞错了！

“无论如何，我很高兴。”

“亚当！”

“嗯？”

我抬头看着他。他热情的笑容加剧了我的痛苦。为什么他不明白？我紧紧地靠在他身上肆无忌惮地大哭起来。在我们周围，路人冷漠不堪地擦身而过。

“而且……”我呼吸困难，“而且……他说我歇斯底里……玛丽安娜也这么认为……还有……这太可怕了……我……我一直在颤抖。”

他用双手捧住我的脸，眼睛里闪烁出奇怪的光芒。

“你知道你只有一句话要说，夏洛特。”他喃喃道。

我的胃突然收紧了。

“我不想让你杀了他们！我想让你安慰我，还有……还有……”

后面的话淹没在我的眼泪中。亚当叹了口气将我抱紧，吻了吻我的额头。

“亚当？”我们身后传来一个男人的声音，“还有……夏洛特？”

我瞥了一眼背后，警探丹尼尔·巴拉尔站在人行道中间，一脸惊愕。

“啊……对不起，丹尼尔。”亚当嘟哝道，“但我没有太多时间让你逮捕我，你看……”

“我知道了，”警探回答道，“顺便说一句，我压根儿不是来逮捕你的。发生什么事了，夏洛特？”

我耸了耸肩，把脸藏在亚当的衬衫里。我心里明白，如果电影中的女孩儿们哭泣时会有如同珍珠一般的小泪珠从脸颊上滚落的话，那么我，我会变得脸色鲜红，我的眼睛会像癞蛤蟆一样肿胀，我的鼻子也会流鼻涕。此外，大厅的玻璃门已通过可怕的影子向我确认了自己的糟糕程度。

“她被解雇了！”亚当大笑着宣布。

“解雇？”

“解雇了！没有预先通知或任何理由。这是她能遇到的最好的事情，不是吗？”

依偎在我未婚夫的胸前，我用余光看到了巴拉尔的反应。他揉了揉脖子，一脸尴尬。

“好吧……”他表示，“我前来以非正式的形式，借性骚扰指控为由进行搜查。我希望让这座建筑的某些男人得到反思，但很显然，我来得太晚了。”

这让我感到宽慰，至少有一个人相信我。亚当点了点头。

“我正建议夏洛特更有效率地去解决问题，”他表示，“但这也很好。”

巴拉尔饶有兴致地抬起了一边的眉毛：“她想要你杀了他？”

“哦不！”我爆发了，“你不要怂恿他！他很难才坚持到现在！”

令我沮丧的是，这两个男人大笑了起来。

“怎么了？”

“你真是一个有趣的小女人，夏洛特·拉罗什。”警探愉快地回答道，“你知道有多少女人会对亚当说‘是’吗？”

“好吧，我不是那些女人。”我嘟哝道，有些恼火，“我，正因为人太善良了，所以我被解雇了。”

情绪又涌到了喉咙口。亚当更加用力地抱紧我。

“如果你想，我可以在不告诉你的情况下干掉他。”他轻轻地说道。

我错愕地看着他。

“不要在警探面前说这些，白痴！”我喊道，“你想让他逮捕你吗？”

“哦，真可惜……”警探叹了口气，“我差点儿就有理由把他逮住了。我可以理解为我不能再指望你帮我整理关于你未婚夫的档案了吗，夏洛特？”

我皱起眉，向亚当靠得更近。他惊讶地看着我：“你帮丹尼尔整理关于我的档案！”

我耸耸肩抱怨道：“在你对我说我很矮、很穷、很敏感的那天，我尝试过。作为你给我带来的伤害的报复……”

他将头侧到一边，若有所思：“哦，是的，我记得那一天。你生气时很有趣，而我，还什么都不懂。”

“不懂什么？”巴拉尔询问道，看起来小心翼翼。

“沉睡在我的小未婚妻身上的力量。你懂的，丹尼尔，她看起来平凡无奇，但她总能设法摆脱困境。”

当然，只需要看我一眼就足够证明了，这狼狈不堪的神情，还得马上去人才市场进行注册。

“你应该听听她对我那斥责我弟弟的继母所说的话，”他高兴地补充道，“我父亲和我，我们对此乐开了怀！”

巴拉尔扬起一边的眉毛，显得有些不安：“真可惜我错过了……”

我叹了口气。尽管提到了朱莉娅，但思绪重回天蝎庄园令我感到好受了些。一切似乎不再那么可怕了，无论是这条灰色的人行道，还是对整个世界无动于衷的路人。

“好吧，”警探宣布道，“虽然要保住夏洛特的工作为时已晚，但我仍然要上楼转一圈。谣言已经被传开了，我对这个托马斯的诡计有所了解。我希望能使那些被他的花言巧语蒙蔽的人产生一些怀疑。这或许能稍微敲打一下他的脑袋。”

亚当点点头。

“如果这还不够，我可以直接给他脑袋来上一枪，”亚当说道，“用更直接的方式。”

“亚当！”

我的未婚夫笑了笑，指腹划过我的脸颊，擦干了最后几道泪痕。

“不要以为我们到此为止了，亚当，”巴拉尔继续说，“考虑到夏洛特的苦恼，今天我放你离开，但我最终会把你关进监狱的。”

我高大的棕发男人用微笑作为回答。警探进入大楼的旋转门，没有说再见。

我把头重新靠在亚当胸前。至少，这意料之外的相遇让我平静了下来。我仍旧难以承受这样的打击，但大部分情绪已经平息。

“我该怎么办，此时此刻？”我喃喃道，对亚当做出合乎情理的回答几乎不抱希望，“我费了那么大的力气才找到这份工作……”

必须从零开始。简历、求职信、公司愿意接收我时的面试。

我的手握紧了未婚夫的衬衫，而他继续抚摸我的头发让我平静下来。

“明天早晨，我就去人才市场重新注册。”我用仍在颤抖的声音做出了决定，“我不会让自己被击倒的。”

“人才？”亚当用怀疑的口吻重复道，“这个人才是谁？你确定你可以常去那边吗？我不喜欢这种叫法。我敢肯定这会给人带来坏运气。”

尽管感到沮丧，我还是扑哧一声笑了出来。

“不是人才，是人才市场！这是所有失业者寻找工作的地方。好吧……无论如何，还要去领失业保险金。因为当我寻找第一份工作时，他们并没有真正地帮助到我。”

“哦，好吧。”亚当挠挠头咕哝着，“不然的话，我知道一个正在找会计师的协会，可以让你不去那个奇怪的人才市场……”

“什么？”我哽住了。

“还有计划管理与客户关系管理……因为这是一家非常小的公司，你必须要同时做几件事。”

“这再适合我不过了！”我满怀希望地喊道，“而且，我喜欢计划管理！”

他向我投来一个笑容，我突然产生了一丝怀疑。

“亚当，告诉我你不是在向我推荐一个被你干掉的人的职位。”

“啊？绝对不会！”

“你保证？”

“保证！”

我安下心来。所以他是在说一个真正的机会？我感到身上有一团火焰重新燃烧了起来。我绝对要抓住这个机会！我松开了他，准备好去迎击整个世界。

“我应该把简历发送给谁？”我催促他道，“是什么公司？我需要了解他们的信息，这样他们给我打电话的时候我才能表达出自己的意愿。我要准备一份无懈可击的求职信！我留在巴黎或者回到蒙彼利埃去生活？不，先别回答。我不在乎。如有必要，我会搬家。”

亚当惊愕地睁大了眼睛。

“在人类世界里找一份工作真的有那么复杂吗？”他目瞪口呆。

“当然！你以为工作会从树上长出来吗？那么，这家公司的名字叫什么？”

“天蝎。”

有那么一秒钟的时间我没有完全理解。然后在我们附近，一辆摩托车发出了轰鸣的马达声，而我大叫了起来：“天？天蝎……就是那个天蝎？”

“薪酬非常丰厚。”面对发愣的我，亚当补充道，“如果你想留在巴黎，我们可以安排，而且……”

“等等，等等，”我震惊地打断他，“你是要我成为杀手吗？”

他睁大眼睛，然后困扰地挺直身体，小心翼翼地瞥了我们周围一眼以确定路上没有人在听。

“不要误会，亲爱的，但我认为你会是一个非常糟糕的杀手。如果你愿意，我可以教你，但是你……”

“那你在对我说什么？我以为你在说一份真正的工作！”

“当然是一份真正的工作！你的工作就是同时管理我的任务和账务，当我分身乏术时，菲尔曼会助我一臂之力，但我更希望你来做这些。”

“所以说，菲尔曼是潜在雇佣者名单上的竞争对手？”我哀叹道，用手抱头,“我会死掉的……”

亚当停下了动作，愣住了。

“你取笑我。”他说。

我双臂交叉在胸前 :“是的。你应该知道，我拒绝参与行动，无论是哪一个环节。”

“但准确来说，如果是你来管理我的计划，就可以拒绝自己不喜欢的单子。”

我眨了眨眼睛。啊，这一点我没有想到。

我那高大的棕发男人皱起了眉 :“但不能是全部，好吗？”

对我的反应有所察觉后他抱怨道 :“据我对你的了解，你可以在三周内让我的家族破产。”

我就知道他会读心术！

“这么说……”他继续大声说道,“你可以在每个月拒绝一个合同。怎么样？”

“我们已经在商谈我的工作条件了？”我抗议道。

他露出一个坦率的笑容：“是的！”

我眯起了双眼。

“每周一个。”我要求道。

“每周？”他嚷嚷道，“当然不行！”

“接受或放弃。”

他皱起眉头：“你在谈判时很强硬。你之前怎么会拿这么点薪水？”

我没回答。我不会告诉他在第一次受聘时我不敢去谈判，我害怕自己被扔出去。

“每两周一个，另外各有一次作为圣诞节和复活节的礼物。这是我最后的价码。”

“成交！”我兴奋地喊道，“我什么时候开始工作？”

他撇撇嘴：“我们甚至没有谈过你的工资，夏洛特。”

“你说报酬优厚，我相信你。”

他再次露出了笑容，并把我拉到他身边。

“你不会后悔的。”他温柔地在我耳边低语道。

我松了一口气。我相信他。一切都会好起来的。

“我们回去吗？”

我点点头表示同意。我再也不想见到这幢可怕的建筑了。

16

此后几周

（艾利亚斯，天蝎的第二继承人）

我潜伏在阴影中，目不转睛地盯着我的猎物，手指因兴奋而发痒。我有充足的时间，我简直太想玩了。我的哥哥亚当一直在思考如何用最好的方式来训练我，而我非常喜欢现在这种方式！今天，我正好十岁半，我决定给所有人留下深刻的印象。总之，我会通过这次训练。我只须在她毫无察觉的状态下把手放在我的猎物身上。当我们在阴影中行走时，有些人类会感觉到我们的存在，而我的猎物尤其敏感。所以我等待着，即使她看不到我，我仍旧小心翼翼地蹲在房间的一角。相反，我能够聚精会神观察她！从阴影中望去，我只能看到一个黑色的轮廓，但她的心闪烁着一种熟悉的深粉色。我是那么爱这种粉色——夏洛特的粉色，当她专注于某件事不被任何其他情绪打扰时心脏的颜色。而夏洛特，一个担心我并亲吻我的妈妈，我像爱妈妈一样爱她。此刻，她正在工作，坐在她的办公桌前。现在是月初，她一定是在处理上个月的账目。回想起她第一次看到数列底部的计算结果时双眼睁大的模样，我不由自主地笑了。亚当直到现在还会因此事发笑。

在我们周围，日常生活中的一千零一种声音在天蝎庄园里回响。在巴黎寻找房子期间，我哥哥向夏洛特提议在庄园的底楼择一间先安顿下来。起初她不停地抱怨，我觉得她有点害怕母亲。她开始在网站上搜索房地产广告，但她仍旧有着穷人的思维，首都办公室的租金让她脸色苍白。

我试探着朝她走了一小步，仍然保持蹲着的姿势，像一只大青蛙。她没有反应。今天是个好日子！我迈出了第二步。黑暗中的人影抬起了头。哦不！不要那么快！

她不急不缓地起身，走到打印机前看了看刚刚打出来的纸张。当我意识到这点时，骄傲令我面露微笑。虚惊一场。她不是因为我而走动的。她肯定是去取亚当的日程安排。除了账目，夏洛特还接管了哥哥的预约计划。这是亚当向她提议的。她这样就能看到所有委托人和受害者的档案，以便她选择自己想要拯救的人。她马上接受了。亚当，他很厉害。有一天，我会像他一样厉害。

当然，有一个弊端。两个星期以来，我们怀疑夏洛特一直在给亚当的日程添加内容，以防止他有时间进行暗杀。但她不了解我哥哥的天赋。除了少许需要在现场蹲点或有特殊条件的客人外，他只需几分钟就可以处理大部分事情，而夏洛特甚至没有时间意识到他已经离开了！我们可不会告诉她。

我屏住呼吸，试着向前迈出新的青蛙步。她没有动。我成功了！三下敲门声阻止了我的前进。

“请进。”夏洛特说道。

门被打开，亚当迈着安静的步伐走进了办公室。现在，他正努力像人类一样通过门进入。他深红色的心脏被紫色包围。夏洛特的心立即做出了反应。它开始跳得快了一些，粉色中带有血红色，周围形成了漂亮的浅绿色光晕。太美了。只有哥哥才有权得到血红色。当她想起我时，我只有绿色的光晕。亚当没有看我的方向。他非常清楚我在这里，但他不想破坏我的努力。

从阴影中，我看到他黑色的身影拥抱着夏洛特。他肯定在吻她，因为像我妈妈的那个人的心脏正在飞速跳动。我眨了眨眼。是时候发动攻击了！我悄无声息地走近了一步。

“你选好了在接下来的 15 天内要救的人了吗？”亚当松开夏洛特问道。

“是的，”她回答，“这个人。”

她递给他一份文件，而我哥哥一眼就认出了他。

“他？”他感到惊讶，“你以什么为标准？我觉得这是列表中最差的一个！”

夏洛特的心跳减弱了。啊，她在骗他。

“一个结合了祖先智慧与策略的方法。”她耸了耸肩说道。

“嗯？”

“排除法。”

亚当的心脏充斥着幸福，当我看到他的嘴角露出微笑时，感受到了更多他的快乐。

“排除法？你希望客户去找天龙？”

夏洛特的心跳正在加速。

“我不知道你在说什么。”她咕哝道。

我又前进了两步。

夏洛特的黑色轮廓突然跳了起来，随后转向了我。心脏温暖的粉红色变成了淡粉色。我失望地垂下了肩膀。哦不！但她是怎么做到的？

亚当赶紧上前将她抱在怀里。尽管他知道是我吓到了夏洛特，他还是不喜欢她的心脏因受惊而失去色彩。顺便提一句，这很管用，因为它立即恢复了惯有的颜色，有点偏暗。该死！她生气了。

“还是你愚蠢的训练吗？”她咬牙切齿地抱怨道。

“不错，艾利亚斯，”我哥哥转向我，笑着评论道，“你进步了。”

我走出阴影出现在他们面前，失望地咬着嘴唇。房间在我身边变得清晰起来。这间超级现代的房间是特意为夏洛特准备的，玻璃办公桌上摆放着整齐的文件，两张漂亮的黑色皮革滚轮椅，一台全新的电脑和漂亮的铝质黑架子。但在这儿，我没法感到开心。

“她还是能感觉到我！”我气恼地说。

“这是因为夏洛特进步的速度比你快得多。”

夏洛特抬头望天，但她的心脏平稳了。我感到安心。即使她假装恼怒，我也能看出她并不生我的气。

“亚当，”她叹了口气，“你以为你已经结束了？”

“结束了什么？”我哥哥心不在焉地回答，玩着从她的发髻中逃脱的一绺卷发。有一天，他告诉我他喜欢她这么绑头发。

“亚当！你答应过我，你……”

我低下头，只用一只耳朵去听。等我长大了，我也会有一个未婚妻，还能亲吻她的脖子。她会像夏洛特一样美丽，或者比她差一点点儿，因为穿着仙女裙时的夏洛特真的很漂亮。今天，她穿着一条美丽的栗色短裙，让她看起来像一个神话里的战士公主。而亚当，身着天蝎杀手的服饰，白衬衫和无袖的皮革马甲，说明他还是在夏洛特不知情时完成了一份合同。他们是完美的一对儿。无论如何，我是这么认为的。母亲说，他们很奇怪，因为夏洛特是人类而且很矮小，但我没有觉得她很小。她的身高只差一点儿就能到我哥哥的肩膀，但亚当很高。而且，这并不阻碍我们去了解她的思维方式。看，她正向亚当说明她觉得这个训练很幼稚。跟往常一样，我哥哥平静地倾听着。当夏洛特真的感觉很糟糕时，他能察觉到，而现在的情况并非如此。在他们身后，打印机仍旧像一只大猫一样叫着。

“当我把你们介绍给我的父母时，你们不许耍小聪明，你们两个都是。”当发现我们根本没在听她说话时，夏洛特终于低声抱怨道。

我马上恢复了热情，发出一声欢快的呼声："这是真的吗？我也被邀请了？"

"是的。我给父母打了电话告诉他们我想向他们介绍的男友的弟弟也会一起来。这样，他们就会明白亚当和我之间是认真的。"

我举起手臂，当场跳起舞来："太棒了！我们去度假啦！"

"只是一个周末，"她忍着笑说道，"当亚当说出一些奇怪的话时，我需要一个可爱的小吉祥物来分散注意力。"

所以，我困惑地停止了跳舞。可爱的小吉祥物，这算好事吗？

"什么？"亚当喊道，"我不打算说奇怪的话！"

"即使你不打算这么做，你也能够做到。"

他厌烦地交叉双臂。好吧，我稍后会问菲尔曼有关小吉祥物的事情。我走近夏洛特，抱住她的双腿，把头靠在她的腰上。她不假思索地抚摸着我的头发，我快乐地闭上了双眼。在我耳边，她的血液在血管里唱着歌，唱着她的善良，她的忠诚，她对我们的爱。我笑了。

如果你思索一番，就会发现这是一首多么有趣的歌，在庄园里，每个人都知道它。

真正发号施令的人在这里，这个能让我们毫不犹豫地献出生命的人——天蝎庄园真正的女王，不是母亲，而是夏洛特。

图书在版编目(CIP)数据

"天蝎幻想三部曲"天蝎. Ⅰ，影子行者 / (法) 罗克珊·当布尔著；徐雅怡译. — 重庆：西南师范大学出版社，2021.1

ISBN 978-7-5697-0162-3

Ⅰ. ①天… Ⅱ. ①罗… ②徐… Ⅲ. ①幻想小说－法国－现代 Ⅳ. ① I565.45

中国版本图书馆 CIP 数据核字 (2020) 第 196600 号

"天蝎幻想三部曲"天蝎Ⅰ：影子行者

"TIANXIE HUANXIANG SANBUQU" TIANXIE Ⅰ: YINGZI XINGZHE

[法]罗克珊·当布尔(Roxane Dambre) 著 徐雅怡 译

总 策 划：卢 旭 闫青华
执行策划：何雨婷
责任编辑：何雨婷
特约编辑：姚敏怡 李炳韬
装帧设计：夏玮玮
出版发行：西南师范大学出版社
重庆市北碚区天生路1号 邮编：400715
http://www.xscbs.com 市场营销部电话：023-68868624
印 刷：重庆紫石东南印务有限公司
成品幅面尺寸：148mm×210mm
印 张：10.625 字 数：210千字
版 次：2021年1月 第1版
印 次：2021年1月 第1次印刷
著作权合同登记号：版贸核渝字（2020）第 187 号
书 号：ISBN 978-7-5697-0162-3

定 价：65.00元

读者 Readers 回函表

WIPUB BOOKS

电子回函表入口

姓名:＿＿＿＿ 性别:＿＿＿ 年龄:＿＿＿ 职业:＿＿＿＿ 教育程度:＿＿＿

邮寄地址:＿＿＿＿＿＿＿＿＿＿＿＿ 邮编:＿＿＿＿

E-mail:＿＿＿＿＿＿＿＿＿ 电话:＿＿＿＿＿＿＿

您所购买的书籍名称: 《"天蝎幻想三部曲"天蝎Ⅰ：影子行者》

您对本书的评价:

书名:	□满意	□一般	□不满意	故事情节:	□满意	□一般	□不满意
翻译:	□满意	□一般	□不满意	书籍设计:	□满意	□一般	□不满意
纸张:	□满意	□一般	□不满意	印刷质量:	□满意	□一般	□不满意
价格:	□便宜	□正好	□贵了	整体感觉:	□满意	□一般	□不满意

您的阅读渠道（多选）:

□书店 □网上书店 □图书馆借阅 □超市/便利店 □朋友借阅 □找电子版

□其他 ＿＿＿＿

您是如何得知一本新书的呢（多选）:

□别人介绍 □逛书店偶然看到 □网络信息 □杂志与报纸 □新闻

□广播节目 □电视节目 □其他

购买新书时您会注意以下哪些地方（多选）:

□封面设计 □书名 □出版社 □封面、封底文字 □腰封文字 □前言、后记

□名家推荐 □目录

您喜欢的书籍类型（多选）:

□文学-奇幻小说 □文学-侦探/推理小说 □文学-情感小说 □文学-散文随笔

□文学-历史小说 □文学-青春励志小说 □文学-传记

□经管 □艺术 □旅游 □历史 □军事 □教育/心理 □成功/励志

□生活 □科技 □其他 ＿＿＿＿

请列出3本您最近想买的书: ＿＿＿＿、＿＿＿＿、＿＿＿＿

请您提出宝贵建议: ＿＿＿＿＿＿＿＿＿＿＿＿

★感谢您购买本书，请将本表填好后，扫描或拍照后发电子邮件至wipub_sh@126.com，您的意见对我们很珍贵。祝您阅读愉快！

图书翻译者征集

为进一步提高我们引进版图书的译文质量，也为翻译爱好者搭建一个展示自己的舞台，现面向全国诚征外文书籍的翻译者。如果您对此感兴趣，也具备翻译外文书籍的能力，就请赶快联系我们吧！

您是否有过图书翻译的经验：☐有（译作举例：____________________）
☐没有

您擅长的语种：☐英语 ☐法语 ☐日语 ☐德语
☐韩语 ☐西班牙语 ☐其他 ____________

您希望翻译的书籍类型：☐文学 ☐生活 ☐心理 ☐其他 ____________

请将上述问题填写好、扫描或拍照后，发电子邮件至wipub_sh@126.com和xscbsr@sina.com，同时请将您的译者应征简历添加至邮件附件，简历中请着重说明您的外语水平等。

期待您的参与！

西南师范大学出版社
上海万墨轩图书有限公司